SUTTON KRIMI

Alexander Bálly

DER TOTE AM KIRCHTURM

Ein Holledau-Krimi

SUTTON KRIMI

Sutton Verlag GmbH
Hochheimer Straße 59
99094 Erfurt
www.suttonverlag.de
www.sutton-belletristik.de

Lektorat, Gestaltung und Satz: Sutton Verlag
Umschlagbild: picture alliance/dpa
Umschlaggestaltung: coverdesign uhlig, Augsburg,
www.coverdesign.net
Korrektorat: Hamburger Buchkontor, Dorothée Engel
Druck: CPI books GmbH, Leck

ISBN: 978-3-95400-500-0

Über den Autor

Alexander Bálly, Jahrgang 1964, lebt seit seiner Kindheit in Oberbayern und wohnt schon lange im grünen Herzen des Freistaates, der Holledau. Schon immer hängt er am Wort: Er arbeitete als Buchhändler, Druckereigehilfe und Verlagsmitarbeiter. Seit fast 20 Jahren schreibt er Geschichten. 2014 hat er das Verbrechen vor der Haustür entdeckt und präsentierte mit »Der Tote am Maibaum« mit fulminantem Erfolg seinen ersten Regionalkrimi.

Mehr über den Autor finden Sie im Internet:
www.alexander-bally.de

Statt eines Vorwortes

Wos brauch ma auf am Bauerndorf,
wos brauch ma auf am Dorf?
An Stier, der fleißig springt,
an Pfarrer, der schön singt,
an Metzger für die Wurst,
an Wirt noch für den Durst.
…
An Bäcker, der gut bacht,
und d' Semmeln net z'kloa macht,
a Harfn und an Dudelsack,
an guatn Rauch- und Schnupftabak,
des brauch ma auf an Bauerndorf,
des brauch ma auf an Dorf.
(aus einem traditionelles Wirtshauslied)

Das alte Volkslied weiß noch viel mehr aufzuzählen, was ein Bauerndorf haben sollte. Vieles scheint heute verschwunden zu sein. Doch immer wieder gibt es in der Holledau und anderswo kleine Orte, in denen Jung und Alt viele dieser Traditionen pflegen, sie lebendig erhalten und durch die sich wandelnden Zeiten weiterreichen.

1
Ein Samstag im Oktober

Von Wolnzach nach Osseltshausen ist es nicht weit. Nur etwas mehr als eine Viertelstunde fährt man bergauf, bergab durch das sanft gewellte Hügelland der Holledau und passiert in munterem Wechsel Wälder, Wiesen und die vielen Hopfengärten, die diese Landschaft prägen. Nun, im Herbst, stehen ihre kahlen Stangenwälder mit den dürren Drahtseilgespinsten verwaist da. Die grünen Wände der Hopfenreben, im Sommer noch sieben Meter hoch, sind abgeerntet und verstellen nicht mehr den Blick. So wirkt die Holledau ein wenig kahl, aber auch weiter und großzügiger. Noch immer kleidet sich das Land in viel sattes Grün, doch das wechselt sich ab mit den hellen, graubraunen Tönen der Erde unter den Hopfengärten und seit ein paar Wochen mischen sich auch Rot und Goldgelb in vielen Schattierungen darunter, die das Herbstlaub beisteuert.

Die Holledau liegt südlich der Donau, unweit von Ingolstadt. Ein Band kurzbuckliger Hügel, das sich etwa sechzig Kilometer nach Osten erstreckt. An einem der letzten sonnenvergoldeten Sonntage im Oktober fuhr der große silberne Kombi der Familie Kirner durch diese wunderschöne Kulturlandschaft.

»Sag amal, Papa, hast du jetzt das Golfspielen schon wieder auf'geben?«, fragte Karola ihren Vater, Ludwig Wimmer. Sie hatte sich auf dem Beifahrersitz halb nach hinten zu ihm umgewandt. »Ich hab g'meint, jetzt hättest du endlich ein Steckenpferd gefunden.«

Vor knapp einem halben Jahr hatte Wimmer die Wolnzacher Metzgerei an Sebastian Kirner, Karolas Mann, übergeben. Seither war er unausgelastet und dauernd auf der Suche nach einem Zeitvertreib. Eine ganze Reihe von Sportarten und Hobbys hatte er schon ausprobiert und wieder aufgegeben. Mit Golf hatte er es immerhin fast einen Monat ausgehalten, bis er es leid war.

»Ach weißt, Karola, das Umanand'spaziern ist ja nicht ungut, aber muss i wegen dem an ganzen Sack voller Stecken mitschleppen und auf so an blöden Ball dreschen?«

»Ich hab gemeint, es macht dir Spaß!«, maulte Karola. Sie war ein wenig enttäuscht, dass nun die Suche ihres Vaters nach einer neuen Lebensaufgabe von vorne begann, genau wie ihre eigene Suche nach einem Weihnachtsgeschenk für ihn. Die großkarierten Knickerbocker aus englischer Schurwolle, die sie für ihn vorgesehen hatte, konnte Wimmer abseits eines Golfplatzes wohl kaum tragen.

»Was ist mit der Ausrüstung?«, wollte Sebastian vom Fahrersitz aus wissen. »Die war doch sauteuer, oder?«

»Die ist schon weg. Die hat der Opa neulich wieder im Internet verkauft«, erklärte Anna, Wimmers Enkelin, die hinter Karola auf der Rückbank saß. »Sogar mit dreißig Euro Gewinn.«

Genau genommen hatte natürlich Anna den Verkauf übernommen. Computer und die Welt der digitalen Daten waren Wimmer fremd. Was das anging, musste er sich an Anna wenden. Sie war ein aufgewecktes Mädel von fast dreizehn Jahren und half ihrem Opa gerne.

Die Straße wurde nun sehr schmal und führte kurvenreich bergauf und bergab immer weiter durch Hopfengärten, Wiesen und Wälder tief ins bäuerliche Hinterland zwischen Wolnzach und Au. Dann, unvermittelt, tauchte hinter einer weiteren Biegung plötzlich ihr Ziel auf: Osseltshausen, ein Bauerndorf wie aus dem Bilderbuch: Kirche mit barockem Zwiebelturm und Maibaum, umstanden von ein paar Dutzend sauberen Höfen. Im Dorf selbst herrschte ungewöhnlich lebhaftes Treiben. Überall parkten Autos, Leute in festlicher Tracht gingen geschäftig hin oder her, während andere, vermutlich Städter, in »festlicher Landhausmode« in kleinen Grüppchen etwas verloren herumstanden. Zwischen den Autos versuchten herausgeputzte Kinder möglichst vorsichtig zu toben. Chorsänger beiderlei Geschlechts in Schwarz und Orange strebten zur Kirche, während die Mitglieder einer Blaskapelle in blauen Westen mit Messingknöpfen größere und kleinere Instrumentenkoffer zum Gasthaus schleppten. Das ganze Dorf schien geschäftig zu brummen, denn heute sollte hier geheiratet werden.

»Wann fangens denn an?«, fragte Karola zum fünften Mal und rupfte die Bluse im Mieder ihres Dirndls zurecht.

»Um elfe, Mama! Mir ham noch Zeit!« Auch Anna trug ein Dirndl, in Blau mit weißer Schürze. Wimmer und sein Schwiegersohn steckten in dunkelgrauen Trachtenanzügen mit Hirschhornknöpfen, die der alte Metzger spöttisch als Raiffeisen-Smoking bezeichnete.

In der Kirche fanden die vier aus Wolnzach nur mehr im hinteren Teil Platz. Es dauerte aber, bis sie sich endlich setzen konnten, denn zuvor waren viele Hände zu schütteln und lieben Bekannten musste man zumindest quer durchs Kirchenschiff zuwinken. Manchmal konnte man sich auch aus mittlerer Entfernung einen Gruß zurufen. Ein jeder in der Kirche wurde begrüßt, bewunken und angerufen, während sich die Kirchenbänke immer weiter füllten. Keiner hatte einen Blick für den spätbarocken Stuck oder die gotischen Reste des Chors, die die Umbauwut des 17. Jahrhunderts überstanden hatten. Alle waren im Hier und Jetzt, ein wenig ungeduldig und erregt. Gleich würde es losgehen.

Endlich erklang das Geläut im Kirchturm, die Festgemeinde erhob sich, Ruhe kehrte ein. Nur vor der Kirchentür, die hinten auf der rechten Seite zum Friedhof führte, herrschte noch ein Rest aufgeregter Emsigkeit. Ein fescher Mann in roter Samtweste, zweireihig mit Silberknöpfen, hob einen bänderumwickelten Stock und redete lebhaft auf das Brautpaar ein. Es war der Hochzeitslader, der traditionelle Zeremonienmeister der Feier. Kraft seines hohen Amtes sorgte er für die rechte Aufstellung zum feierlichen Einzug in die Kirche. Als er endlich zufrieden war, nahm er seinen Hut ab, verbeugte sich tief und gab mit seinem Stecken elegant winkend den Weg frei. Dieses Zeichen gab der Mesner im Chorraum weiter zur Dirigentin auf der Empore, sie hob die Hand und der Chor stimmte »Going to the Chapel« an. Das Brautpaar hatte sich für die Feier einen Gospelchor gewünscht. Eine Bauernhochzeit und amerikanische Weisen – ein scheinbar harter Kontrast, doch der mitreißende Swing der Sänger bewies jedem in der Kirche, dass das Brautpaar eine gute Wahl getroffen hatte.

Der Einzug in die Kirche begann. Zwei Ministranten in frisch gestärkten weißen Chorhemden führten die Prozession an. Ihnen folgte der Priester und dann endlich, unter vielfachem Blitzen der Fotoapparate, erschien das Brautpaar.

Anna fand den Gottesdienst langweilig. Es war zwar die Hochzeit von Katharina, Annas Großcousine, doch Anna kannte sie kaum. Die Braut war zehn Jahre älter als sie und die Familien pflegten kaum Kontakt. Man traf sich bei Taufen, Beerdigungen und – Hochzeiten. Auch die in salbungsvoll-erhabenem Ton vorgetragenen Worte des Priesters konnten Anna nicht mitreißen.

Der Chor zumindest tat sein Bestes, den Gottesdienst kurzweilig zu gestalten. Die Lieder waren mal lebhaft und mitreißend, dann wieder sanft und zu Herzen gehend. Und schon bald swingte die ganze Kirche zu »Jesus, be a Fence« oder »Wonderful Savior« oder war entzückt von »God has smiled on me«. Sogar der Talar geriet durch rhythmisches Fußwippen in Bewegung.

Beim Segnen der Ringe bemerkte Anna, dass die Minis, wie man die jugendlichen Ministranten nannte, unter ihren Chorhemden recht unpassendes Schuhwerk trugen: Beim Mädchen lugten rote Riemchensandalen unter dem Chorhemd heraus und der etwas ältere Knabe trug grellbunte Sportschuhe mit dicken Gummisohlen. Anna beschloss achtzugeben, ob sie einen Blick auf die Schuhe des Priesters werfen konnte. Womöglich trug er ja auch etwas Extravagantes.

Als der Chor in gutem Bayrisch sang: »'S Leb'n is wie a Traum, 's Leb'n is wie a Traum …« verließ die Festgemeinde, angeführt vom Priester und dem Hochzeitspaar, die Kirche. Dabei stellte Anna fest, dass Hochwürden enttäuschend schlichte schwarze Halbschuhe trug.

Der Hochzeitslader hatte still ganz hinten in der letzten Bank gesessen. Nun aber, mit dem Ende des Gottesdienstes, übernahm er das

Zepter, gratulierte dem Brautpaar als Erster und gebot, als alle vor der Kirche standen, allgemeine Ruhe. In diese Stille hinein donnerte von hinter der Friedhofsmauer schmerzhaft laut ein Salut der Böllerschützen. Kaum war die ohrenbetäubende Salve verklungen, luden die Schützen ihre kurzen Waffen erneut mit Schwarzpulver. Als sie wieder anlegten, gelang es Anna gerade noch rechtzeitig, sich die Ohren zuzuhalten. Fast eine halbe Stunde lang musste das Brautpaar unzählige Hände schütteln, dann endlich ging es zu den Klängen der Blaskapelle in einer hübschen Prozession durchs Dorf zum Gasthaus.

Wer sich von den Gästen nun auf ein Bier gefreut hatte oder auf einen Kaffee, musste sich gedulden. Zunächst versammelte der Hochzeitslader sie alle vor der Tür der Wirtschaft an einer geheimnisvollen Gerätschaft, von einem Tuch verhüllt und etwa so groß wie eine Gartenbank.

»I hab da amal was vorbereitet«, hob der Hochzeitslader an, »da könnts uns an einem schönen Exempel beweisen, dass ihr die Hindernisse im Leben gemeinsam überwindets.« Damit enthüllte er einen großen Sägebock, auf dem ein Holzprügel lag, dick wie sein Oberschenkel. »Hier zeigt sich, was ihr als Eheleut' taugts: Lasst uns sehn, ob ihr in Eintracht miteinander schaffts oder eher gegeneinander.«

Mit diesen Worten stellte er das Brautpaar zu beiden Seiten des Bocks auf und reichte ihnen eine uralte Säge, eine mit einem rechteckigen Holzrahmen, die noch mit Kordel und Knebel gespannt wurde. Allerdings war ihr Sägeblatt neu und scharf. Nach wenigen Minuten hatte das Hochzeitspaar den Prügel zerteilt und alle durften in die gemütliche Gaststube.

In der Wirtschaft musste man nicht lange warten. Alles war vorbereitet und es folgte der Hochzeitsschmaus, ein deftiges Dreigängemenü aus Leberknödelsuppe, Rindsbraten mit Knödeln oder Birnenrösti mit Käse für die Vegetarier. Zum Schluss gab es Bayrisch-Creme.

Weil sie neugierig war, bestellte Karola das fleischlose Gericht. »Vielleicht können wir so was bei uns im Catering aufnehmen«, erklärte sie Sebastian.

Gemeinsam beäugten sie den Teller mit üppigem Salatbett, einem Balsamicodressing und darauf drei handtellergroße goldbraun gebratene Scheiben aus hauchdünnen Birnenschnitten und geriebenen Kartoffeln, die mit einem Blauschimmelkäse überbacken waren.

»Lecker!«, befand Sebastian. »Nur mit dem scharfen Kas werden viele ned froh werden. Der ist zu streng. Da nehmen wir besser an Emmentaler.«

Nach dem Essen gab es eine Pause, in der man sich zu Bekannten setzen konnte, um mit ihnen zu plaudern – auf einen Ratsch, wie man es nannte. Um drei Uhr war das Mittagessen ein wenig abgesackt und das ärgste Mitteilungsbedürfnis befriedigt. Der Hochzeitslader rief das Brautpaar zu sich und eine Bedienung rollte eine monströse Torte mit drei Etagen in die Gaststube.

»So wie es ausschaut, ham wir Kuchen und auch der Kaffee ist fertig«, erklärte er. Dann zog er ein riesiges Messer hervor. »Was meint ihr? Könnts ihr für uns die Torten anschneiden, dass wir den Kaffee ned so trocken runterwürgen müssen?«

Binnen Minuten waren alle Gäste mit einem Stück der Hochzeitstorte – einem Nusskuchen unter Fondantüberzug – oder einem der vielen anderen Kuchen versorgt. Gefräßige Stille füllte den Saal.

Gegen Ende des Kaffeetrinkens, als Anna kurz austreten musste, begegnete ihr im Flur die Braut mit den beiden Brüdern des Bräutigams. Alle trugen in grotesker Übertreibung Verschwörermienen zur Schau, als sie heftig kichernd das Lokal verließen. Das traditionelle Brautverziehn hatte begonnen. Dieser Brauch, auch Brautverstecken genannt, ist eine beliebte Hochzeitsgaudi, die einst dafür sorgte, dass mehr als ein Wirt an der Hochzeit verdient. Heutzutage verschafft man so der Festgesellschaft eher ein wenig Bewegung und verhindert, dass sich die Gäste allzu sehr festratschen.

Natürlich sollte der Bräutigam das Fehlen seiner Holden nicht sofort bemerken. Als Anna wieder in die Gaststube trat, trug auch sie ihren Teil dazu bei, den Bräutigam vom Verschwinden seiner Angetrauten abzulenken, indem sie zu der Gruppe junger Damen trat, die ihn in ein Gespräch verwickelt hatte.

So dauerte es eine ganze Viertelstunde, bis der Hochzeiter das Verschwinden der Braut bemerkte und sich mit gut gespielter Verzweiflung an den Zeremonienmeister wandte. Der sorgte rasch für Aufmerksamkeit und teilte die Misere lautstark den Gästen mit. Wortreich forderte er die Festgemeinschaft auf, dem Bräutigam bei der Suche zu helfen, und sorgte dafür, dass sich die Gesellschaft gut gelaunt in Bewegung setzte.

Wer gut zu Fuß war, machte hinter dem Hochzeitslader und der Blaskapelle einen Zug durchs Dorf. Wer zu alt war oder zu faul, ging direkt zur Festhalle. Die war einst ein Kuhstall gewesen, doch als sich die Milchwirtschaft nicht mehr lohnte, hatte man den Raum von Grund auf renoviert und rustikal-gemütlich für Feiern jeder Art eingerichtet. Dass die Braut hier zu finden war, war ein offenes Geheimnis.

Als alle wieder versammelt waren, führte der Hochzeitslader die Braut und ihre Entführer auf die Bühne, wo Thomas »sei frisch vermählts Weiberl« mit drei Aufgaben wieder auslösen musste. Im Falle des Scheiterns würde man die Braut an einen Ölscheich verkaufen.

»Für mei' Katharina mach ich alles, nur nix mit Singen!«, rief Thomas. Doch ausgerechnet das war die erste Aufgabe: Gstanzlsingen. Der Lader intonierte auf der Gitarre die allen bekannte Weise und begann selbst. Dann ging er, den Kehrvers spielend, zum Bräutigam, der tief Luft holte und ebenso mutig wie schief anhob:

»Mein Dirndl, die Katharina, die kriegt fei kein Scheich.
Denn dass i's mir zurückhol, des sag ich euch gleich!
Doch ich bin alloanix, die andern san zu dritt,
Ja, da brauch ich Unterstützung, bittschön helfts alle mit!«

Anerkennendes Nicken erlöste den armen Thomas und der Lader bat weitere Festgäste um ihren musikalischen Beitrag.

Viele alte und neue Reime sorgten für Heiterkeit, doch den lautesten Applaus erhielt die greise Oma des Bräutigams, die in zwei Versen großzügig ihr eigenes Bett als Leihgabe anbot, wenn ihr das nur zu einem Urenkel verhalf.

Anna war froh, vom Singen verschont geblieben zu sein.

Die zweite Aufgabe für Thomas bestand aus kniffligen Fragen zur Vergangenheit und den Vorlieben seiner Frau. Dank der Hilfe der Gäste war auch das bald gemeistert.

»Die dritte Prüfung ist eine für die Braut. Aber eigentlich ist sie ganz einfach. Sie muss dich nur erkennen.«

Nachdem man Katharina sorgfältig die Augen verbunden hatte, wählte der Hochzeitslader ein paar Männer verschiedensten Alters und unterschiedlichster Statur aus und schickte sie zu Thomas auf die Bühne. Dort stellte er sie zu einer Reihe auf und bat die Männer, sie mögen sich die Hosenbeine bis zum Knie hochkrempeln. Den Thomas stellte er dazwischen und unter allgemeinem Gelächter zuletzt auch noch die Anna.

»So, Katharina, wenn du den armen Thomas erlösen willst, musst du ihn aus den anderen Mannsbildern herauskennen. Aber vielleicht magst du den Thomas ja gar nicht. Dann sagst halt nix und gehst zum Ölscheich und die Gauner da«, er deutete auf die Entführer, »bekommen jeder zwölf Kameler.«

Katharina beteuerte aufrichtig, dass sie mit ihrem Thomas unbedingt wieder vereint werden wolle.

»Dann musst du nur erraten, welche dieser herrlichen Wadeln die von deinem Thomas sind!«, meinte der Hochzeitslader heiter und führte sie an die Rampe.

Unter allgemeinem Gelächter betastete sie nun dicke und dürre Beine, meist haarig wie Stachelbeeren. Die Aufgabe erwies sich als schwer. Erst als das Publikum lautstark Hilfestellung gab, konnten sich die Liebenden doch noch glücklich in die Arme nehmen.

Es wurden unter der Leitung des Hochzeitsladers noch viele Spiele gespielt und etliches versteigert. Gedichte wurden vorgetragen und allerlei Bemerkenswertes aus dem Leben des Brautpaars erzählt. Natürlich wurden auch Festreden gehalten, die aber alle heiter und angenehm kurz waren. Als Höhepunkt wurde der Brautstrauß geworfen. Dann, als es schon dunkel wurde, bekam Sebastian Kirner einen Anruf. Er erhob sich, schlug an sein Glas. Als Ruhe eingekehrt war, erklärte er kurz und bündig, dass gerade sein Geselle angerufen habe. Das Spanferkel sei fertig. Dieses Schweinderl, kross gegrillt, sei der Hauptgang des Abendessens. Wenn das Brautpaar das Büffet draußen im Hof eröffnen wolle, könne man von Speis und Trank gestärkt weiterfeiern.

Tatsächlich wartete auf einem fahrbaren Holzkohlengrill nicht nur ein komplettes Spanferkel, das Hochzeitsgeschenk der Metzgerei Wimmer, es gab auch ein kleines Festzelt und darin lange Tische, beladen mit Broten und Semmeln, verschiedenen Salaten, kalten Platten und allerlei Süßspeisen, alles mitgebracht von den Freundinnen der Braut.

Es wurde nun geschlemmt, geratscht und gelacht, später auch getanzt wie der Lump am Stecken. Der Hochzeitslader hängte sich eine E-Gitarre um und spielte mit drei weiteren Musikanten zünftig auf. Während der ganzen Feier war er ein charmanter und lustiger Unterhalter gewesen. Nun aber erwies er sich als mitreißender Musikant und Tausendsassa: Zwiefacher, Polka, Walzer, Samba, Rock oder Rhythm & Blues – jeder Geschmack wurde bedient und kaum ein Musikwunsch brachte die kleine Kapelle in Verlegenheit. Erst spät kehrten die Kirners und Ludwig Wimmer gut gelaunt und fröhlich nach Hause zurück.

Donnerstag

2
Die Leiche am Kirchturm

Am Donnerstagabend vor dem dritten Advent fuhr Benedikt Singer, vielen besser bekannt als Singer Bene, nach Wolnzach. Kurz vor zwanzig Uhr stellte er seinen Wagen in der Tiefgarage unter dem Hopfenmuseum ab. Es herrschte kein angenehmes Wetter. Es war windig und schwerer, nasser Schnee fiel in großen Flocken vom Himmel, die sich aber sofort in grauen Matsch verwandelten, kaum dass sie den Boden berührten.

Singer trat aus der Tiefgarage und fröstelte. Obwohl er einen Wollschal umgelegt und seinen kurzen Lodenmantel geschlossen hatte, begann seine Nase zu laufen. Er folgte der westlichen Fassade des Hopfenmuseums und strebte seinem Ziel im Zentrum des Dorfes zu. Er schaffte es noch, die Straße zu überqueren, dann aber, gegenüber, im Windschatten des Kirchturms der evangelischen Kirche, kramte er nach seinen Taschentüchern. Sorgsam putzte er die Nase. Erneut tastete er in seinen Taschen herum. Endlich fand er, was er suchte, sein Nasenspray. Er rammte das obere Ende des weißen Plastikfläschchens in sein rechtes Nasenloch, drückte und – nichts geschah. Das Fläschchen war leer. Erneut suchte er in seiner Jacke und zog eine Schachtel aus einer anderen Tasche. Ihr entnahm er ein frisches Fläschchen. Das alte und die Schachtel verschwanden in der Jacke, dann versuchte er es erneut.

Die ersten Pumphübe förderten noch nichts, doch dann endlich war er erfolgreich. Er atmete tief durch die Nase ein. Nur einen Moment später fuhr es quer durch seinen Kopf, von der Nase bis zum Hinterhaupt, schlagartig wie Migräne und giftig wie Zahnschmerz. Er taumelte ein paar Schritte zur Seite und krümmte sich, das Fläschchen entglitt seiner Hand, als er entsetzt zur Nase griff. Es war zu spät. Schon raste sein Puls und er rang nach Sauerstoff. Tief holte er Atem, doch egal, wie viel der kalten Luft er in seine Lungen pumpte, das Gefühl zu ersticken nahm nicht ab. Dazu der entsetzliche Schmerz, der nicht nachließ, und dieses Herzrasen. Todesangst brach wie eine Woge über ihn herein. In der kalten Nachtluft schwankend und röchelnd, glaubte er zu ertrinken.

Er lief rosarot an, brach zusammen und fiel hart zu Boden. Liegend wand er sich, rang weiter nach Luft, ohne dass es ihm half. Seine Hände tasteten nach seinem Kragen – vergebens. Er würgte und erbrach aus seinem leeren Magen schaumigen Schleim. In seiner Not wälzte er sich weiter im Matsch und kalte Nässe durchdrang seine Hose. Schließlich spürte er angenehme Wärme. Seine Schließmuskeln gaben nach. Sein Todeskampf dauerte recht lange. Die Ewigkeit von zweieinhalb Minuten quälte er sich still, aber sehr schmerzhaft, dann erst verendete er mit weit aufgerissenen Augen neben dem Kirchturm, gekrümmt wie eine Cocktailkrabbe.

Schon als er in seiner Agonie auf dem Boden zuckte, begann sich sein sauber gekämmtes Haar aufzulösen. Seine Kleidung verwandelte der Matsch in formlose, dreckige Lumpen. Bis zum Schluss, als sein von Schmerzen gequälter Geist erlosch, hatte er nicht den Hauch einer Ahnung, was ihm gerade widerfuhr. Als der Tod ihn erlöste und sein Körper endlich zur Ruhe kam, war er von einem zusammengebrochenen Obdachlosen nicht mehr zu unterscheiden. So lag er tot in einem windgeschützten Winkel zu Füßen des Kirchturms der Auferstehungskirche in Wolnzach.

Die vorüberkommenden Autofahrer konnten ihn nicht bemerken, wohl aber die fünfzehn Leute, die in der nächsten halben Stunde an ihm vorübergingen. Doch auch sie übersahen ihn. Eine Rentnerin kämpfte so mit dem Wind und ihrem Regenschirm, dass sie kaum ihren Weg sah. Ein Lehrer, der eben aus einer Gastwirtschaft getreten war, konnte ihn nicht erkennen, denn der Schnee auf der Brille und die Scheinwerfer der entgegenkommenden Autos verwandelten seine Welt in ein gleißendes Kaleidoskop. Die Steuerfachgehilfin, die ihren Zwergpudel Gassi führte, hätte ihn vielleicht gefunden.

Die Nase ihres Hundes hatte den toten Singer sofort entdeckt, erklärte ihn jedoch für unwichtig. Der Duft einer frisch zugezogenen Spanieldame an der nächsten Ecke war wesentlich bedeutsamer. Dass kurz darauf die frischverliebten jungen Leute ihn nicht entdeckten, als sie kaum drei Meter neben der Leiche innehielten, war auch nicht verwunderlich. Sie waren in einen Kuss versunken und hatten die Augen geschlossen.

Erst Robert Messerer, ein sechzehnjähriger Mittelschüler, entdeckte ihn schließlich um 20.38 Uhr, als er sich im Windschatten des Kirchturms eine Zigarette anzündete. Dabei trat er auf etwas Weiches und erschrak. Noch mehr erschrak er, als er erkannte, dass er auf die Hand eines Toten – Singers Linke – getreten war. Die leeren Augen im von Schmerz und Angst entstellten Gesicht des Toten sahen zu ihm hoch und ließen ihm die selbstgedrehte Kippe aus dem Mund fallen. Der junge Mann ging in die Knie und überprüfte die Atmung, indem er sein Ohr über Mund und Nase hielt. Nichts. Singer gab kein Lebenszeichen von sich.

»Ja, verreck! A echte Leich'!«, stellte der junge Messerer fest.

Dann tat der Bursche, was ihm das Nächstliegende und Sinnvollste erschien: Er zog das Handy aus seiner Hosentasche heraus und schoss eine Reihe von Fotos. Daran, die Polizei zu rufen, dachte der junge Mann nicht.

Diese Idee kam erst dem nächsten Passanten, Eduard Rummetshofer. Der Rentner strebte von seinem Stammtisch nach Hause, wollte neugierig nachsehen, »… was der Lausbub bei den Evangelen zum fotografier'n hat«. Rasch erfasste er die Situation und herrschte den jungen Mann an, ja dazubleiben. Dann eilte er auf einen Kirchenanbau zu, wo er Licht sah.

Hier, im Gemeindezentrum, fand gerade die Generalprobe für das Adventskonzert des Kirchenchors statt, als Ede Rummetshofer hereinplatzte. Der Chor verstummte, bis auf ein paar Damen im Alt, die noch drei Takte weitersangen.

»Hilfe!«, rief Ede. »Hilfe! Ist der Pfarrer da? Oder sonst wer, der hierher g'hört?«

Aus den Reihen der Bässe trat ein bebrillter Mann vor, groß und breitschultrig, mit eisgrauem, kurzem Haupt- und Barthaar. »Was ist denn los?«, wollte er wissen und sein Auftreten offenbarte die Autorität des Hausherrn.

»Da draußen bei euch liegt a Leich umananander!«, rief Rummetshofer. »Mir brauchen die Polizei!«

»Zeigen sie mir die Leiche erst mal«, meinte der Bass und schritt so energisch in die Vorhalle und weiter nach draußen, dass Ede Rummetshofer Mühe hatte, ihm zu folgen.

»Da drüben am Kirchturm!«, wies er dem Bass die Richtung.

Als auch der Eisgraue sich davon überzeugt hatte, dass der Körper unter dem Kirchturm keinerlei Lebenszeichen mehr von sich gab, zog er sein Telefon aus der Hosentasche und rief die Notrufnummer.

»Hallo?«, rief er in sein Mobiltelefon. »Hier ist Pfarrer Flinke. An der Auferstehungskirche in Wolnzach liegt ein lebloser Mann …«

So ging um 20.43 Uhr der Leichenfund als Meldung bei der Einsatzzentrale in die Untersuchungsakten der Ermittlungsbehörden ein. Zu dieser Zeit fuhr eine Funkstreife der Polizeiinspektion Geisenfeld von einem unspektakulären Einsatz auf der Bundesstraße 300 nach Norden zur Wache zurück. Der Streifenwagen wurde um 20.44 Uhr angefunkt und nach Wolnzach zur Kirche umgeleitet, wo er um 20.51 Uhr eintraf. Die beiden Polizeihauptmeister Kronlechner und Zeisinger übernahmen sogleich das Kommando vor Ort. Dort kniete schon Dr. Kuffner, ein älterer, niedergelassener Arzt und Tenor im Kirchenchor, neben der Leiche. Seine Frau, Sopran II, hatte ihm flugs seine Tasche geholt. Seufzend erhob sich der Mediziner und nahm sein Stethoskop aus den Ohren.

»Kein Fall mehr für einen Allgemeinarzt«, meinte er traurig.

»Er ist tot?«, wollte Zeisinger wissen.

»Der Mann ist tot, ja. Keine Atmung, kein Puls, keine Reflexe.« Leise meint er weiter zu Zeisinger: »Auch wenn ich kein Rechtsmediziner bin, vermute ich stark eine Vergiftung.«

»Eine Vergiftung?«, echote Zeisinger. »Wieso? Und mit was?«

»Ich weiß nicht mit was, aber sehen Sie diese Rosafärbung der Haut?«

»Ja. Und?«

»Die Haut sollte blass sein, fahl. Ist sie aber nicht. Viele Gifte verändern das Aussehen eines Toten. Nageln Sie mich nicht fest, aber ich tippe auf Blausäure. Die kann so eine Rosafärbung hervorrufen. Sie verhindert die Abgabe von Sauerstoff an die Zellen. Das Blut, auch das in den Venen, bleibt hellrot und die Opfer laufen rosarot an. Das habe ich gelesen. Gesehen habe ich es noch nicht. Das ist etwas, was in der Praxis eines Landarztes so gut wie nie vorkommt.«

Als vier Minuten später der Notarzt eintraf, die Einsatzzentrale hatte ihn ebenfalls sofort verständigt, bestätigte er das Ableben des Aufgefundenen, schwieg sich aber über die Möglichkeit einer Vergiftung aus. Stattdessen stellte er den Totenschein aus.

Die Polizisten Zeisinger und Kronlechner hatten derweil begonnen, den Schauplatz großflächig abzusperren. Zusätzlich parkte Kronlechner den Streifenwagen quer auf der Fahrbahn. Dann nahm er über den Sprechfunk Kontakt zur Wache auf und veranlasste die Unterstützung der Kollegen vom kriminaltechnischen Dauerdienst, dem 24-Stunden-Service der Spurensicherungsexperten. Auch die Feuerwehr in Wolnzach ließ er ausrücken. Als Letztes informierte er den Staatsanwalt vom Dienst über den Todesfall, möglicherweise durch Gift, bei dem Fremdeinwirkung nicht auszuschließen war.

Dann begab er sich zu seinem Kollegen, der gerade etwas abseits die Personalien der versammelten Leichenfinder notierte.

»Wie schaut es aus mit Erster Hilfe?«, fragte Zeisinger gerade in die Runde. »Hat irgendjemand Erste Hilfe geleistet? Herzdruckmassage oder Mund-zu-Mund-Beatmung?«

Keiner hatte. Sie hatten nur nach Lebenszeichen gesucht und das, ohne den Körper mehr zu berühren als nötig.

»Das ist fei nicht grad vorbildlich«, knurrte Zeisinger. »Wenn Sie leblos im Dreck liegen, dann würdens doch auch wollen, dass jemand was unternimmt und ned nur sagt: ›Ui, a Leich!‹«

Die Zeugen blickten betreten zu Boden. Alle waren insgeheim erleichtert, als kurz darauf die Freiwillige Feuerwehr der Marktgemeinde anrückte und die Aufmerksamkeit der beiden Polizisten kurzfristig von ihnen ablenkte. Die Floriansjünger sperrten die Straße am Schauplatz komplett und sorgten für eine Umleitung. Außerdem bauten sie einen kleinen Flutlichtmast auf dem Dach eines der Feuerwehreinsatzfahrzeuge auf und richteten den Lichtstrahl auf den Schauplatz. Sie waren gerade fertig, als ein blauer Kleinlaster der Spurensicherer aus Ingolstadt eintraf. Polizeihauptmeister Linner leitete den dreiköpfigen Trupp. Zeisinger kannte ihn als tüchtigen Mann mit Hang zu ausdauerndem Gegrantel. Das beständige Klagen, das seine Arbeit begleitete, war aber nur eine Marotte, die keiner allzu ernst nahm. Nachdem er sich in einen weißen Einwegoverall verpackt hatte, besah er sich den Fundort mit der Leiche.

»Na servus! Da habts ja a schöne Sauerei. Und der Schneeregen g'fallt mir aa ned. Da wird ja alles nass und am End schwemmt's die schönsten Spuren den Gulli runter«, lamentierte er prompt. Dann begann er die Dokumentation und Sicherung der Spuren, während im Gemeindezentrum die Streifenpolizisten die Protokolle der Zeugen aufnahmen.

Linner fing damit an, die gesamte Fundsituation zu fotografieren. Da der Glockenturm der Kirche leider keine Öffnung nach Osten hin aufwies, wo die Leiche lag, konnte er den Fundort nicht senkrecht von oben aufnehmen. Doch von der Drehleiter eines Feuerwehrfahrzeugs bekam er dennoch einen schönen Überblick. Wieder am Boden, ging er zu seinem Wagen zurück und baute mit seinen Kollegen ein faltbares Pavillonzelt auf. Es würde den Auffindeort und die Leiche zumindest teilweise vor der Nässe schützen. Nun wurden der Schauplatz und die Beweisstücke aus jeder sinnvoll erscheinenden Perspektive aufgenommen und vermessen. Viele Beweisstücke gab es nicht zu dokumentieren. Der Fundort war erst am Vormittag gefegt worden, sodass sich die Betonplatten des Pflasters sauber und »spurenarm« präsentierten, was Linner lautstark beklagte. Von der Leiche abgesehen gab es die Verpackungsfolie eines Schokoriegels, die zerfallende Zigarette, die dem jungen Messerer aus dem Mund gefallen war, und ein paar wenige Stummel anderer Zigaretten. All dies wurde mit bemaßten Pappwinkeln und kleinen Plastikreitern mit Ziffern aus verschiedenen Richtungen aufgenommen und dann in Beweismitteltüten aus Plastik verpackt. Als der Platz von allen Spuren befreit war und man sich frei bewegen konnte, wandte sich Linners Team der Leiche zu. In der Hosentasche des Toten fanden sie seinen Geldbeutel mit dem Führerschein des Opfers, knapp zwanzig Jahre alt und einem feuchten rosa Waschlappen nicht unähnlich, der aber ohne Schwierigkeit zu entziffern war. Ein Name – ein erster Ermittlungserfolg.

In Ingolstadt hatte inzwischen Werner Pallhuber, der Staatsanwalt vom Dienst, beschlossen, dass dieser Leichenfund ein Fall für die Kripo war. Er schlug in der Liste der Rufbereitschaft der Beamten für Todesfälle nach. Heute war Kriminaloberkommissar Konrad an der Reihe, ein schon älterer Ermittler, methodisch, tüchtig und sehr versiert in Mord- und Todesfalluntersuchungen. Pallhuber war sicher, dass er sich der Leichenfundsache mit aller gebotenen Sorgfalt annehmen würde, und zwar persönlich und vor Ort.

Um 21.48 Uhr wurde der Kommissar zu Hause angerufen und um 21.51 Uhr sein Assistent Lukas Stimpfle. Sie trafen gemeinsam um 22.35 Uhr am Schauplatz in Wolnzach ein, wo inzwischen ein lebhaftes Gewusel herrschte – zumindest innerhalb der Flatterbandabsperrung und in den Räumen des Gemeindezentrums.

Wenn man die Feuerwehrleute mitrechnete, beschäftigte der Tod Singers vor Ort zwei Stunden nach seinem Ableben von Amts wegen neunzehn Personen sowie zwei Zeugen und achtundzwanzig Chorsänger beiderlei Geschlechts. Jemand hatte inzwischen Kaffee gekocht, sodass die meisten der Anwesenden einen dampfenden Becher in den Händen hielten. Mit Konrad und Stimpfle kamen zu dieser vielköpfigen Gesellschaft nun noch zwei weitere Köpfe hinzu. Auch sie waren bald mit Heißgetränken versorgt.

Karl Konrad war groß, grauhaarig und trug beinahe immer eine Strickjacke aus der Fertigung seiner Frau über einem weißen Hemd, das im Bund einer grauen Hose steckte. Auf seiner hohen Stirn tanzte ein Paar sehr beweglicher, buschiger Augenbrauen. Im Moment bildeten sie einen nach oben weisenden Winkel.

Konrad wirkte bieder, war aber im Kollegenkreis geschätzt und galt als sehr erfolgreicher Ermittler. Auch wenn er dem Pensionsalter näher war als die meisten seiner Kollegen, war er nach wie vor einer der besten Spürhunde im Polizeipräsidium Ingolstadt. Es hieß, er habe den richtigen Riecher für Verbrechen. Tatsächlich war er lange Jahre nicht unumstritten gewesen, denn er hielt etwas für wichtig, das die reine Lehre der Kriminalermittlungen offiziell gar nicht kannte. Er selbst nannte es »die rechte Nase für die Verbrechen zu haben«. Andere nannten es Instinkt. Saubere, faktenorientierte Ermittlungsarbeit war allerdings die Grundlage aller Polizeierfolge, das hätte auch Konrad sofort unterschrieben, und an seiner methodischen und unspektakulären Ausübung des Polizeihandwerks konnten selbst seine Kritiker nichts aussetzen. Doch während andere oft in ihrem Eifer Spuren folgten, ohne groß nach links und rechts zu sehen, war Konrad in der Lage, mental auch einen Schritt zurückzutreten, den Blick zu heben, um das ganze Bild wahrzunehmen. Er ließ dabei die Indizien und Spuren durchaus nicht außer Acht, doch er verließ sich nicht ausschließlich auf sie. Stets achtete er mit wachen Sinnen auf Hinweise, die dem Bild der Spuren zuwiderliefen. Er hielt es grundsätzlich immer für möglich, dass ihn der Anschein trog, und war offen für Bauchgefühle – bei sich, aber auch bei anderen. Wenn ein ihm unterstellter Beamter eine scheinbar unbedeutende Spur abseits der Indizien verfolgten wollte, auch ohne schlüssige Begründung, nur weil es sich »richtig anfühlte«, unterstützte Konrad das weit länger und geduldiger als manch andere Kollegen. Oft genug waren solche »Extratouren« fruchtlos. Doch manchmal waren es gerade diese abseitigen Ideen gewesen, die den Durchbruch gebracht hatten.

Lukas Stimpfle war nach einem halben Jahr im Polizeipräsidium Ingolstadt immer noch »der Neue« in der Abteilung. Die Eingewöhnung in der neuen Dienststelle fiel ihm schwer. Er war auf eigenen Wunsch aus Stuttgart nach Ingolstadt versetzt worden und hatte diesen Beschluss inzwischen mehrfach bereut. Der Liebe wegen war er nach Bayern gekommen, doch die Dame seines Herzens hatte ihn verlassen, ehe er seine Umzugskisten fertig ausgepackt hatte. So lebte der schlaksige junge Mann mit dem gebrochenen Herzen nun in der Fremde, unter Leuten, deren Sprache er kaum verstand, und auch die Pfade ihres Denkens blieben ihm rätselhaft. Schon einmal hatte der Schwabe mit Konrad an einem großen Fall zusammengearbeitet und ein paar Male öfter an kleineren Sachen. Gemeinsam waren sie erfolgreich, doch seiner Meinung nach harmonierten sie nur wenig. Stimpfle hielt Konrad insgeheim auch nur für »oin von selle Uroinwohner«.

Konrad wusste um Stimpfles Probleme mit der bayrischen Mentalität. Das sah er ihm nach. Unnachsichtiger war er in Hinblick auf sein oft nassforsches Auftreten und seinen Übereifer. Allzu oft schoss der junge Kollege über das Ziel hinaus. Doch Konrad sah auch Stimpfles Qualitäten: Er war intelligent, dachte als Ermittler gradlinig, war beim Umgang mit Beweismitteln sorgfältig, beim Papierkram geduldig und hatte bei allem eine terrierartige Hartnäckigkeit. Gerade weil er so ganz anders dachte als er selbst, hatte Konrad gezielt ihn zur Unterstützung erbeten. Er fand, dass sich ihre Unterschiede hervorragend ergänzten. Seit August hatte Stimpfle immer wieder mit Konrad zusammengearbeitet und offenbar betrachtete jeder außer dem unglücklichen Schwaben dies als ein sinnvolles Arrangement.

Gegen 23.30 Uhr kam ein Leichentransportfahrzeug und Singer wurde in einen schlichten Transportsarg aus grauem Kunststoff gebettet. Um 23.54 Uhr, nachdem Linner die notwendigen Formulare unterschrieben hatte, wurde der Tote nach München in das kriminaltechnische Institut gefahren.

Freitag

3
Schlechte Nachrichten

Die Dienstbesprechung am Freitagmorgen im Polizeipräsidium Ingolstadt beendete für die Kriminalbeamten eine viel zu kurze Nacht und eröffnete einen neuen Arbeitstag. Konrad und Linner trugen den Fall Frau Dr. Müller vor, der nun zuständigen Staatsanwältin. Die Ausführungen waren knapp: Fund einer männlichen Leiche. Laut Führerschein war es ein Herr Benedikt Singer, jedoch noch unbestätigt. Das Bild im Dokument – schon mehr als fünfzehn Jahre alt – sei für eine eindeutige Identifizierung zu unzuverlässig. Die Umstände des Todes waren noch unklar. An der amtlich registrierten Adresse war noch niemand angetroffen worden. Das Klingelschild lautete auf Singer/Fink. Bisher sei noch niemand als vermisst gemeldet worden. Ganz allgemein war eine gewisse Spurenarmut zu beklagen.

»Die beste Spur«, meinte Linner verdrossen, »wird die Leiche selbst sein. Immerhin haben wir ein Nasenspray, das dem Toten wohl aus der Hand gefallen ist. Das hab ich als Erstes überprüft, noch vor Ort: Es trägt seine Abdrücke. Das Flascherl ist noch fast voll. Es könnte Gift enthalten und wenn er es benutzt hat …«

Frau Dr. Müller stellte noch ein paar Fragen zum Auffindeort und zur Auffindezeit. Sie war eine energische Endvierzigerin mit kastanienbraunem Haar, meist sehr umgänglich und tüchtig.

»Soweit, so unschön!« Frau Dr. Müller klappte energisch ihr Notizbuch zu. »Bis zum Beweis des Gegenteils gehen wir von einer Vergiftung aus. Es ist nun vorrangig zu klären, ob tatsächlich Gift eine Rolle spielt, und, falls ja, ob es sich um einen Unfall handelt, um Selbstmord oder um Mord.«

»Gehen wir vom Schlimmsten aus, dann werden wir nicht negativ überrascht«, meinte Konrad.

»Das klingt vernünftig. Was schlagen Sie vor?« Frau Dr. Müller wandte sich direkt an Konrad. »Bildung einer Sonderermittlungseinheit?«

»Ich würd sagen, ja. Wenn es doch ein Mord sein sollte, kann dann keiner behaupten, wir hätten den Fall nicht von Anfang an ernst genommen.«

»Wollen Sie diese SoKo ›Kirchturm‹ übernehmen?«

Konrad dachte nach. Er bearbeitete zwar schon einige Fälle, doch da war nichts dabei, was ihm auf den Nägeln brannte oder das er nicht abgeben konnte. »Gut, ich übernehm die Sache«, meinte er. Nach drei Minuten waren ihm Stimpfle als Helfer zugewiesen sowie Linner und der Kollege Thalmayr für die Spuren.

Eine halbe Stunde später waren die Einzelheiten besprochen und Stimpfle fuhr mit Konrad in einem zivilen Dienstaudi auf der A9 nach Süden in Richtung Wolnzach. Der Kollege Thalmayr war im Präsidium geblieben und begann mit der Auswertung der Spuren. Linner, der seit sechsunddreißig Stunden im Dienst war, begab sich für ein paar Stunden nach Hause.

Konrad und Stimpfle fuhren zu den Fanfarenstößen von Telemanns »Concerto grosso« in D Dur nach Wolnzach. Barockmusik fand der alte Kriminaler entspannend und inspirierend. Der junge Kollege ertrug sie stumm. Nach etwa zwanzig Minuten fuhren sie bei Wolnzach von der Autobahn ab. Ihr Ziel lag noch ein Stück weiter südlich, die Landstraße entlang. Dann, um 9.43 Uhr, waren sie im Dorf Eschelbach angekommen.

Eschelbach liegt ein gutes Stück nördlich von Pfaffenhofen, rechts der Ilm, verborgen von Wäldern, Obst- und Hopfengärten, dicht am Autobahndreieck. Dort schmiegt sich das Dorf in ein kleines Tal. Da die Kirche St. Emmeram einen eher kurzen, stämmigen Kirchturm besitzt, weist das Gotteshaus erst aus der Nähe auf das Dorf hin. So bleibt Eschelbach den Reisenden meist verborgen. Denen, die es doch entdecken, zeigt es eine Schönheit, die nur im Verborgenen gedeiht.

Das Ziel der Fahrt entpuppte sich als Einfamilienhaus mit Garten, am Ortsrand gelegen, mit weitem Blick über die heute Morgen weiß überzuckerten Wiesen und Felder, hinter denen sich in der Ferne dunkel ein Wald erhob. Haus und Grundstück sah man an, dass liebevolle Hände sie pflegten. Alles war ordentlich, aufgeräumt und solide – auch die adventliche Dekoration. Es handelte sich um große, aus Brettern ausgesägte Nikoläuse, bunt angepinselt – heiter und rustikal.

Nicht nur das Klingelschild, auch das Schild auf dem Briefkasten lautete auf »Singer/Fink«. Beide ordentlich graviert aus Messing, nichts Provisorisches. Im Doppelcarport neben dem Haus stand nun, anders als es das Protokoll der Nacht vermerkte, ein grüner Volkswagen.

Konrad drückte auf den Klingelknopf. Ein Türgong im Inneren ließ ein harmonisches Bim-Bam erklingen. Im Haus blieb es still. Nach einer halben Minute sah Stimpfle Konrad fragend an und dessen Augenbrauen wippten kurz. Der Schwabe läutete erneut. Nun endlich ging im Haus ein Licht an und irgendwo rumpelte es leise. Den Geräuschen nach kam jemand langsam die Treppe herunter, dann öffnete sich die Tür. Die Polizisten sahen sich einer kleinen Frau Ende dreißig gegenüber, verstrubbelt, barfuß und im Bademantel. Sie wirkte, als habe man sie aus dem Tiefschlaf gerissen.

»Wer sind Sie denn?«, fragte sie und gähnte.

Der alte Polizist zog seinen Dienstausweis und stellte sich vor. »Konrad, von der Polizei in Ingolstadt. Das ist mein Kollege Stimpfle. Sie sind Frau Fink?«

»Ja?« Die Frau brach ihr Gähnen ab und in ihrer Stimme schwang Besorgnis mit.

»Dürfen wir hereinkommen?«

Angst weitete ihre Augen. »Is eppas passiert? Is was mit'm Bene?«, fragte sie und gab die Tür frei. Konrad komplimentierte sie in einen der Wohnzimmersessel und nahm selbst über Eck in einem zweiten Sessel Platz. Stimpfle setzte sich aufs Sofa.

»Es tut mir sehr leid, Frau Fink, aber ich hab leider keine guten Nachrichten.«

»Ja, was ist denn? Sagen Sie's halt!« Die Stimme der Frau bekam schrille Panikspitzen.

»Gestern am Abend ist in Wolnzach ein Mann tot aufgefunden worden. Wir vermuten … also … es könnte der Herrn Benedikt Singer sein. Der Name ist am Führerschein draufg'standen.«

»Na! Na! Das gibt's ned. Das darf ned sein! Der Bene? Der Bene ist tot, sagens?« Sie wurde blass wie die Wand. »Na, na, na! Des gibt's doch ned! Der Bene? Tot? War's a Unfall oder was?«

»Noch wisset mer des ned«, sagte Stimpfle sachte. »Mer wisset nur, dass er geschtern Abend in Wolnzach tot z'sammebroche isch.« Dabei legte er einen braunen Umschlag auf den Tisch. »Wolletse amal gucken, ob es der Herr Singer isch?«

Frau Fink war fassungslos. Sie stand auf, fuhr sich mit den Fingern durchs Haar, ballte die Fäuste, griff sich ans Kinn, biss sich auf die Unterlippe, dann ging sie in kleinen Kreisen im Zimmer herum, offenbar völlig überfordert.

»Frau Fink …« Konrads Stimme klang sanft, ruhig und fest.

Sie trat an den Couchtisch heran und griff mit zitternden Händen nach dem Umschlag. Er enthielt ein einziges Bild, das sie noch in Ingolstadt ausgewählt hatten. Es war dasjenige Foto, das das Opfer am wenigsten vom Todeskampf entstellt zeigte. Linner hatte es aufgenommen, als die Herren vom Bestattungsunternehmen den Toten in den Transportsarg gelegt hatten. Es zeigte ihn auf dem Rücken liegend, mit wirren Haaren, offenen Augen und leicht geöffnetem Mund, als habe man ihn gerade geweckt. Um die unnatürlich rosarote Hautfarbe zu verschleiern, hatten sie es als Schwarzweißbild ausgedruckt.

Frau Singer zog das Bild langsam heraus, schlug die linke Hand vors Gesicht und sank wie ein nasser Lappen zurück in den Sessel. Sie begann erst leise, dann immer lauter zu schluchzen.

Konrad raunte Stimpfle mit erhobenen Brauen das Wort »Kaffee« zu. Der Schwabe verließ das Zimmer, um die Küche zu suchen, während Konrad den Nervenzusammenbruch von Frau Fink begleitete. Sie wurde unablässig von Weinkrämpfen geschüttelt und bekam außer »Mei, Bene, Bene, Bene!« nichts heraus.

Stimpfle fand in der Küche eine Maschine für Kaffeepads, daneben die Dose mit den passenden Filterkissen. Er braute drei Tassen. Oft war er anderer Meinung als Konrad, doch hierin stimmte er mit ihm überein: Auch er hielt den Henkel einer Kaffeetasse für genau das Richtige, wenn Menschen in Situationen des Chaos' und der Unsicherheit etwas brauchten, um sich festzuhalten. Wenn die Welt ins Wanken kam und plötzlich alle Sicherheiten abhanden kamen, brachte schon der Duft von Kaffee ein kleines Stück verlässlicher Normalität zurück. So bot das Heißgetränk zugleich Stärkung und Trost. Im Kühlschrank fand er Kaffeesahne, der Zucker stand auf dem Küchentisch, dann hatte er ein Tablett hergerichtet.

Als er zurückkam, hatte Konrad Frau Fink aus seiner Jackentasche schon das zweite Paket Taschentücher gegeben. Die Brauen dankten Stimpfle stumm, dann griff der alte Polizist eine der Tassen und hielt sie Frau Fink hin. »Bittschön, da, trinkens einen Schluck. Es wird Ihnen guttun!«

Mit zitternden Fingern fasste Frau Fink nach der Tasse. Der Duft zeigte rasch Wirkung. Frau Fink beruhigte sich zumindest so weit, dass sie einen Schluck trinken konnte. Dann sprang sie auf. »Aber er kann doch gar nicht tot sein!«, rief sie aus. »Er hat doch heut am Nachmittag einen Termin mit dem Wenzel!«

»Mei, so wie's ausschaut, wird er den Termin wohl nicht einhalten können«, erklärte Konrad nachsichtig.

»Dann muss ich den Herrn Wenzel anrufen, dass ich absag'. Aber was soll ich ihm denn sagen?«

»Wer ist denn der Herr Wenzel?«, hakte Konrad nach.

»Das ist der Chef vom Ilm-&-Paar-Verlag. Der Bene wollt bei ihm ein Buch herausbringen.«

»Das hat sicher Zeit. Aber vielleicht wollens ja jemand anderen anrufen? Jemand, der Ihnen beisteht, vielleicht? Hams denn a Freundin, die kommen könnt', oder einen Bekannten?«

»Die Gitti!«, stieß Frau Fink hervor, dann schüttelten sie wieder Weinkrämpfe.

Als Brigitte »Gitti« Dittner eine Viertelstunde später kam, hatten Konrad und Stimpfle alles erfahren, was in dieser Situation aus Frau Fink herauszubringen war:

Irmgard Fink war die Lebensgefährtin von Benedikt Singer. Sie war Krankenschwester und hatte die letzte Nacht in der Ilmtalklinik in Pfaffenhofen auf Station 2 ab zweiundzwanzig Uhr Dienst gehabt. Ihr Handy hatte sie wegen des leeren Akkus daheim gelassen. Deshalb hatte sie keine Nachricht vom Tod ihres Lebensgefährten erreicht. Erst gegen acht Uhr am Morgen war sie nach Hause gekommen. Da Herrn Singers Wagen nicht dastand, hatte sie angenommen, er habe das Haus vor ihrer Ankunft schon wieder verlassen. Das geschah zwar selten, doch es kam vor. Nichtsahnend hatte sie sich hingelegt und war rasch eingeschlafen.

Als Gitti Dittner ihre Freundin endlich in den Arm nehmen konnte, brach sich eine neue Flut von Tränen Bahn. Abwechselnd äußerten die Damen immer wieder »Das kann doch gar nicht sein«, »Der Bene?« und »Oh, mein Gott!« in verschiedenen Kombinationen. Erst nach einer halben Stunde waren die beiden wieder halbwegs gefasst. »Irmel« Fink zog sich kurz zurück, um sich etwas anzuziehen. Die Gelegenheit nutzte Konrad und zeigte auch Frau Dittner das Bild.

»Ja. Das ist der Singer Bene! Jessas!«

»Frau Fink und der Herr Singer sind nicht verheiratet?«

»Nein! Aber z'samm warns und geliebt hams sich. Des war fei was Festes. Ned, dass Sie meinen, die hättn a g'schlampertes Verhältnis g'habt – so a offene Beziehung, wo a jeder mit jedem … Na, die warn grundanständig! Dass Sie da fei ja nix z'sammspinnen!«

»Das tun wir nicht«, erklärte Konrad lächelnd. »Wir müssen halt nur fragen. Die Neugier gehört zu unserem Beruf einfach dazu.«

»Und wieso han die beiden dann ned einfach g'heiratet?«, fragte Stimpfle frech und Konrads Brauen zuckten missbilligend.

»Das fragens besser die Irmel. Außerdem hat er doch noch gar nicht heiraten können.«

»Er ist schon verheiratet?«

»Sie ist geschieden. Er noch nicht. Das will er im Sommer über die Bühne bringen. Das hat er –«, sie unterbrach sich, als ihr bewusst wurde, dass eine Scheidung nicht mehr nötig sein würde.

Als Irmel Fink wieder eintrat, trug sie eine schwarze Jeans zu einem schwarzen T-Shirt mit dem Aufdruck einer gelben Banane.

»Ich hab gar nix G'scheits in Schwarz!«, schluchzte sie. »Ich muss erst was einkaufen!« Dann brach sie wieder in Tränen aus.

Knapp eine Stunde später, um 11.37 Uhr, läutete es und zwei weitere Besucherinnen, Tine Schaffer und Melanie Seibert, kamen, um ihrer Bekannten beizustehen.

Frau Dittner war an der Tür. Sie ließ die beiden aber nicht eintreten und wirkte bereit, ihre Freundin vor der Neugier des Dorfes notfalls auch mit Gewalt zu verteidigen.

»Ja woher wissts ihr denn des mit dem Bene?«, fragte sie. Tine hatte es beim Metzger und Melanie beim Frisör erfahren. Beeindruckt stellte Konrad fest, wie schnell das Gerücht vom Ableben des Benedikt Singer auf dem Land die Runde gemacht hatte. Zugleich fragte er sich etwas anderes: Bis vor wenigen Minuten hatte niemand den Toten positiv identifizieren können. Den Namen vom Führerschein hatten die Polizisten bisher vertraulich behandelt. Woher kannte das Gerücht also den Namen des Toten?

Dass die Damen den Namen kannten, war einer Ereigniskette geschuldet, die ihren Ausgangspunkt bei Robert Messerer hatte, dem Leichenfinder. Der hatte noch spät am Abend seine Tatortfotos an zwei Kumpel geschickt. Der Kommentar dazu lautete: »Voll krass! Ich hab 'nen toten Penner gefunden!«

Diese Bilder waren inzwischen mehrfach weitergereicht worden. Wie oft, war nicht mehr nachvollziehbar, aber immerhin so oft, dass keiner mehr wusste, woher die Bilder ursprünglich kamen. Bis zur großen Pause in seiner Schule bekam Robert Messerer seine eigenen Bilder dreimal auf sein Handy geschickt – von zwei verschiedenen Freunden und von jemandem, den er gar nicht kannte.

Es war im Gymnasium in der zweiten Pause, dass einer den Toten, den angeblichen Penner, als den Volksmusikanten, Heimatdichter und Hochzeitslader Benedikt Singer identifizierte. Als endlich der Name fiel und der angebliche »Penner« einen ortsbekannten Namen bekam, legte das Gerücht noch einmal ordentlich an Tempo zu. Unter der Bank und in den Toilettenkabinen versandten besonders Schüler aus Eschelbach emsig SMS mit ähnlich lautenden

Nachrichten vom Ableben des Mitbürgers: »Schon gehört? Der Singer Bene …« Schließlich erreichte das Gerücht kurz vor halb zwölf die Metzgerei in Eschelbach, wo es auf traditionelle Art – von Mund zu Ohr – weiterverbreitet wurde. So drang es endlich auch an die Ohren der Damen Schaffer und Seibert, die man im Ort als neugierige Oberratschen kannte. Die beiden beschlossen, der Sache sofort auf den Grund zu gehen und im Zuge des Kondolierens weitere Details zu erfahren.

Frau Dittner gelang es, mit Konrads Hilfe, die Damen höflich, aber bestimmt mit ein paar freundlichen Worten des Dankes abzuwimmeln.

»Frau Dittner«, fragte der Kriminaloberkommissar, als die Tür wieder zu war. »Ich fürchte, nun, wo die Leut sich schon über den Tod vom Herrn Singer das Maul zerreiß'n, wird es nicht bei den zwei Besuchern bleiben! Ich glaube, der Rummel wird mehr werden, als Frau Fink ertragen kann. Können Sie Frau Fink vielleicht ein oder zwei Tage aufnehmen?«

Frau Dittner stimmte sofort zu und nahm ihre Freundin mit ins Schafzimmer, um mit ihr eine kleine Reisetasche zu packen. Nach fünf Minuten verließen sie zu viert das Haus. Die Damen fuhren zu Frau Dittner nach Walkersbach. Die Polizisten versiegelten die Eingangstür und sperrten ihn als Ermittlungsort, dann fuhren sie weiter nach Geisenfeld.

4
Scherlock Pinkerton & Co – Wolnzach

Ludwig Wimmer erfuhr zunächst nichts vom Todesfall Singer. Er war zu dieser Zeit gar nicht in Wolnzach. Er machte Urlaub.

Nach langem Sträuben hatte er der Einladung einer bis zur Lästigkeit lieben Cousine nachgeben müssen und stattete ihr einen zweiwöchigen Besuch ab. Schon drei Mal hatte er die Visite bei »der lieben Herta« hinausgeschoben. Doch auch sein letztes Argument, er wolle ihr keinesfalls zur Last fallen, wurde am Ende von seiner resoluten Gastgeberin entkräftet, als sie ihm von der Gästewohnung ihres Nachbarn, des »reizenden Herrn Rieder«, vorschwärmte. Dieser nette Mann sei dankenswerterweise bereit, sie ihm für lächerlich günstiges Geld zu vermieten. So sei Ludwig vollkommen selbstständig, wohne für sich und könne kommen und gehen wie es ihm gefiel. Er brauche keinerlei Rücksichten zu nehmen und habe jede Freiheit – aber auch Familienanschluss, gleich nebenan, wann immer er es wünsche.

Wimmer, der nicht behaupten konnte, er habe keine Zeit, war endlich wehrlos und musste nachgeben. So war er also in die Pfalz gefahren, in die Gegend von Landau, und weilte dort noch immer, als die Nachricht vom Ableben Benedikt Singers wie ein Sturmwind durch Wolnzach und die umliegenden Gemeinden fegte.

Am Freitag – in der zweiten Pause des Gymnasiums – fand auch Anna auf ihrem Handy die Bilder vom toten Singer, der dort einstweilen noch als anonymer »Penner« betitelt war. Irgendein Klassenkamerad hatte sie an Anna weitergeleitet. Dies war weniger in der Hoffnung geschehen, sie könne sich dafür interessieren. Er wollte sie eher schockieren und erschrecken. Diese Hoffnung trog.

Anna fand die Bilder nur abstoßend und schickte sich an, sie gleich wieder zu löschen, zögerte dann aber.

»Das könnt den Opa interessieren«, meinte sie schließlich.

Ihr Opa war immer noch auf der Suche nach einem Hobby. Alle Versuche waren bislang erfolglos geblieben. Das letzte Experiment, ein Töpferseminar, das Karola ihm zum Geburtstag im November geschenkt hatte, war ebenso gescheitert wie so vieles zuvor, darunter Ikebana, Buddelschiffbauen und Seniorenvolleyball. Das einzige, was ihn ganz und gar begeistert hatte, war das Detektivspielen gewesen.

Im Sommer, als der rätselhafte Tod eines Bauunternehmers die Marktgemeinde erschüttert hatte, hatte er sich einen Jugendtraum erfüllt und sich nach etwa 50 Jahren wieder als Hobbydetektiv betätigt. Diesmal aber mit mehr Erfolg als damals. Im Sommer 1963 hatte er mit zwei Freunden eine Lausbubendetektei gegründet: »Scherlock Pinkerton & Co – Wolnzach«. Das Institut mit dem sonderbaren Namen – der Schreibfehler auf dem Firmenschild war den Gründern erst aufgefallen, als sie es fertig gemalt hatten und seither »offiziell« – hatte nur einen einzigen Fall bearbeitet. Von einem listigen Nachbarn mit einer Karte versehen, hatten sie auf der Suche nach einem angeblichen Silberschatz eifrig dessen halben Garten umgegraben, genauso, wie der es für sein neues Beet hatte haben wollen. Gefunden hatten sie natürlich nichts. So hatten sich die Detektive zum Gespött ihrer Kameraden gemacht und unmittelbar danach den Betrieb eingestellt. Zwei der drei Detektive waren inzwischen gestorben und 50 Jahre lang hatte die Detektei geruht. Doch dann hatte Wimmer mit Anna in diesem Sommer, als der Mord am Maibaum geschah, die Detektei wiederbelebt und sich in Ermittlungen gestürzt.

Ursprünglich hatte er der Polizei ja nur mit ein paar beim Dorfklatsch aufgeschnappten Tipps helfen wollen. Doch das Ermitteln machte Spaß und er war sogar gut darin. Bald war Anna seine unverzichtbare Helferin geworden. Auch sie hatte einen klaren Verstand, doch vor allem war sie ein Kind des Informationszeitalters. Mit Handy und PC kam sie an Informationen, von denen Wimmer nicht einmal gewusst hatte, dass man sie suchen konnte. So hatten

Wimmers Scharfsinn, Anna Einfälle und ihre flinken Finger am Rechner am Ende sogar geholfen, den Mordfall aufzuklären. Seit dem Tod ihrer Oma hatte Anna ihren Opa noch nie so froh und zufrieden gesehen.

Leider war das Detektivspielen kein Hobby, das man dauerhaft betreiben konnte, denn Morde waren in der Marktgemeinde – zum Glück – nicht gerade alltäglich. Doch der rätselhafte Leichenfund würde ihn womöglich doch interessieren. Nach einigem Zögern behielt Anna die Bilder auf dem Handy, trank ihre Milch leer und ging, als es läutete, ins Klassenzimmer zurück, wo man sie mit Satzanalyse und deutscher Grammatik quälte.

Schlag ein Uhr mittags endete der Unterricht. Als Anna an der Schulbushaltestelle vorüberging, wo die Fahrschüler aus den umliegenden Gemeinden zusammengedrängt warteten, gelangten endlich ein paar Einzelheiten zu den Bilden an ihre Ohren. Hier in der Menge unterhielt man sich unüberhörbar laut über den Fund des Toten.

»Der Singer? Die Leich' is der Singer g'wesen? Der Musiker?«, fragte plärrend und mit sich überschlagender Stimme ein Achtklässler im Stimmbruch.

»Genau der«, bestätigte eine Blonde in einem gesteppten Anorak aus der Zehnten.

»Ich glaub, der hat den Hochzeitslader bei meiner Tante g'macht! Der is lustig g'wen«, tönte es ein paar Schritte weiter von einem Kurzen aus der Fünften mit gelb bebommelter Pudelmütze.

Beim Stichwort Hochzeitslader stutzte Anna. Zwei Minuten später hatte sie den Schulbusbahnhof hinter sich gelassen und ein halbes Dutzend Infosplitter mehr gesammelt. Sie hielt an, kramte nach dem Handy und sah sich die Bilder noch einmal in Ruhe an. Tatsächlich – der Mann sah dem Hochzeitslader von Katharina ähnlich. Wenn sie sich seinen Namen damals gemerkt hätte, wäre sie vielleicht schneller drauf gekommen. Die Erkenntnis, dass sie den Toten gekannt hatte, gab ihr einen Stich. Dieser lustige und aktive Mann war nun ganz plötzlich tot! Zugleich wusste sie aber genau: Das war etwas, das würde den Opa sicher interessieren. Womöglich war das sogar ein Fall. Anna beschloss, nach dem Mittagessen als geschäftsführende Assistenzdetektivin der Detektei »Scherlock Pinkerton & Co – Wolnzach« mit den Voruntersuchungen im Fall Singer zu beginnen – nur für den Fall der Fälle.

Um vierzehn Uhr war sie bestens getarnt und voller Eifer bei der Arbeit. Unter dem Vorwand, sie brauche viel Platz, um ein Referat für den Geschichtsunterricht vorzubereiten, breitete sie eine Menge Kopien, Hefte, Bücher samt Schulatlas auf dem Küchentisch aus und schien intensiv zu arbeiten. Ihr Fleiß bezog sich aber nicht auf Alexander den Großen, obwohl alles auf dem Tisch auf den ruhmreichen Makedonen hindeutete – alles bis auf das kleine rosa Notizbuch mit dem Comic-Kätzchen. Dieses Büchlein war in Wahrheit das einzig wichtige Utensil auf dem Tisch – der Rest war nur Camouflage.

Die Kühltheke im Laden der Metzgerei Wimmer war nur knapp fünf Meter entfernt. Durch die zwei geöffneten Türen konnte Anna alles hören, was dort gesprochen wurde. Und bei allen Gesprächen, die nicht direkt mit den Angeboten der Metzgerei zu tun hatten, war der verblichene Singer das beherrschende Thema. Anna musste nur lauschen und schon hörte sie in bunter Mischung Tatsachen, Halbwahrheiten und Gerüchte. Natürlich musste man das Gehörte später einmal sortieren. Doch zunächst galt es, möglichst viele Informationen, Wesentliches wie Unwesentliches, zu sammeln. So saß Anna hinter der offenen Tür und spitzte die Ohren. Hörte sie etwas, was neu oder bemerkenswert war, notierte sie es sich in dem kleinen Notizbuch und füllte so die Seiten mit Klatsch und Fakten.

Wenn es eine Weile tatsächlich einmal nur um Braten, Hackfleisch und Wollwürste ging, machte sie sich auf ihrem Schulblock auch ein paar Notizen über Alexander, doch sie musste selten lange warten, bis sie das Katzenbüchlein wieder unter dem Atlas hervorziehen konnte. Die Neigung zum Ratschen war bei der Kundschaft ebenso fest verankert wie bei den angestellten Fleischwarenfachverkäuferinnen.

Im Laufe des Nachmittags wiederholte sich vieles, was Anna erlauschte, doch es tauchten immer wieder neue Informationspartikel auf, die sie gewissenhaft festhielt. Bis zum Ladenschluss hatte sie mehr als ein Dutzend Seiten in ihrer runden Mädchenschrift vollgeschrieben.

Auch am Samstag sollte das Referat über Alexander als Ausrede dienen, doch das war keine gute Idee. Die Metzgerei war zu voll, das Stimmengewirr zu groß, als dass sie die Gespräche genau verstehen konnte. So fasste Anna ein anderes Ziel für die Exploration ins Auge, eines, das womöglich noch weitaus besser war: den Wolnzacher Christkindlmarkt.

Anders als die großen Weihnachtsmärke in München oder Nürnberg war der in Wolnzach weit weniger professionell. Da er nur an einem Wochenende, immer zum dritten Advent, stattfand, zog er eher kleinere und vor allem lokale Künstler und Kunsthandwerker an. Dennoch war das Angebot kaum weniger bunt und vielfältig als in der Großstadt.

Der Markt präsentierte sich seit einigen Jahren, nachdem er mehrfach den Standort gewechselt hatte, zweigeteilt: Die Buden der »Krämer« standen in der großen Volksfesthalle, trocken und vor dem kalten Wind geschützt, während die Stände zur Bewirtung der Besucher auf dem Volksfestplatz davor aufgebaut waren, rund um den großen Christbaum. In der Halle gab es handgefilzte Mützen und Handschuhe, Glaskugeln für die Gartenbeete oder handgeschmiedete Blumenampeln. Man konnte Kurioses und Schönes aus Keramik kaufen und gegenüber geschnitzte Krippenfiguren und Ställe. Auch Weihnachtsschmuck gab es zu bestaunen sowie eine Künstlerin, die vor den Augen des Publikums aus bunten Glasstäben und einem Gasbrenner zauberhafte Schmuckanhänger fertigte.

Die andere Hälfte des Marktes, der gastronomische Teil draußen, repräsentierte das reiche Dorfleben der Marktgemeinde. Die Versorgung der Besucher oblag nämlich den lokalen Vereinen. Deren Stände waren zum einen gemütliche Treffpunkte für ihre

Mitglieder und deren Bekannte, zum anderen eine tolle Möglichkeit, sich öffentlich zu präsentieren, und zuletzt natürlich eine hervorragende Gelegenheit, der Vereinskasse mit dem Verkauf zu mehr Gewicht zu verhelfen. Da waren die Stockschützen mit einem Glühweinstand, der Schützenverein bediente die Gulaschkanone und der Elternbeirat des Kindergartens bot Crêpes an, während gleich nebenan die christlichen Pfadfinder ihre Batterie von Waffeleisen auf den Einsatz vorbereitete. Die Feuerwehr wachte über den Grill, mit Bratwürsten nach Wimmers Originalrezept.

Als Anna am Volksfestplatz ankam, traf sie gleich ein paar Schulkameradinnen und war bald mit ihnen in ein lebhaftes Gespräch über die essenziellen Themen im Leben pubertierender Mädchen vertieft. Als gegen fünfzehn Uhr der Nikolaus auftauchte, um die Kinder zu beschenken, löste sich das Grüppchen junger Damen auf, denn zu den Kindern gehörte man sicher nicht.

Anna schlenderte nun eine Weile ziellos über den Markt, grüßte hier und dort Bekannte und verschaffte sich so einen ersten Überblick. Eine Mütze am Wollstand war ihr als passendes Geschenk für ihre Mutter ins Auge gestochen und ein Stand mit Holzspielzeug hatte wunderbare Farbspielkreisel. Die interessanten Neuigkeiten erfuhr sie aber eher an den Ständen der Vereine.

Plötzlich fiel ihr ein, dass sie ihr Notizbuch gar nicht dabei hatte. Nach kurzem Nachdenken erkannte sie aber, dass es doch recht auffällig wäre, wenn sie sich direkt neben den Leuten Notizen machte. Sie würde sich die Informationen merken müssen. Doch vielleicht nicht alle und vielleicht auch nicht allzu lange. Sie hatte ja ihr neues Handy dabei und das verfügte über eine Funktion, die es zum Diktiergerät machte. Ein Test verlief zufriedenstellend.

Bald sah man sie mit dem Handy am Ohr gemächlich von Bude zu Bude schlendern – scheinbar telefonierend. Während sie den Marktklatsch sammelte, erkannte sie: Die Informationslage auf dem Markt war eine ganz andere als gestern in der Metzgerei. Hier und heute wurden in puncto Singer weniger Tatsachen verhandelt als vielmehr Gerüchte.

Bei der Auswertung in ihrem Katzennotizbuch später am Abend würde sie feststellen, dass Singer laut drei Berichten erschossen worden war, laut zwei anderen war er vergiftet worden und sechs Leute sprachen von einem Schlag auf den Kopf. Insgesamt achtzehn Mal wurde eine natürliche Todesursache angenommen, von Schlaganfall über Herzinfarkt bis hin zu Epilepsie war alles vertreten, und eine Dame vom Turnverein vermutete sogar einen allergischen Schock, weil sich immer wieder Reste von Erdnüssen in der normalen Nussschokolade finden, was streng verboten werden sollte.

Soweit man einen Mord annahm, sollte es am ehesten die Lebensgefährtin gewesen sein, wie fünf Marktbesucher zu berichten wussten.

Drei andere führten seine verlassene Ehefrau, nun die Witwe, als Täterin an. Die Gründe hatten alle irgendwie mit Eifersucht und Rache zu tun. Weitere drei Male wurden finanzielle Gründe angeführt, ohne auf einen konkreten Täter einzugehen.

Als Anna dem Jagerteestand der Motorradfreunde Wolnzach näherkam, löste sich dort ein bärtiger Hüne aus einem Grüppchen, ganz in schwarzlederne Rockerkluft gekleidet. Er stapfte in schweren Stiefeln auf Anna los, packte sie und wirbelte sie wie eine Puppe durch die Luft! Anna lachte und drückte dem Angreifer einen Schmatz auf die Backe, ihrem lieben und gutmütigen Onkel Andi, mit dessen Tochter Vera sie im Kindergarten in derselben Gruppe gewesen war. Onkel Andi spendierte ihr einen Kinderpunsch vom Förderverein des Gymnasiums, denn der Jagertee seines Vereins war eindeutig nicht jugendfrei, und sie plauschten ein wenig. Dabei brachte er ein weiteres interessantes Gerücht auf: Steininger, der Bassist von Singers Unterhaltungsband, und auch der Schlagzeuger, den er aber nicht mit Namen kannte, hätten seiner Meinung nach Grund, wütend auf Singer zu sein. Er habe gehört, dass Singer einen Plattenvertrag ausgeschlagen haben soll. Anna, die sich noch gut an den Hochzeitslader und seine Musikerkollegen erinnerte, gruselte es leicht bei dem Gedanken, sie könnte damals auf der Hochzeit einem Mörder und seinem Opfer zugehört haben.

Anna bekam Hunger und schlenderte weiter. Ihre Nase führte sie zum Stand mit den Aus'zogenen, betrieben vom Heimatpflege- und Mundartverein. Hier trauerte man um Singer, der ein Mitglied des Vereins gewesen war, und hatte in Gedenken an ihn ein gerahmtes Foto mit Trauerschleife aufgestellt. Gleich daneben waren ein paar Gedichtbändchen von ihm zum Verkauf ausgelegt. Das weit besser gehende Angebot war aber das Gebäck, flache, runde Köstlichkeiten aus Hefeteig. Im Hintergrund formten geübte Frauenhände eine Art Teigring, in dessen Mitte sich nur mehr ein Häutchen spannte. In Fett schwimmend goldbraun zu Aus'zogenen herausgebacken und in Zucker gewälzt, waren sie frisch und warm eine Manifestation schierer Glückseligkeit.

Während Anna eine Aus'zogene langsam und mit großem Genuss verputzte, spitzte sie die Ohren, doch sie vernahm nichts, was sie nicht gestern schon gehört oder heute auf dem Markt aufgeschnappt hätte. Was hier vor allem bedauert wurde, war die Tatsache, dass die Musikveranstaltungen ohne den netten Singer Bene nun nie mehr dieselben sein würden.

Stattdessen erfuhr sie unfreiwillig einiges über das reiche Vereinsleben, denn ein hagerer Mann in prächtig bestickter Kniebundhose aus Hirschleder, offenbar der Vereinsvorstand und sich seiner Wichtigkeit bewusst, erklärte einigen Besuchern die Höhepunkte der letzten Jahre, so etwa das Maibaumaufstellen, die vielen schönen Veranstaltungen zur Pflege von Mundart und Volksmusik, den Leonhardiritt und den Besuch des großen Trachtenfestes im hessischen Schlitz, wo man wunderbare Kontakte geschlossen hatte. Anna folgte seinem Finger, der an einer Fotowand auf die Bilder der Wolnzacher Trachtler mit Folkloregruppen aus der Schweiz, Finnland und der Ukraine deutete. Letztes Jahr sei man sogar in die Ukraine gefahren und von den dortigen Trachtlern mit besonderer Herzlichkeit aufgenommen worden. Als der hagere Vereinsmeier erklärte, man hege die Absicht, nächstes Jahr die bayrische Lebensart auf dem Oktoberfest in Chicago zu propagieren, begleitete er dies mit einem unübersehbaren Hinweis auf eine große Sammelbüchse.

Bei der Losbude des Turnvereins gewann Anna eine Taschenlampe und erfuhr, dass sogar der junge Messerer, der die Leiche als Erster entdeckt hatte, als Täter verdächtigt wurde, auch wenn man ihn nicht namentlich kannte. Die Schnappschüsse, die er verbreitet hatte, waren für drei Damen ein ausreichender Beweis für eine derart krankhafte Sensationsgier, dass eine von ihnen nicht ausschließen wollte, dass er Singer nur umgebracht hatte, um diese Bilder machen zu können. Anna hielt das für kaum wahrscheinlich, sprach es aber doch ins Handy.

Samstag

5
Überstunden und Berichte

Am Samstag fanden sich Konrad, Stimpfle und Thalmayr eine Stunde später als sonst im Polizeipräsidium in Ingolstadt ein. Dass sie zu Beginn einer Untersuchung, wo es galt, noch frische Spuren zu verfolgen, auch Überstunden zu leisten hatten, war ihnen allen klar gewesen. Es würde hoffentlich auch Zeiten geben, in denen die Kriminaler sich einen Tag würden freinehmen können.

Als sich alle mit Morgenkaffee, dem heimlichen Treibstoff der Ermittler, versorgt hatten, versammelten sie sich um den großen Tisch im Besprechungszimmer und trugen die Ergebnisse des gestrigen Tages zusammen.

Konrad begann mit dem Familienstand des Opfers: getrennt lebend und in neuer Beziehung. »Wir sollten diese Konstellation unbedingt noch ein wenig ausleuchten. Eifersucht schafft uns ja immer wieder mal Arbeit«, beendete er brummig seinen Vortrag.

»Wie haben es denn die beiden Damen aufgenommen, die der Herr Singer hinterlassen hat?«, fragte Thalmayr.

»Sehr schlecht, was das Gschpusi angeht«, meinte Konrad. »Seine Witwe war kühler und gefasster.«

Sie waren gestern vom Haus der Frau Fink sofort zu Frau Singer gefahren, in der Hoffnung, sie noch vor den Gerüchten zu erreichen. Frau Singer lebte ein paar Kilometer weiter westlich, in Reichertshofen, in einem schmucklosen Haus zur Miete, in einer Zweizimmerwohnung im ersten Stock. Das Klingelschild bestand aus einem schwarzen Plastikstreifen, auf dem durchgeprägt in Weiß zu lesen stand: »Iris Singer/Übersetzungsservice Singer«, doch die

Polizisten kamen auch ohne Klingeln ins Haus. Im Keller waren offensichtlich Heizungsmonteure zugange. Für sie hielt ein Keil die Treppenhaustür offen, sodass die Polizisten ungehindert bis zur Wohnungstür vordringen konnten, wo sie schellten. Es öffnete eine Endvierzigerin, gepflegt aber nicht aufgebrezelt, in engen Bluejeans und rotem Strickpullover.

»Ja?«

»Grüß Gott, Konrad und mein Kollege Stimpfle –«

»Danke! Danke nein! Mit meinem Glauben bin ich sehr zufrieden. Ich werd' nicht irgendwo beitreten, ich werd' nicht spenden, nichts abonnieren und kaufen will ich auch nichts. Vielen Dank und auf Wiedersehen.«

Sie wollte schon die Tür schließen, doch Konrad hielt sie auf: »Frau Singer, wir sind von der Polizei, nicht von den Zeugen!«

Verwunderung verdrängte die Entschlossenheit auf Frau Singers Gesicht. »Ja, was wollen Sie denn dann von mir?«

»Frau Singer, können wir das vielleicht drinnen …?« Konrad wies mit einer kurzen Kopfbewegung auf die Tür der Wohnung gegenüber, die leise einen Spalt aufgegangen war.

Frau Singer führte die beiden in ein kleines, mit viel Chromstahl und Glas modern eingerichtetes Wohnzimmer. Nur eine Sitzgruppe aus schwarzem Leder wirkte gemütlich. Sie nahm die Todesnachricht ruhig auf. Sie saß da, auf dem Sofa, blickte auf ihre Hände und schwieg. Dann, nach einer Weile, sah sie auf. »Zusammengebrochen ist er, sagen Sie?«

»Ja. So schaut es aus. Hat Ihr Mann vielleicht … Ich meine, ist er vielleicht nicht gesund gewesen? Der Blutdruck vielleicht oder eine Gefäßerkrankung?«

»Das kann ich mir nicht vorstellen. Soweit ich weiß, war er kerngesund. Aber ich bin jetzt seit zweieinhalb Jahren vom Benedikt getrennt. Seinen aktuellen Gesundheitszustand kenne ich natürlich nicht.«

»Kennetse vielleicht sein' Hausarzt?«, fragte Stimpfle.

»Früher war er immer in der Praxis Hiltensberger in Behandlung. In Wolnzach.«

Stimpfle zeigte auch ihr das Foto des toten Singer. Auch sie drückte sich, wie Frau Fink, erschrocken eine Hand vor den Mund, schwieg aber. Nach einigen Sekunden gab sie das Bild zurück.

»Er ist es«, sagte sie knapp. Ihr Mund war nur ein dünner Strich. Sie nahm eine Schachtel Zigaretten von einem Schränkchen, stand auf und ging zur Balkontür. Nachdem sie die Tür geöffnet hatte, trat sie auf den Balkon und steckte sich eine lange, dünne Zigarette an. Tief sog sie den Rauch ein.

Während sie rauchte, raunte Stimpfle Konrad leise zu: »Kaffee?«

»Noch nicht! Warten wir erst einmal ab.«

Als der weiße Stängel etwa zur Hälfte in Rauch aufgegangen war, drückte Frau Singer ihn ungeduldig aus und kam herein. Sie lächelte verlegen. »Meine Vermieterin mag es nicht, wenn ich in der Wohnung rauche. Verbieten kann sie es mir zwar nicht. Doch wir wohnen im selben Haus und ich will Schwierigkeiten vermeiden.«

»Die Dame gegenüber?«, fragte Stimpfle.

»Frau Kastner«, bestätigte sie. »Wie geht es jetzt weiter? Was passiert jetzt?«

»Nun, zunächst untersuchen wir den Todesfall. Im Moment ist er ungeklärt, doch dabei wollen wir es nicht belassen.«

»Und wie schaut es aus mit der Beerdigung? Bekomm ich weiter Unterhalt?«

»Diese Fragen können wir Ihnen leider nicht zuverlässig beantworten. Sie sind auf den Unterhalt von Herrn Singer finanziell angewiesen?«

»Na ja … was heißt schon angewiesen. Ich hab schon mein eigenes Einkommen. Ich betreibe ein kleines Übersetzungsbüro für englische, spanische und französische Geschäftskorrespondenz. Das läuft nicht schlecht. Es reicht zum Leben. Doch wenn man sich mal etwas Schönes gönnen will, dann wird's natürlich eng.«

Konrad nickte und meinte dann: »Frau Singer, nur so, ganz inoffiziell: Ich glaube, im Moment wär es fast g'scheiter, auf solche Extras zu verzichten. Apropos Geld. Wo wir schon so uncharmant beim Thema sind: Was hat denn der Herr Singer gearbeitet?«

»Der Benedikt war nicht berufstätig, nicht im landläufigen Sinn. Er hat Musik gemacht, hat auf Hochzeiten den Lader gespielt und war ›Heimatdichter‹.«

»Davon konnt er leben? So a hübsches Häusle abzahlen und Unterhalt au no?« Stimpfle war erstaunt und ebenso Konrad, auch wenn er es nicht so zeigte.

Frau Singer lächelte. »Es gibt Leute, die brauchen nur einmal etwas richtig machen im Leben, dann haben sie ausgesorgt.«

»Isch er denn a Lottomillionär g'wä?«, fragte Stimpfle fast ungläubig.

»Fast. Er ist – er war Maschinenbauer. Er hat seine Diplomarbeit über irgendein Problem mit Automotoren geschrieben, wie man mit Elektronik die Motoren noch effizienter macht. Dabei hat er wohl eine Idee gehabt und später ein kleines Bauteil erfunden, den Singerfühler. Fragens mich bloß nicht, was der macht, aber der Fühler hat anscheinend geholfen, diese Probleme zu lösen. Er hat sich diesen Fühler schützen lassen. Heute wird er in fast allen Autos verbaut. Seit er achtundzwanzig Jahre alt war, hat er von den Lizenzgebühren gelebt.«

»I glaub fascht, i han des Falsche g'lernt«, seufzte der Schwabe.

»Frau Singer, bitte entschuldigens, ich muss das jetzt fragen.« Konrad wechselte das Thema. »Es ist nur Routine. Aber ich muss mich erkundigen, wo Sie gestern Abend waren, so zwischen sieben und neun.«

»In Pfaffenhofen. Um etwa sechs Uhr war ich auf dem Weihnachtsmarkt. Und dann beim Essen. In der alten Schmiede.«

»Warens da allein?«, bohrte Konrad nach.

»Nein. Ich hab mich mit einer Freundin getroffen. Frau Sybille Thanner aus Pfaffenhofen.«

»Und wann haben Sie den Herrn Singer zum letzten Mal gesehen?«, fragte Konrad weiter.

»Ab und zu mal in der Zeitung. Aber von Angesicht zu Angesicht war es wohl zuletzt im September. Da sind wir uns in Ingolstadt auf dem Herbstvolksfest begegnet. Es war eine recht peinliche Situation.«

Viel mehr Substanzielles hatte der Besuch bei Frau Singer nicht ergeben.

»Dann wart ihr ja fleißig!«, lobte Thalmayr seinen Chef, als der seinen Bericht beendet hatte. »Eine Frage hab ich aber noch. Die Frau Singer hat g'raucht, habens g'sagt. Wissen Sie, was das für eine Marke war, Herr Konrad?«

Die Brauen rückten für einen Moment zu einem »V« zusammen, während Konrad nachdachte. »Es waren ›Eve‹ – so dünne Zigaretten, etwas länger als die normalen.«

»Schad'! Die Marke hab ich auf dem Pflaster leider nicht gefunden. Es wär aber auch zu schön g'wesen.«

Als Nächstes berichtete Stimpfle von ihrem dritten Besuch am Freitag. Ihren Rückweg hatten sie über Geisenfeld gemacht und dort den Ilm-&-Paar-Verlag aufgesucht. Der Verlag war aus der altmodischen Akzidenzdruckerei Schwarzer hervorgegangen. Neben Briefpapier, Speisekarten und Plakatdrucken hatte man dort zunächst vor allem Kalender veröffentlicht, später auch die heimatkundlichen Monographien des lokalen historischen Vereins. Als sich in den Neunzigerjahren ein Bildband über das Geisenfelder Storchenpaar und die nachgeschobenen Kalender als lukrative Bestseller entpuppten, übernahm der Junior die Leitung und strukturierte den Betrieb um: Die unrentable Druckerei wurde abgebaut und alle Energie in den Aufbau eines Verlags für Regionalia gesteckt. Seither gab es im Ilm-&-Paar-Verlag Holledauer Kochbücher, Bücher über Hopfen, lokale Märchen und Sagen, einen Band über die Moorgespenster im Donaumoos, ein paar Reise- und Radlführer sowie ein paar Gedicht- und Geschichtenbände der örtlichen Poeten.

Der ehemalige Junior, Wenzel Schwarzer, war inzwischen der Chef, Mitte vierzig, neigte zur Stirnglatze und wirkte verwundert, von der Polizei Besuch zu bekommen. Als er erfuhr, dass Benedikt Singer verstorben war, reagierte er bestürzt. »Ja, um Himmels willen! Das ist ja schrecklich! Oh mei, ich weiß gar nicht, was ich da sagen soll.«

»Sie hätten heut einen Termin mit ihm gehabt, gell?«, fragte Konrad.

»Ja. Ich hab mich schon gewundert, wieso dass der nicht kommt. Aber an so was hab ich natürlich nicht gedacht.«

»Was hätten Sie denn mit dem Herrn Singer besprochen?«

»Ach, es ging um sein neues Buch. Das soll ja eigentlich schon Ostern herauskommen, doch er wollte es noch einmal überarbeiten. Er mochte es noch galliger haben und bissiger. Das wollten wir besprechen. Die Art und vor allem den Umfang der Umarbeitung. Dafür brauchte es dann einen neuen Zeitplan. Und zum anderen wollte ich natürlich wissen, wie frech es sein sollte. Irgendwelche Prozesshanseleien mit beleidigten Leberwürsten tät ich mir gern schenken.«

»Was hat er denn so Freches g'schrieben, der Herr Singer?«, wollte Konrad wissen. »Könnt er da Leuten auf die Zehen steigen?«

»Ich weiß es nicht. Noch kenn ich einige der Gedichtl ja nicht einmal«, sagte Schwarzer und seufzte. Dann stand er auf und nahm drei dünne Bücher aus einem Regal: »Hopfenharz«, »Zupferseele«, »Stangenwald – poetische Verirrungen«. »Da, die schenk ich Ihnen für Ihre Unterlagen. Die drei Bücher haben wir mit ihm g'macht.«

»Und? Verkaufen sie sich gut?«

»Na ja ... was ist schon gut? Sie verkaufen sich immerhin beständig. ›Hopfenharz‹ ist jetzt schon seit mehr als zehn Jahren im Programm. Die Zahlen sind aber noch immer stabil. Bei jedem großen Hoagartn, wo er g'lesen hat, ist wieder ein Dutzend unter d' Leut 'kommen.«

»Hoagartn?« Stimpfle blickte Konrad ratlos an.

»Ein Hoagartn ist ein Kulturabend mit Geschichten, Gedichten und Musik. Natürlich alles in Mundart«, erklärte Konrad dem Schwaben.

Stimpfle nickte. »Und der neue Gedichtband, Herr Schwarzer? Des wär wieder so a Gedichtbüchle worre?«

»Jein. Ein Gedichtband schon, aber anders. Bissiger und frecher, hat der Herr Singer gemeint.«

»Ah – drum die Rückfrage, wie bös es werden darf. Waren denn die Texte so frech, dass jemand richtig bös hätt werden können?«

»Nachdem, was ich bisher g'sehen hab, denk ich eher nicht. Die Texte waren zwar frischer, frecher und auch bissig, aber sie ham niemand persönlich getroffen. Er hat eher allgemeine menschliche Schwächen aufg'spießt.«

Auf Konrads Bitte mailte der Verleger die Texte, die er schon vom neuen Projekt hatte. Damit endete Konrads Bericht über die Ermittlungen des Vortages.

»Und Sie, Herr Thalmayr, was haben Sie gemacht? Sie haben die Zigarettenkippen untersucht? Haben Sie dabei was herausgefunden?«

Thalmayr lächelte. »Bei den Stumpen hab ich nichts gefunden. Aber beim Nasenspray.«

»Was denn?«, fragte Konrad neugierig, der wusste, dass die Spurensicherungsbeamten sich für ihre oft wenig aufregende Routinearbeit gerne damit belohnten, dass sie ihre Erkenntnisse als kleine Sensation präsentierten.

»Ich hab ziemlich sicher die Todesursache. Es war – Gift! Das Nasenspray war mit einer ziemlich großen Menge von Zyanid versetzt!«

6
Weitere Untersuchungen

»Zyanid?«, fragten Konrad und Stimpfle gleichzeitig.

»Genau, Zyanid! Auch bekannt als Blausäure. Sie war im Nasenspray«, erklärte Thalmayr.

»Ganz schön raffiniert«, meinte Konrad, dem allmählich klar wurde, was das für ihre Ermittlungen bedeutete.

»Das ist ja immerhin mal was«, brummte er. »Wir ham hier also keinen natürlichen Tod vorliegen. Es ist entweder Selbstmord oder ein Mordfall. Er kann sich das Gift auch selbst verabreicht ham, aber das muss nicht so sein. Wir müssen auf jeden Hinweis achtgeben, der auf einen Kampf hindeuten könnte! Und sogar wenn er es selbst geschnupft hat, heißt das immer noch nix. Dann war es noch lang kein Selbstmord. Vielleicht hat ja einer das Nasenspray vergiftet! Das wär dann wenigstens amal a interessanter Modus Operandi. Herr Thalmayr, die Kampfspuren sind Ihr Job. Die ganze Ermittlung wird vermutlich um einiges einfacher, wenn Sie uns einen Kampf ums Nasenspray nachweisen können. Ohne Abwehr- oder Kampfspuren … da wird's wohl haarig werden. In dem Fall brauch' mer uns mit den Alibis gar nicht länger aufhalten. Das Gift kann dann irgendwann ins Nasenspray gekommen sein … völlig unabhängig vom Todeszeitpunkt.«

Stimpfle beschäftigten eher die praktischen Aspekte. »Sagetse bitte, Herr Thalmayr, wie viel von dem Zyanid braucht mer denn, dass mer oin ombringt?«, wollte er wissen.

Thalmayr zuckte die Achseln. »Mit Zyanid kenn ich mich nicht so aus. Es kommt einem nicht gerade häufig unter. Aber so viel kann ich schon jetzt sagen: Es ist ein recht potentes Gift und auch in geringer Dosis schon tödlich. Aber Zyanid ist nicht gleich Zyanid. Das Gift gibt es in verschiedenen Formen und Zusammensetzungen. Ich werd' mich schlau machen.«

Diese Nachforschungen rund ums Zyanid mussten aber einstweilen warten. Als Thalmayr in sein Labor kam, fand er ein Postpaket vor. Die Kollegen in München hatten ihm geschickt, was der tote Singer getragen und bei sich gehabt hatte, die sogenannten Effekten. Sie wurden nun zur weiteren Untersuchung und Asservierung geschickt.

Als er das Paket öffnete, drang ihm ein Geruch entgegen, der zwischen Schweinedung und Windeleimer changierte. Er trug das Paket zu einem Arbeitstisch am Fenster und öffnete dieses. Lieber fror er, als dass er den Gestank ertrug.

Obenauf im Paket lag ein brauner Briefumschlag, darunter ein ganzes Bündel kleinerer, sorgsam beschrifteter Beweismitteltüten mit Proben. Zuunterst in großen – zum Teil sehr großen – Beweismitteltüten einzeln verpackt fand er die Kleidung des Toten.

Den Bericht im braunen Kuvert ließ er zunächst links liegen. Vor seiner eigenen Untersuchung wollte er sich nicht den Blick durch die Ermittlungen anderer verstellen lassen, selbst wenn er Untersuchungen, die schon in München gemacht worden waren, wiederholen würde. Besser durch übertriebene Sorgfalt abgesichert sein, als zu riskieren, dass ein kleines Detail übersehen wurde.

In seinem Büro studierte Konrad derweil den vorläufigen Autopsiebericht. Der verantwortliche Rechtsmediziner, Prof. Dr. Thon, würde zwar in etwa drei Wochen einen genaueren, offiziellen und amtlichen Autopsiebericht übersenden, doch einstweilen arbeiteten die Ermittler auf der Grundlage dieses vorläufigen Berichts, übermittelt als Fax, den Herr Rösler als Zeuge und Vertreter der Staatsanwaltschaft angefertigt hatte. Der war zwar formal eher ein Protokoll und enthielt eine Reihe wohltönender Fachausdrücke weniger als der abschließende Bericht, aber er listete die Ergebnisse der Autopsie hinreichend genau auf.

Der Bericht beschrieb Singer als einen Mann von 182 Zentimeter Körpergröße und 85 Kilogramm Gewicht. Er war etwa 45 Jahre alt. Die Schätzung traf recht genau zu. Seinen Ausweisen zufolge war er 47 Jahre alt geworden.

Sein Röntgenbefund war unauffällig, von einem Oberarmbruch abgesehen, der aber Jahrzehnte zurücklag und gut verheilt war. Sein

Körper, so fuhr der Bericht fort, war äußerlich unverletzt, von einer kleinen Hautabschürfung am Hinterkopf abgesehen.

Diese Bemerkung markierte Konrad mit gelbem Leuchtstift. An dieser Stelle des Kopfes fanden sich auch Spuren einer dunklen, harten, kleinkörnigen Substanz. Dies wurde ebenfalls angestrichen. Eine Probe davon, vermerkte der Bericht, war in einem Röhrchen sichergestellt und den Effekten beigelegt worden. Davon abgesehen war der Leichnam äußerlich unverletzt und weitgehend unauffällig – wenn man von der Hautfarbe absah.

Diese Veränderung war unübersehbar. Die ganze Haut und alle Schleimhäute waren rosarot verfärbt. Darüber hinaus wurde nichts Relevantes vermerkt, auch wenn der Bericht noch ein paar alte Narben anführte. Eine am rechten Unterbauch, vermutlich von einer Blinddarmentfernung, traditionell, nicht endoskopisch. Konrad blätterte weiter und fand tatsächlich im Organbefund das Fehlen des Appendix' aufgeführt. Eine weitere alte Narbe, linksseitig über dem Ohr, etwa vier Zentimeter lang, wies auf eine Platzwunde hin, die aber mehrere Jahre, womöglich Jahrzehnte, zurücklag.

Kurz nach dem Eintreffen der Leiche in München war die Lebertemperatur gemessen worden. Konrad wollte gar nicht so genau wissen, wie das geschehen war. Anhand mehrerer Tabellen und der Witterung konnte Prof. Thon die Sterbezeit auf Donnerstag, 20.30 Uhr plus/minus neunzig Minuten festlegen. Das war der Zeitraum, den Konrad erwartet hatte.

Im Mund-Rachen-Raum fanden sich Reste von hochgewürgter Magensäure. Der Mann musste versucht haben, sich zu erbrechen. Erneut blätterte Konrad nach vorne. Der Magen selbst war leer gewesen, Singers letzte Mahlzeit lag mindestens zwei bis drei Stunden vor seinem Tod, womöglich länger. Ansonsten waren nur leicht geschwollene Rachenmandeln festzustellen.

Die Inaugenscheinnahme der Organe ließ auf keinerlei Anfall schließen, Lungenembolie oder Herzinfarkt schieden als Todesursache aus. Lunge und Leber wiesen den Toten als Nichtraucher und maßvollen Genießer alkoholischer Getränke aus. Im Fortgang der Untersuchung waren die Nasenhöhlen allerdings auffällig gewesen. Sie wirkten stark gereizt und waren geschwollen. Denselben Befund zeigten die Nasennebenhöhlen. Es wurden Abstriche von beiden gemacht und ins Labor gegeben. Das Gehirn wies keinerlei Hinweise auf irgendein Trauma oder eine Blutung auf. Die Laborergebnisse lagen bei Abfassung des Berichtes noch nicht vor.

Konrad seufzte. Erfahrungsgemäß war mit dem Laborbericht erst Mitte nächster Woche zu rechnen. Als er weiterlas, lächelte er dennoch: Um die Rotverfärbung zu erklären, wurde eine zusätzliche Blutprobe entnommen. Ein damit sofort durchgeführter Schnelltest habe das Vorhandensein von Zyanid nachgewiesen – jedoch keine Mengenbestimmung. Hier würde man auf die Laborergebnisse warten müssen.

Der verwendete Schnelltest war eigentlich gar nicht für diesen Zweck vorgesehen. Doch Prof. Thon hatte eingesehen, dass es in solchen Fällen wichtig war, den Ermittlern möglichst rasch eine Erklärung für die rosarote Färbung zu geben. Hierbei war es von Vorteil, dass es – sah man von recht exotischen und extrem seltenen Ursachen oder Kosmetik einmal ab, für diese Hautfärbung im Wesentlichen nur zwei Ursachen gab: eine Zyanidvergiftung oder die sehr viel häufiger vorkommende Kohlenmonoxidvergiftung. Mit einem einfachen Kyvettentest, der eigentlich für Wasseruntersuchungen gedacht war, konnte man sehr oft schnell, preiswert und hinlänglich sicher Zyanid ausschließen. Hatte man das ausgeschlossen, blieb in aller Regel nur mehr das Kohlenmonoxid übrig. Im Fall Singer aber schlug der Test an, zum ersten Mal, seit Prof. Thon ihn verwendete. Zur Bestimmung des Giftgehaltes war der Test zwar ungeeignet, den würde das Labor ermitteln, doch dass Blausäure in irgendeiner Form beteiligt war, stand nun außer Frage.

Für die Unterlagen fasste Konrad den Bericht in knappster Form zusammen: Sie hatten den Leichnam eines Mittvierzigers in guter körperlicher Verfassung, Nichtraucher. Todesursache war eine Vergiftung mit einer noch zu ermittelnden Form und bislang unbekannten Dosis von Blausäure, beigebracht über die Nasenschleimhaut.

Konrad stand auf, holte sich einen frischen Kaffee, seinen dritten heute Morgen, und brachte den Autopsiebericht mit seiner Zusammenfassung zu Stimpfle.

»Herr Konrad, wissetse was i mi frag?«, wollte der Schwabe wissen, als sein Chef schon fast wieder an der Tür war.

»Was fragens sich denn, Herr Stimpfle?«

»I frag mich, ob er a Händi g'hat hätt und wo sei Auto isch.«

Konrad lächelte. »Gut aufgepasst, Kollege. Das gibt ein Plus! Sein Auto und sein Mobiltelefon zu finden, wäre wirklich interessant. Dass einer bei dem Sauwetter acht Kilometer zu Fuß geht, ist wenig wahrscheinlich. Vielleicht findet sich ja etwas am Auto, was uns weiterbringt. Und das Handy! So ein Handy ist ja fast immer eine gute Spur. Manchmal frag ich mich, wie wir die Fälle gelöst haben, bevor es die Dinger gab.«

»Soll ich mal die Kollegen in Geisenfeld fragen, ob sie wenigstens den Wagen finden? Vielleicht isch er ja irgendwo in der Näh' um den Tatort abgestellt?«

»Machens das. Wenn die Kollegen ihn finden, sollens ihn sicherstellen und herbringen. Da muss die SpuSi drüber. Und im Haus vom Opfer sollen sie mal nachsehen und nach Gift schauen. Vielleicht findens ja was, oder sie finden was ganz anderes, was uns weiterhilft.«

Eine Etage tiefer war Thalmayr mit der zweiten Tasse Kaffee und der Untersuchung der Effekten von Singer beschäftigt. Er arbeitete an einem Tisch unter einer starken Absaugvorrichtung. Das Versagen der Schließmuskel im Todeskampf hatte die Kleider mit Kot und Urin besudelt. Der Geruch hatte nun etwa achtunddreißig Stunden zur Reifung gehabt. Das Paket hatte schon unangenehm gerochen. Doch als er die Beweismitteltüte, in der die Hose steckte, öffnete, entstieg ihr ein überwältigender olfaktorischer Angriff.

Dennoch hatte Thalmayr mit der Hose begonnen. Es war eine aus dichtgewebtem Baumwollstoff, schwarz, mit Jeansschnitt. Mit einem Plastiklöffel kratzte er eine Stuhlprobe aus ihrem Inneren, versenkte sie in ein Probenröhrchen und tütete es ein. Das geschah nur der Vollständigkeit halber. Die Innenseite der Hose interessierte Thalmayr weit weniger, als es die Außenseite tat. Zunächst suchte er nach Fasern. Mit breiten Klebestreifen, Tesafilm nicht unähnlich, sammelte er sie von der Hose ab und klebte sie auf beschichtete Karten auf. Er fand nur wenig. Das wunderte ihn nicht. Beim Auspacken war ihm schon der kleine Stapel Beweismittelkarten aufgefallen, den die Kollegen in München gesammelt hatten.

Nun untersuchte er die Nähte der Hose. Wenn in einem Kampf gezerrt oder gezogen wurde, konnte dies die Nähte sichtbar dehnen. Doch es war nichts derartiges erkennbar. Nur die rechte Gesäßtasche war etwas ausgebeult, wie so oft, wenn Männer dort ihre Geldbörse mit sich herumtrugen.

In der rechten Seitennaht fand er aber etwas Auffälliges: kleine, kaffeebraune Partikel hatten sich hier versteckt. Er las sie mit einer Pinzette heraus und legte sie in eine Schale mit Millimeterraster. Die größten Partikel waren zwischen zwei und drei Millimeter groß. Thalmayr holte sich einen leistungsstarken Handstaubsauger und überprüfte, dass eine neue Staubfalle eingesetzt war. Damit saugte er die rechte Seitennaht ab und fand zwischen Fusseln und Fasern noch mehr dieser Teilchen, teilweise sehr klein. Mit einer neuen Staubfalle saugte er die anderen Nähte ab, doch dort fanden sich die Partikel nicht.

Die Hose war noch feucht von Schnee und Urin. Thalmayr markierte fünf verschiedene Stellen, machte dort Abstriche und tütete sie ein.

Die Unterwäsche gab nicht viel her, ebenso wenig Singers T-Shirt oder das Hemd.

Am Wollschal des Opfers fand er einen großen Fleck, erkannte aber, dass die Münchner Kollegen schon eine Probe herausgeschnitten hatten. Thalmayr breitete den Schal aus und hob ihn hoch. Er konnte nichts erkennen. Darum nahm er ihn und trug ihn zu einem Leuchttisch. Keine gedehnten oder gedrängten Stellen im Gewebe und schon gar keine Risse – nur das sauber ausgeschnittene Loch von der Probenentnahme. Auch gegen das Licht zeigte das Gewebe keine verräterischen Spuren, die auf ein starkes Zerren oder Reißen hinwiesen.

So blieb zum Schluss der Lodenmantel. Auch hier gab es weder Hinweise auf einen Kampf noch Beschädigungen oder gedehnte Nähte. Nur diese schwarzbraunen Partikel fand er wieder … vor allem rechtsseitig.

Er seufzte. Mit Hinweisen auf einen Kampf würde Thalmayr seinem Chef leider nicht dienen können. Ganz zum Schluss las er den Bericht der Münchner Kollegen. Sie hatten auch nicht mehr gefunden als er und bestätigten seine Ergebnisse.

Es war Nachmittag, als Thalmayr Feierabend machte, die eingetüteten Beweismittel wieder in eine rote Plastikwanne legte und aufräumte. Er dachte an seine Frau und seine kleine Tochter. Noch war es nicht zu spät für einen kleinen Bummel über den Weihnachtsmarkt.

Sonntag, 3. Advent

7
Wimmer kehrt heim

Wimmer wählte für seine Heimfahrt den Sonntag. Alles in allem waren es doch sehr angenehme Tage in der Pfalz gewesen. Zwei Wochen lang hatte die überschwängliche Fürsorge seiner Cousine ihn verfolgt. Er war komplett umsorgt und verwöhnt worden – trotz der Ferienwohnung und seiner angeblichen Unabhängigkeit. Eine Weile war es sehr angenehm gewesen, doch inzwischen hatte er genug davon. Er brauchte eine Pause von Hertas überwältigender Liebe. Dennoch hatte er vor, den Besuch zu wiederholen. Im Sommer vielleicht.

Nicht nur das Treffen mit der Verwandtschaft war schön gewesen, er hatte auch allerhand gesehen und eindrucksvoll zerklüftete rote Sandsteinfelsen im Pfälzer Wald besichtigt, mit und ohne Burgen, außerdem den Kaiserdom zu Speyer, die sanften Obst- und Weingärten der Vorderpfalz und sogar einen Abstecher ins Elsass hatte man mit ihm gemacht. Am stärksten hatten ihn aber die Reiher im Zoo von Landau beeindruckt. Diese Vögel, die offiziell gar nicht zum Inventar des kleinen Tierparks gehörten, nisteten dort in den Baumkronen und fanden sich pünktlich wie altgediente Beamte bei der Pinguinfütterung ein, wo sie – als Gäste sozusagen – von den Tierpflegerinnen mitverpflegt wurden. Wie in Zeitlupe und nur Zentimeter über den Köpfen der Zuschauer schwebten sie von den Ästen der umstehenden Bäume heran und fischten sich die Fische aus dem Wasser oder direkt aus der Luft, um dann mit zwei kräftigen Flügelschlägen wieder durchzustarten. Die Reiher wirkten weder futterneidig noch gierig, sondern raubten die Fische mit so viel Gelassenheit, Anmut und Würde, dass sie Wimmer weit mehr beeindruckten, als ihre kleinen fracktragenden Gastgeber.

Das Wetter war kalt, aber sonnig, als sich Wimmer nach einem Frühstück verabschiedete und die Heimreise antrat. Sein hellblauer Benz trug ihn bei Karlsruhe gemütlich über den Rhein, durch die Ausläufer des Schwarzwalds ins Württembergische hinüber, an Stuttgart vorbei und die schwäbische Alb erst hinauf, dann wieder herab. Bei Ulm nahm er mit Erleichterung zur Kenntnis, nun wieder auf bayrischem Boden unterwegs zu sein, und nach etwa vier Stunden Fahrt kam er endlich in Wolnzach an – rechtzeitig zum Kaffee.

Anna hatte, mit etwas Hilfe ihrer Mutter, ihrem Opa zu Ehren einen Käsekuchen gebacken und wurde für diese Leistung gelobt. Beim Kaffeeplausch, als die Mitbringsel verteilt waren, musste Wimmer erzählen und er berichtete ausführlich. Als die touristischen Höhepunkte und die Neuigkeiten aus dem Familienkreis erörtert waren, fragte Karola, ob er denn in der Fremde vielleicht ein Steckenpferd für sich entdeckt hätte. Insgeheim war die hartnäckige Einladung von Karola eingefädelt worden, damit sich Wimmer für einen sinnvollen Zeitvertreib erwärmen könnte. In einem »Geheimtelefonat« hatte sie Wimmers Cousine ihre Sorgen und Absichten mitgeteilt und Herta hatte versprochen, ihr Bestes zu tun.

»Ach, Karola, was soll ich da sagen«, seufzte Wimmer. »Ich glaub eher nicht. Die Herta hat mir zeigen woll'n, wie das Züchten von Kakteen geht. Ihr machen die stachlerten G'müser ja so a Freud, aber ich kann dem Zeug nix abg'winnen.«

Karola hörte das mit Bedauern, denn die Sukkulentenzucht wäre recht praktisch gewesen. Ein erfüllendes Hobby, nicht allzu teuer, lautlos und geruchsneutral. Doch noch hatte sie Hoffnung. Es gab noch weitere Verschwörer. »Die Tante Herta hat neulich gemeint, du hättest dich für Reptilien interessiert«, bohrte sie nach.

»Das war wohl eher das Anliegen vom Herrn Rieder. Das war der Herr, da wo ich g'wohnt hab, in seiner Einliegerwohnung. Der Herr Rieder, der hat so exotische Viecher und wollts mir vorführen. Er hat mir auch Bücher auf den Nachtisch g'legt. Einmal hab ich sogar den Fifi streicheln sollen. Des is sein Leguan, musst du wissen. Und Spinnenviecher hat er auch, groß wie a Suppenteller. Aber das is auch nix für mich. So a Skorpion oder a Reptil is ja scho ganz nett – im Fernsehn oder im Zoo. Aber als a Haustier? Muss ich ned ham.«

Diese Absage nahm Karola mit deutlich weniger Bedauern zur Kenntnis als das Nein zur Kakteenzucht. Sie hätte nur sehr ungern das Haus mit Leguanen oder Spinnentieren teilen wollen. Doch wenn diese Tierchen das Glück und den Seelenfrieden ihres Vaters bedeutet hätten, wäre sie zu diesem Opfer bereit gewesen. Zwei Angebote waren also fehlgeschlagen. Dann blieb als Hoffnung noch immer Horst, der Ehemann von Tante Herta. Tatsächlich kam Wimmer auch prompt auf ihn zu sprechen.

»Der Horst hat mich dann am letzten Freitag mitgenommen zu einem Lokschuppen. Das ist ziemlich weit weg – in Neustadt an der Weinstraße. Da basteln er und seine Spezln an alten Dampfloks rum. Das ist schon a Schau, wies alles wieder herrichten und aufmöbeln. Am End san des echte Schmuckstücke. Und dann am Samstag sind wir sogar mit dem Zug gefahren. Des is scho a Spektakel.«

»Des hat dir g'fall'n?« In Karolas Stimme glomm leise Hoffnung.

Wimmer war nicht dumm. Er kannte seine Tochter gut genug, um zu wissen, dass sie nicht nur hinter der Einladung, sondern auch hinter diesem Hobby-Schnupperprogramm steckte. Ihre Sorge rührte ihn. Nur darum hatte er sich im Gespräch so brav auf diese Themen lenken lassen. Ein wenig ärgerte er sich aber auch, dass er das Opfer ihrer kleinen Verschwörung geworden war. So zeigte er ausgerechnet für das in Wolnzach unerfüllbare Hobby der Eisenbahnerei besondere Begeisterung: »Ja, scho. Lustig is g'wesen. Nur schad', dass es hier keinen solchen Eisenbahnverein gibt, der was Dampfloks wieder fitmacht. Des wär scho was.«

Strahlend lächelte er sie an und spürte in sich den süßen Triumph seiner kleinen Rache. Karola focht das aber nicht an.

»Aber vielleicht magst ja was anders restaurieren? An Oldtimer vielleicht? So a schickes Schnauferl? Oder an alten Bulldog?«

»Ah geh! Was soll ich denn mit noch am Auto? An Oldtimer hab i ja schon, fast zumindest. Meinen Benz, der g'langt mir. Und was fang i mit am Schlepper an? Abg'sehn davon, i bin ja leider ned so der große Mechaniker. Naa … So schön, wie dass es is, des is was für andere Leit!«

Später, als Karola sich um das Abendessen und Sebastian sich um die Buchhaltung kümmerte, packte Wimmer seinen Koffer aus. Er räumte gerade seine Pullover, die er nicht gebraucht hatte, in den Schrank, da bekam er Besuch – von Anna.

»Sag amal, Opa, hast des mit dem Singer eigentlich schon g'hört?« Wimmer sah sie ratlos an. »Der war der Hochzeitslader von der Katharina.«

»Na. Wieso? Was is denn mit dem?«

»Na, tot is er. Einfach so umg'falln und hin is er g'wesen. Letzten Donnerstag, auf d' Nacht. Am Kirchturm bei der evangelischen Kirch'.«

»Da schau her. Naa, des hab ich nicht gewusst. Und woher weißt du das?«

»Opa!«, rief Anna und seufzte übertrieben. »Wir wohnen in Wolnzach. Wenn's im Ort an Spatz vom Stangel haut, dann gibt des scho a G'red.«

»Und was redens denn so, die Leut?«, fragte Wimmer, halb belustigt, halb neugierig.

Anna öffnete ihren Katzennotizblock und erstattete ausführlich Bericht. Als sie endete, blickte sie ihren Opa erwartungsvoll an.

»Jessas, Kind! Da hast dir aber Mühe gegeben«, stellte Wimmer lächelnd fest, dann wurde er plötzlich ernst. »Aber wart amal! Jetzt geht mir da ein Seifensieder auf! Du bist ja a ganz a Raffinierte! Du denkst jetzt wohl am End', ›Scherlock-Pinkerton & Co – Wolnzach‹ könnt wieder in Aktion treten? Du meinst, wir könnten wieder Detektiv spielen?«

Anna gab sich beflissen unschuldig. »Ich mein ja nur … ein ungeklärter Todesfall, bei uns im Dorf. Und Weihnachtsferien hätt ich auch bald. Vielleicht, dass wir a bisserl … am Rand von dem

Fall … a weng … herumschnüffeln?« Sie versuchte einen treuherzigen Augenaufschlag.

»Anna, spinnst du jetzt? Wir ham ja diesmal gar nix in der Hand. Und kennen tun wir auch keinen. Vermutlich hat ihn eh bloß der Schlag getroffen.«

»Wo denkst du, dass der Schlag ihn getroffen hat? Hinters Ohr oder aufs Schädeldach? Nur achtzehn Leut haben eine natürliche Todesursache angenommen. Immerhin elf sprechen von Mord oder Totschlag. Das sind mehr als dreißig Prozent! Auch Motive ham wir welche, die wir überprüfen können: Eifersucht und Habsucht ham wir gleich bei verschiedenen Verdächtigen und schließlich der Klassiker: Die Rache der Exfrau!«

»Anna, oh Anna!« Wimmer musste lachen. »Dreißig Prozent denken, es war Mord? Kind, ob der Tod a Mord war oder was anderes, des wird doch ned demokratisch entschieden! Das ist doch a Schmarrn. Und unsere ›Verdächtigen‹, wenn mas überhaupt so nennen kann, des ist doch bloß a blödes Getratsche. Mir ham doch gar nix Handfestes.«

»Mehr ham wir beim ersten Fall auch nicht gehabt«, wandte Anna ein, die sehr wohl bemerkt hatte, dass Wimmer schon von »wir« sprach. Auch wenn er es noch abstritt, spürte sie: Ihr Opa hatte Blut geleckt. Er hatte den Köder geschluckt. Es war Zeit, den großen Trumpf auszuspielen. »Außerdem ham wir sehr wohl was Handfestes. Viel mehr als das letzte Mal!«, rief sie trotzig.

Sie ging rasch hinüber in ihr Zimmer und kam gleich darauf mit verschiedenen Papieren wieder. »Wir haben diesmal Fotos vom Tatort!«, sagte sie voller Stolz und reichte Wimmer eines der Blätter. Als Wimmer erkannte, was er da sah, wurde er blass.

»Das ist echt? Da ham keine Rotzlöffel die Situation nur nachg'stellt?«

»Das ist echt.«

»Ja Kind, wo hast du denn des Bild her?«

»Ich hab noch mehr Bilder. Aus verschiedenen Blickwinkeln. Einen kompletten Satz. Weißt, des sind die modernen Zeiten, Opa. Ich leb im Zeitalter der Informationstechnologie.«

»Aber, Anna, des is a echte Leiche und koa Spielzeug.«

»Das weiß ich, Opa. Und ich hab auch nicht gespielt, ich hab ermittelt. Sorgfältig und umsichtig. Sensationsgeil bin ich nicht. Ich hab echt keinen Spaß dran, die Bilder anzuschau'n. Da gruselt's mich. Ich hab's nur aufg'hoben. Für dich und für unsere Ermittlung. Weil … Ich will wissen, warum der arme Singer g'storben ist. Und wenn du ehrlich bist, dann willst du's genauso wissen.« Damit gab sie ihm die restlichen Blätter und ging in ihr Zimmer. Das Schließen ihrer Tür klang in Wimmers Ohren wie eine Watsche.

Wimmer legte die Ausdrucke vom Tatort unter die gummierte Unterlage auf seinem Schreibtisch. Er wollte die Bilder nicht sehen. Er wollte gar nicht an diese Sache denken. Was immer die Leute auch sagen mochten, es war unsinnig, hinter jedem Todesfall gleich einen Mord zu wittern. Und doch nagte es an ihm. Dass Anna ihn beim Abendessen mit schweigender Verachtung strafte und danach gleich zu Bett ging, machte es nicht besser. Gegen halb neun zog er sich in sein Zimmer zurück und versuchte sich abzulenken. Er schaltete seinen kleinen Fernseher ein. Ein »Tatort« lief. Leider kein guter. Wimmer ärgerte sich. Die Fernsehkommissare stellten sich so ungeschickt an, dass Wimmer die Zeugen am liebsten selbst befragt hätte. Am Ende wurde der Fernsehmörder eher durch Zufall überführt als mittels Logik. Wenn die Polizei im richtigen Leben ihre Aufgaben in ähnlicher Art erfüllte, hatte Anna vielleicht sogar recht daran getan, die Ermittlungen selbst zu beginnen.

Wimmer dachte an Singer zurück. Ein lustiger, sympathischer Mann, ein tüchtiger Musikant … mehr hätte er nicht über ihn zu sagen gewusst. Und nun war er auf rätselhafte Art gestorben. Wimmer ging zu Bett. Er würde die Sache erst einmal überschlafen. Bei Herta hatte er einen weisen Spruch auf einem Brettchen gesehen: »Der Morgen ist klüger als der Abend!«

Der gute Vorsatz blieb fruchtlos, denn Schlaf wollte sich nicht einstellen. Wimmer grübelte und warf sich hin und her. Nach einer Weile gestand er sich ein: Anna hatte recht. Er wollte wissen, warum der arme Singer vor seinen Richter hatte treten müssen. Und Anna lag auch in einem zweiten Punkt richtig: Ein Satz Tatortfotos war schon was. Dieses Mal hatten sie tatsächlich mehr in der Hand als nur Gerüchte.

Um halb zwölf saß er in seinem blauen Frotteebademantel am Schreibtisch. Aus der Schublade holte er eine Lupe hervor, dann betrachtete er die Bilder im Schein der Schreibtischlampe eingehend. Zunächst konnte er nichts Besonderes erkennen. Doch dann entdeckte er etwas: Es musste ungewöhnlich kalt gewesen sein an diesem Tag. Der Frost hatte dem armen Mann die Hände gerötet. Doch wie konnte das sein? Es hatte offenbar in großen, dicken Flocken geschneit, eher Schneematsch als Schnee. So kalt konnte es also gar nicht gewesen sein. Vermutlich um den Gefrierpunkt.

Dann stutzte er: Wenn Singer tot war, dann konnte der Frost gar nicht für die rosa Haut verantwortlich sein. Er nahm noch einmal die Lupe zur Hand und untersuchte die anderen Bilder. Auch das Gesicht war rosarot. Dieses Detail war auf dem ersten Foto kaum zu erkennen gewesen.

Wimmer legte die Lupe beiseite. Wenn die Hand und das Gesicht eines Toten rosa angelaufen waren, dann war vermutlich der ganze Körper derart verfärbt. Diese Vermutung lag nahe.

Wimmer stand auf und trat an sein Bücherregal. Er war keine Leseratte, doch ab und zu genoss er einen spannenden Roman. Wie viele, die nur wenig lesen, las er sehr genau und merkte sich auch Einzelheiten. Nach kurzem Suchen kehrte er mit zwei Büchern zurück. Das erste war ein dicker Wälzer, den schon seine Mutter immer gerne herangezogen hatte: »Der medizinische Hausfreund, Hilfsbuch für alle Krankheitsfälle«. Das andere war ein Taschenbuchkrimi. Hierin blätterte er zuerst, dann fand er die Stelle, die er suchte. Der Detektiv entlarvte gerade den Mörder: »Sie waren es, Herr Graf!«, las Wimmer. »Nur Sie hatten Mittel und Gelegenheit. Ihr alter Widersacher hat sich nicht mit Autoabgasen vergiftet! Sie haben es kunstvoll so arrangiert, dass es so aussah. Es gibt aber neben Kohlenmonoxid noch ein Gift, das Leichen rosa verfärbt. Dieses Gift haben Sie in Wahrheit benutzt: Zyankali!«

Diese Erkenntnis überprüfte er mit dem »Hausfreund«, was deutlich schwieriger war. Doch am Ende fand er seine These bestätigt. Beide Vergiftungen färbten Leichen rosarot.

Eine Kohlenmonoxidvergiftung auf dem Platz vor der Kirche konnte sich Wimmer kaum vorstellen. Aber Zyankali …

Wenn es Zyankali war – dann war es Mord!

8
Die Handybergung

Am Morgen des dritten Adventssonntags war es recht ruhig im Ingolstädter Polizeipräsidium. Gegen neun Uhr dampfte Konrads Kaffee friedlich durch die Morgenstille und zeichnete duftende Kringel in die Luft. Sie entstiegen einem Kaffeebecher mit dem Logo der Gewerkschaft der Polizei. Er hatte die Tasse letztes Jahr bei der Weihnachtstombola gewonnen. Während der aromatische Dunst langsam die krausen Falten auf seiner Stirn glattdämpfte, durchstöberte er einen Schwung Aktennotizen. Eine von ihnen, eine recht kurze, erfreute ihn sehr.

Die Polizisten der Geisenfelder Wache hatten gestern Abend den Wagen von Singer in der Tiefgarage unter dem Hopfenmuseum gefunden. Sie hatten ihn als möglichen Spurenträger zum Beweisstück erklärt und sichergestellt. Seit 19.50 Uhr harrte er in der Polizeigarage des Präsidiums der weiteren Untersuchungen. Eine erste Inaugenscheinnahme durch den Kollegen Zeisinger hatte schon am Fundort ergeben, dass ein Mobiltelefon, möglicherweise das des Opfers, im Auto in einer Ladeschale lag.

Was die Aktennotiz nicht verriet, war der Grund, warum die Kollegen so lange gebraucht hatten, um den Wagen zu finden, obwohl er in unmittelbarer Nähe geparkt gewesen war.

Es war einfach nur Pech gewesen. Nacheinander waren vier Streifen ausgesandt worden, um nach dem Wagen zu suchen. Die erste Streife wurde, kurz bevor sie Wolnzach erreichte, über Funk zu einem Unfall umgeleitet. Bei ihrem Eintreffen war schon ein lautstarker Streit der Unfallbeteiligten im Gange, der ein deeskalierendes Eingreifen erforderte. Das saubere Aufnehmen des Sachverhalts drohte angesichts der sich widersprechenden Streithähne eine zeitraubende Arbeit zu werden. So wurde eine zweite Streife als Ersatz für die erste ausgesandt. Die wurde ebenfalls umgeleitet – zu einem häuslichen Zwist.

Nachdem sich die Ehefrau mit einer gewaltigen Fahne und einem Komplettsatz frischer Prellungen zu den Nachbarn geflüchtet hatte, tobte und randalierte der dazugehörige Gatte im Hausflur weiter und bedrohte Ehefrau und Nachbarn gleichermaßen mit massiver körperlicher Gewalt. Als der uneinsichtige Krakeler den herbeigeeilten Beamten anbot, die »g'schissenen Dreckspolizeibüttel so zu vadreschn, dass ihr an Arsch vorn tragts« und sich anschickte, mit einem Stuhlbein auf sie loszugehen, mussten sie ihn überwältigen und mitnehmen. Dies bedeutete im Anschluss eine knappe Stunde Schreibkram und das Ende des zweiten Versuchs, Singers Wagen zu finden.

Der dritte Versuch, inzwischen war es schon Nachmittag, fand kurz hinter dem Ortsschild von Geisenfeld sein Ende, als die ausgesandten Beamten einen Autofahrer solche Schlangenlinien fahren sahen, dass sie ihn bitten mussten anzuhalten. Der Atemalkoholtest zeigte stattliche 2,1 Promille an. Also brachten sie den Zecher auf die Wache, wo auf ihn eine ärztliche Blutabnahme, eine Anzeige und auf die Beamten der unvermeidliche Papierkrieg wartete.

Erst im vierten Anlauf war es endlich gelungen, den Wagen des Opfers zu finden. Als die Streife Wolnzach erreicht hatte, dauerte die eigentliche Suche nach dem Fahrzeug nur sechzehn Minuten.

Inzwischen war der Wagen im Präsidium und im Wagen lag, wie vermerkt, das Handy. Konrad stand auf und machte sich, die Aktennotiz in der linken Hand und den Kaffee in der rechten, auf den Weg zu Thalmayr. Er gab es zu: Er wollte Singers Mobiltelefon so rasch wie möglich haben. So ein Spielzeug war für die polizeilichen Ermittlungen ungemein praktisch. Bereitwillig protokollierten sie zum Beispiel jeden Telefonkontakt, oft monatelang. Wenn der Besitzer über SMS mit kurzen Textnachrichten kommunizierte, verriet das Telefon sogar, was für Botschaften da ausgetauscht wurden – selbst wenn der Besitzer vorsichtig gewesen war und sie auf dem Gerät gelöscht hatte. In dem Fall beantragte man eine richterliche Verfügung und erhielt alle Texte, auch die gelöschten, vom Telefonnetzanbieter. Auch war es immer eine gute Idee, die Mailbox abzuhören, diesen elektronischen Anrufbeantworter, der zu fast jedem dieser Telefone gehörte.

Fast alle Handys konnten inzwischen Fotos aufnehmen. So verrieten sie, was die Besitzer für besonders bemerkenswert hielten. Mancher benutzte sein Handy als Diktafon und Gedächtnisstütze und natürlich als Terminplaner.

Auch auf die Frage, wo das Opfer vor seinem Tod gewesen war, konnte das Telefon ziemlich genaue Antworten geben. Das erforderte zwar einige Formulare, das Okay von Frau Dr. Müller und den Beschluss eines Richters. Doch mit einem solchen Beschluss konnte Konrad die Telefongesellschaft um Auskunft bitten, wo sich Singer aufgehalten hatte – über die Mobilfunkmasten.

Beim Mobilfunknetzbetreiber wird das permanente An- und Abmelden der Geräte bei den einzelnen Basisstationen der Mobilfunkmasten vermerkt und protokolliert. Wenn die Polizei diese Daten anfordert, kann sie so den Weg des Telefons und damit meist auch des Telefonbesitzers für jeden Zeitpunkt nachvollziehen. Zwar nur grob, weil eine solche Basisstation ja einen gewissen Bereich abdeckt, aber doch genau genug, um diese Protokolle zu einem wichtigen Ermittlungswerkzeug zu machen.

Thalmayr war gerade im Labor angekommen und fuhr seinen Rechner hoch. »Was meinen Sie? Kann Ihr Rechner noch etwas warten?«, fragte ihn Konrad nach einem freundlichen »Guten Morgen«-Gebrummel.

Thalmayr blickte auf. »Ja, schon«, meinte er. »Was kann ich denn für Sie tun?«

»Ich will Sie ja gar nicht lange aufhalten. Wenns mir nur helfen, das Handy aus dem Wagen vom Singer zu holen und g'schwind die Spuren dran sichern, dann bin ich auch gleich wieder weg.«

»Okay, wenn's nur um das Handy geht, das sollte ja recht fix gehen«, meinte Thalmayr und lächelte. Dann suchte er aus einer roten Box einen der kleineren Beweismittelbeutel heraus, griff sich einen mittelgroßen Alukoffer und folgte seinem Chef zum Aufzug.

In einem Eck der Polizeigarage hinter gelben Absperrbändern stand der Wagen des Opfers, ein dunkelgrüner BMW Touring der Fünferreihe, nicht neu, aber ganz gut in Schuss. Er war rundum in Plastikfolie verpackt, damit beim Transport keine Spuren vernichtet wurden.

Ein Tapeziermesser mit ausschiebbarer Klinge durchtrennte die Folie mit zwei senkrechten Schnitten jeweils ein gutes Stück neben der Beifahrertür und ein weiteres Mal, zwischen diesen Schnitten, horizontal knapp über dem Boden. Nachdem Thalmayr so eine Art Tür in die Folie geschnitten hatte, klappte er sie aufs Wagendach, trat an das Seitenfenster heran und blickte ins Auto.

»Da ist das Teil ja. Das haben wir gleich.«

Trotz dieser Ankündigung sah sich Konrad nach einer Sitzgelegenheit um. Aus Erfahrung wusste er, dass die Uhren der SpuSi-Leute oft ein wenig langsamer tickten. Thalmayr hatte sich einen Werkstattwagen geholt, legte seinen Koffer darauf ab und entnahm ihm einen weißen Einwegoverall, Mundschutz aus Papier und Latexhandschuhe. So geschützt, um selbst keine Spuren zu hinterlassen, ging er vier Minuten später vor der Autotür in die Hocke und pinselte sorgfältig Fingerabdruckpuder auf die Umgebung des Türgriffs. Erwartungsgemäß wurde er fündig und zog mittels eines Klebestreifens vier Fingerspuren auf eine weiße Pappkarte. Leider waren die Abdrücke schlecht erhalten. Denselben Vorgang wiederholte er nun mit einigen Verrenkungen an der Unterseite des versenkten Türgriffs. Hier förderte er bessere Beute zutage: sechs Abdrücke, davon drei in recht gutem Erhaltungszustand, auch wenn sie leicht überlagert waren.

»Dann wollen wir den Wagen mal öffnen«, meinte Thalmayr zu seinem Chef, der sich auf einer zweistufigen Trittleiter niedergelassen hatte. Der Spurenfachmann rückte seinen Koffer etwas zur Seite und legte die mitgebrachte Beweismitteltüte griffbereit auf den Werkstattwagen. Sie enthielt den Schlüsselbund des Opfers. Der Beutel wurde ein wenig zurechtgerüttelt, dann kramte der Thalmayr in seinem Koffer. Er fand schließlich, was er benötigte: eine Pinzette. Mit ihren spitzen Enden tastete er durch die Folie hindurch nach dem Knopf auf dem Autoschlüssel, der den Wagen öffnete, wobei er achtgab, dass er diesen Knopf nur am Rand berührte.

»Nicht, dass ich einen Fingerdapper verwisch!«, kommentierte er lächelnd, während die Zentralverriegelung mit einem »Klackack« den Wagen aufsperrte.

Konrad sah verstohlen auf die Wanduhr. Das Bergen des Mobiltelefons hatte bislang siebzehn Minuten gedauert. Erst als der Spurensicherungsfachmann die Tür endlich weit geöffnet hatte, ging es schneller. Zunächst wurde das Telefon genau betrachtet. Es steckte in einer fest montierten Halterung, war darin aber nur eingeklemmt. Es mussten keine Knöpfe gedrückt oder Riegel geöffnet werden. Vorsichtig streckte sich Thalmayr lang aus, ein Knie auf dem zuvor inspizierten Trittbrett, und zog das Handy, es nur am Rand berührend, aus der Halterung.

»Ta-Rah!«, meinte er stolz und ließ es in eine weitere Beweismitteltüte gleiten. Konrad trat auf ihn zu.

»Danke schön. Kann ich es gleich haben?«

»Ja klar, ich bring's Ihnen ins Büro rüber, sowie ich fertig bin! Ich will das Teil nur noch g'schwind auf Abdrücke untersuchen, Speichelproben nehmen und schau'n, ob es Fasern oder andere Partikel gibt. Wenn wir nix Besonderes dran finden, geht das ja ruckzuck! Und wenn doch ... dann müssen wir mal schau'n. Aber in spätestens drei oder vier Stunden – allerspätestens morgen früh – werden Sie das Telefon dann haben.«

Konrad war enttäuscht, doch er zeigte es nicht. Er wusste, dass sein Kollege völlig recht hatte. Durch Hast oder Übereifer wollte er sicher keine Spuren verwischen. Also ermahnte er sich selbst, dass Geduld eine der wesentlichen Tugenden eines Kriminalpolizisten war.

Zurück in seinem Büro las er missmutig die Protokolle der Kollegen aus Geisenfeld und erledigte die lästigen Routinearbeiten rund um den Fall, die er lieber aufgeschoben hätte. Danach machte er sich im Internet über das Opfer schlau. Da war allerlei zu finden, aber leider nichts, was ihm konkret weiterhalf.

Ein Großteil der Internetergebnisse bezog sich auf den Musikanten Singer. Anderes war seiner Dichtkunst gewidmet. Doch weder seine Tätigkeit als volkstümlicher Unterhaltungsmusiker noch die als Hochzeitslader oder Mundartdichter wiesen auf einen Streit oder eine Kontroverse, nichts, was so viel Sprengstoff enthielte, dass man ein Mordmotiv erkennen konnte.

Montag

9
Hintergründige Recherche

»Magst an Kaffee mittrinken, Papa?«, fragte Karola, als Wimmer die Treppe herunterkam. Es war Montag, zehn Uhr vormittags. Im Laden war gerade nicht viel los. So konnte Karola mit den Metzgern im Aufenthaltsraum Brotzeit machen.

»Was gibt's denn bei euch?«

»Nussschnecken, Quarktaschen, Blätterteigbrezen oder Strauben, noch ist von allem was da«, erklärte Karola.

Wimmer wählte mit Bedacht einen honiggelben Strauben, ein Brandteigküchlein mit Zuckerguss. Dann setzte er sich an seinen Stammplatz auf der kurzen Seite der Eckbank. Schon ein halbes Jahr hatte er den Betrieb abgegeben und Sebastian hatte die Metzgerei komplett übernommen, in allen Teilen – bis auf diesen angestammten Platz auf der Eckbank. Wimmer kam zwar nur mehr gelegentlich zur Brotzeit, doch seinen Platz wollte ihm keiner streitig machen.

»Und? Gibt's was Neu's?«, fragte Wimmer zwischen einem Bissen Kuchen und einem Schluck Kaffee.

»Ach – die Leut reden nur an Schmarrn. Jetzt tratschens über den Toten vom Kirchturm bei den Evangelen. Den sollens vergiftet ham.«

Wimmer brummte etwas und nickte. Er wollte seine Tochter nicht unterbrechen. Sie behauptete zwar, sich für Tratsch und Klatsch nicht zu interessieren, und war tatsächlich an der aktiven Verbreitung von Neuigkeiten nur recht eingeschränkt beteiligt. Doch ihre Arbeit hinter der Ladentheke machte sie notgedrungen zur Ohrenzeugin vieler Berichte und Erzählungen. Sie war daher eine stets wohlinformierte Frau.

»Erst hat's ja so ausg'schaut wie ein Anfall oder ein Infarkt vielleicht. Aber der Frau Koch ihr Mann, der arbeitet doch beim Bestatter. Sie hat erzählt, er hat den armen Mann nach München in die Rechtsmedizin gefahren. In die Rechtsmedizin! Das machens doch sicher nicht, wenn es a natürlicher Tod war. Es soll nämlich a Mord g'wesen sein. Aber was Genaues weiß natürlich keiner.«

Für einen Moment füllte nur das Röcheln der Kaffeemaschine den Raum, dann fuhr der Metzgergeselle fort: »Meine Mama is wegen der Sach' ganz neben der Spur. Richtig traurig is die. Sie hat ihn recht gern g'habt, den Singer. Sie is ja immer zu de Hoagartn hin'gangen.«

»I hab g'hört, er hinterlässt a Frau und a Gschpusi«, warf Karola ein.

»Ah, geh?«, erklang es vom Gesellen, Wimmer und Sebastian zugleich.

»Ja, ja! Von seiner Frau hat er sich getrennt. Er is z'letzt mit der Fink z'samm g'wesen.«

Wimmer merkte auf. »Der Frau vom Apotheker Fink? Ah … da schau einer an …«, meinte er.

»Ja, ja … genau!«, bestätigte Karola und ihre Augen verengten sich zu argwöhnenden Schlitzen. Nicht nur Wimmer dachte in diesem Moment an ein Verbrechen aus Leidenschaft.

»Mei' Mama kennt den Singer ja noch von früher!«, meldete sich der Geselle noch mal. »Er ist ja bei ihr in Geroldshausen groß worden. Die ham bei mei'm Opa glei' ums Eck den Hof g'habt. Sie sagt, die Singerbuam wär'n immer so nett gewesen. Alle beide … der Lorenz auch. Der Lorenz ist ja jetzt auf dem Hof. Früher hams alle bei den Singers Musik g'macht. Als ›Geroldshauser Stubenmusi‹ hams ang'fangen. Da sans alle ganz oft auf de Hoagartn gewesen. Doch dem Lorenz hat's dann nimmer 'taugt. Nur der Bene hat weiterg'macht, mit andere Musikanten.«

Das Schellen der Türglocke rief Karola in den Laden zurück. Auch Sebastian erhob sich und beendete damit die Pause. Wimmer blieb am Tisch zurück. Ein paar Minuten lang saß er nachdenklich da, nippte nur an seinem Kaffee, dann überzog das freche Grinsen des Lausbuben, der er einst gewesen war, sein Gesicht. Er schmiedete einen Plan. Er würde ausgehen. Als er an der Garderobe den Mantel anzog, fiel ihm noch etwas anderes ein, was er überprüfen wollte. Er nahm das Telefonbuch vom Schuhschrank und blätterte darin. Das hatte er gesucht: Lorenz Singer, Geroldshausen. Der Bruder des Opfers stand im Telefonbuch und bequemerweise mit seiner ganzen Adresse.

Eine halbe Stunde später stand Wimmer in der Georgs-Apotheke und suchte sich mit Hingabe an einem Wandregal Lutschpastillen gegen Husten aus, bis der Apotheker endlich selbst frei war.

»Herr Wimmer!«, grüßte Herr Fink freundlich. »Was kann ich für Sie tun?«

Auch nach knapp fünfundzwanzig Jahren hatte der Apotheker seinen sächsischen Akzent nicht ganz verloren. Ein leichter Widerhall des Erzgebirges klang immer in seiner Stimme mit. Als Absolvent der Universität Leipzig war Herr Fink kurz nach der Wende nach Wolnzach gekommen und hatte als angestellter Pharmazeut in der Georgs-Apotheke angefangen. Neun Jahre später hatte er als Schwiegersohn des alten Apothekers die Leitung übernommen. Inzwischen war der alte Herr gestorben, die Apotheke in neue, größere Räume umgezogen und er war der Chef. Dachte man in Wolnzach an den Apotheker der Georgs-Apotheke, dann dachte man an ihn, Christian Fink. Er war ein kleiner Mann, Ende vierzig, mit hoher Stirn und stoppelkurz getrimmten Haaren. Mit seiner freundlichen Art war er allgemein beliebt.

Wimmer legte ein Päckchen Salbeipastillen auf den Ladentisch. »Die hätt ich gern und dann brauch ich noch was anderes.«

»Was möchten Sie denn gerne haben, Herr Wimmer?«

»Wissens, mir ham doch so einen Gartenschuppen. Und ich glaub', da hat sich a Ratz drin eing'richt. Der Ratz, der soll dran glauben. Mein Vater hat bei Ihrem Schwiegervater damals immer a weng Zyankali oder Blausäurezeugs g'kauft. Des hat damals prima geholfen. Was meinens denn, wie viel werd' ich da brauchen?«

Die Augen des Apothekers wurden, während Wimmer vom Ratz erzählte, immer größer und runder. »Ja, um Himmels willen,

Herr Wimmer!«, rief er aus, als der alte Metzgermeister geendet hatte. »Zyankali? Wissen Sie, wie gefährlich das ist?«

»Freilich! Den Ratz, den soll's ja auch gleich richtig derwischen.«

»Für solche Probleme bekommen Sie doch Fallen. Die kosten nicht viel und sind genauso tödlich. Nehmens doch bitte eine Falle und kein Gift.«

»Ha! Sie kennen den Ratz bei uns nicht. Meinens denn, wir hätten das mit der Falle nicht schon versucht? Da lacht der Ratz nur dreckad. Der is zu schlau. Erst löst er die Falle aus, dann frisst er den Köder. – Naa, ich will an Zyankali. Bei mei'm Vattern hat des super funktioniert.«

»Aber – Herr Wimmer, ich darf Ihnen doch gar kein Kaliumcyanid verkaufen.«

»Macht nix, ich will ja eh a Zyankali.«

»Das ist dasselbe. Wir nennen es nur anders. Die Fernsehspione sagen Zyankali, die Apotheker sagen Kaliumcyanid oder auch blausaures Kalium.«

»Und des dürfens mir nicht verkaufen? Aber mei' Vattern hat damals ...«

»Herr Wimmer, das muss schon recht lang her sein. Wissen Sie, früher, da hat man manches lockerer gesehen. Jetzt brauchen Sie auf jeden Fall einen Giftschein, Sie müssen ein Giftbuch führen, alles genau protokollieren und Sie müssen den Zweck deklarieren – und zwar einen besseren als eine renitente Ratte! Wissen Sie eigentlich, was für ein Teufelszeug Sie da verlangen? Das ist ein hochpotentes Gift! Es kann über die Haut aufgenommen werden, über die Lungen und jede Schleimhaut, selbst eine winzige Dosis ist hochgefährlich. Sie können mit Ihrem Nager ganz leicht sich selbst und gleich noch die halbe Nachbarschaft vergiften. Von den Schäden, die das Zeug in der Umwelt anrichten kann, will ich gar nicht reden.«

Wimmer war beeindruckt, zeigte es aber mit keiner Miene. »Sie können es mir also nicht verkaufen?«, fragte er und klang leicht begriffsstutzig.

Herr Fink seufzte, ballte ganz kurz die Hände zu Fäusten und antwortete mit viel Geduld: »Nein. Ich kann es Ihnen nicht verkaufen, weil ich es gar nicht dahabe. Kein normaler Mensch braucht so ein potentes Gift! Ich könnte es Ihnen zwar besorgen. Doch selbst, wenn ich es wollte: Das tue ich nicht, weil Sie es gar nicht erwerben dürfen. Außerdem ist es für Ihre Zwecke völlig ungeeignet. Sie sollten es wirklich noch einmal mit Fallen versuchen oder Sie fragen im Gartenmarkt nach einem frei verkäuflichen Gift-Präparat gegen Nager, wenn Sie zu den Fallen partout kein Vertrauen haben.«

»Ach, den Krampf, den was man da kaufen kann! Das Zeug taugt doch alles nix.«

»Dann rufen Sie sich halt einen Schädlingsbekämpfer, die haben andere Mittel.«

»Ham die des zyankaliblaue Dingszeug?«

»Nein! Soweit ich weiß, nehmen die das schon seit Jahrzehnten nicht mehr. Und zwar aus gutem Grund.«

»Aha. Hm. Und kann ich mir das selber herstellen?«

»Herr Wimmer!« Der Apotheker war am Ende mit seiner Geduld. »Vergessen Sie einfach Zyankali, Blausäure und jede andere Art von Gift. Mit einer entsprechenden Ausbildung kann man solche Stoffe zwar herstellen, aber Sie können es nicht. Selbst, wenn Sie wüssten, was Sie brauchen, und wüssten, wie Sie es machen müssen, können Sie es noch immer nicht. Man braucht dazu ein Labor. Am Küchenherd kommt man da nicht weit. Bitte hören Sie auf mich. Denken Sie gar nicht erst dran. Denn sonst bringen Sie viel eher sich um als Ihr Ratzenviech!«

»Na, wenns meinen …«, brummte Wimmer, dann erlöste er den Apotheker, bezahlte seine Pastillen und ging.

10
Mit Klischee und Technik

In Ingolstadt begann der Montag mit einer Dienstbesprechung, deren rasches Ende alle herbeisehnten. Konrad wollte sich dem Mobiltelefon widmen, um die Bewegungen des toten Musikers nachzuvollziehen. Linner und Thalmayr hatten noch genug mit der Sicherung der Spuren zu tun. Als alle ihre vorläufigen Ergebnisse berichtet hatten, meldete sich Stimpfle.

»I frag mich, ob es ned a Idee wär, den Fall amal wie en Roman zu betrachten oder wie en schlechten Film.«

Die anderen sahen ihn verwundert an.

»I moin halt«, Stimpfle bekam rote Ohren. »I moin, einfach amal als Arbeitshypothese: Was isch, wenn des so a richtiger Klischeemord isch? Wie in em Groschenroman? Und was wär da schöner als a Mord aus Eifersucht?«

Konrads Brauen wanderten neugierig die Stirn hinauf.

Ermutigt fuhr Stimpfle fort: »Es isch ja so, dass zu em guten Teil das wirkliche Leben sich am Klischee orientiert. Nie genau und meistens ned so effektvoll wie in einer Geschichte. Aber die Statistik sagt: Das Klischee hat oft recht! Wenn man alle Mordfälle an Männern nimmt, sind überproportional oft die Ehefrauen die Täter. I han gestern dahoim noch a bissle in alte Statistike rumg'sucht.« Der Schwabe machte eine effektvolle Pause. »Es isch bei Giftmorden an Männern ganz arg oft die Ehefrau oder Lebenspartnerin g'wä. Und als Motiv standet bei Beziehungstaten entweder Eifersucht oder Geld ganz oben auf der Liste. Die beiden Motive zusammen machet in der komplette Mordstatistik zweiundsechzig Prozent aus. Ich tät drum ganz gern mit der Frau Singer anfangen. I woiss, mir han noch nix in der Hand. Vielleicht isch es auch wer ganz anders g'wä. Der Postbote vielleicht. Aber die Statistik sagt, die Frau Singer und ihre Finanzen sind gar koi schlechter Punkt zum Anfangen.«

Konrad nickte. »Gut, Stimpfle. Wenn wir nur wegen der Romanhefte da ansetzen, dann hätt ich a schlechtes Gefühl. Aber gegen die Statistik als Begründung ist nix einzuwenden. Fangens also ruhig mit den Finanzen an. Aber kommod, bitte. Nix übertreiben. Und nehmens den Aschenbrenner mit. Der hat a Nas'n für Zahlen. Wenn da was im Busch ist, der schmeckt's!« Seine Augenbrauen zogen sich noch einmal zusammen, dann meinte er streng: »Und vergessens nicht: Wir ermitteln in alle Richtungen. Klopfens also ruhig amal der Frau Singer ihre Finanzen ab. Aber bitte: Sie haben ja selbst gesagt, wir ham noch gar nix in der Hand. Es sind nur ganz normale Untersuchungen, um das gesamte Bild zu bekommen. Schauens am besten auch gleich nach den Finanzen vom Herrn Singer. Und beziehens die Frau Fink noch mit ein. Dann haben wir die drei Kritischen gleich alle bei'nander. Aber vermeidens alles, was so ausschaut, als ob wir einen konkreten Verdacht gegen die Frau Singer oder die Frau Fink hätten.«

Stimpfle nickte. »Isch recht, Herr Konrad. Ich werd' auch den Bankbeamten sagen, sie sollet nix rauslassen. Wegen der Ermittlungstaktik.«

»Gut. Und immer dran denken: auf keinen Fall jetzt schon eine Konfrontation mit Frau Singer oder Frau Fink.«

Die Runde löste sich auf und jeder kehrte an seinen Arbeitsplatz zurück.

Auf Konrads Tisch lag, wie versprochen, endlich das Mobiltelefon des Opfers. Es war eines von denen, die der alte Kriminaler »Streicheltelefone« nannte, so ein glattes, ohne Knöpfe. Auf einem beigefügten Zettel las er, dass alle Spuren gesichert seien. Das Telefon sei zwar noch immer ein Beweismittel, könne nun aber überall berührt werden.

Konrad holte es aus dem Beweismittelbeutel und strich mit dem Finger über die Oberfläche, um es zu beleben. Er war nur teilweise erfolgreich. Es erschienen das Bild einer Gitarre, eine winzige Tastatur und ein Feld, das ihn aufforderte, einen sechsstelligen Code einzugeben. Einen Code, den Konrad nicht kannte. Hier brauchte er fachmännische Hilfe. Er steckte das Telefon wieder in den Beutel und machte sich auf, um den Kollegen Schüssel zu besuchen.

Polizeiobermeister Johannes Schüssel sorgte zusammen mit einigen Kollegen im Polizeipräsidium für das reibungslose Funktionieren der EDV-Anlage. Er stand im Ruf, ein magisches Händchen zu haben, wenn es um Elektronik und Datenverarbeitung ging. Ihm war die Rekonstruktion vermeintlich zerstörter Daten auf beschlagnahmten Computern gelungen, die andere Fachleute als unrettbar verloren bezeichnet hatten. Er war so gut, dass sich sogar die Kollegen vom LKA diesen Fachmann sichern wollten. Der Endzwanziger blieb aber lieber in Ingolstadt und half regelmäßig, wenn bei Ermittlungen kleinere oder auch größere Computerprobleme auftraten.

Ein paar Minuten später legte Konrad das Telefon in Schüssels wunderkräftige Hände und erklärte sein Problem.

»Sie wollen da ran? An die Daten? Und müssen das Passwort knacken?«

»Ja. Genau.«

»Und ich soll jetzt den sechsstelligen Code erraten?«

»Wenn Sie so gut sein wollen.«

»Sie sind ein Komiker, Herr Konrad, oder? Ich mein', das sind sechs Stellen. Buchstaben und Zahlen: Das sind sechsunddreißig hoch sechs Kombinationen, die Sonderzeichen und Groß-Kleinschreibung noch gar nicht mitgerechnet.«

»Also muss ich die alle ausprobieren?«

»Das ist der längste Weg. Wenn ich mich jetzt dransetze und keinen Urlaub einreiche, werde ich einen kleinen Teil dieser Möglichkeiten bis zur Pensionierung schaffen. Bis zu meiner Pensionierung, nicht Ihrer.«

»Das ist zu lang. Wenn wir die Telefongesellschaft anrufen, geht es dann schneller?«

»Leider nein. Es ginge schneller, wenn wir die Geräte-PIN suchen würden. Das tun wir aber nicht. So eine Geräte-PIN ist immer vierstellig und wird abgefragt, wenn das Telefon ganz ausgeschaltet war und dann wieder eingeschaltet wird. Dieses Telefon ist aber schon eingeschaltet. Es hat nur geschlafen – im Stand-by-

Modus. Unser Code hier ist eine zusätzliche Sicherung. Den kennt die Telefongesellschaft auch nicht und sie kann dieses Passwort auch nicht zurücksetzen.«

»Was machen wir dann?«

»Es gibt zwei Möglichkeiten: Die erste ist, den Code zu erraten. Wir können ja mal die beliebtesten Passwörter ausprobieren.«

Eine Viertelstunde lang gaben sie ein Passwort nach dem anderen ein. Dabei erklärte Schüssel dem staunenden Konrad, wie viele Leute die Sicherheit ihres Taschencomputers offenbar auf die leichte Schulter nehmen.

Q W E R T Z – die ersten Tasten oben auf der eingeblendeten Tastatur oder A B C D E F standen ganz oben auf der Liste der meistverwendeten Passwörter, und zwar vorwärts wie rückwärts. Dann folgten die Buchstabenfolgen A A A A A A, B B B B B B, C C C C C C und ähnliche Geniestreiche.

»Sie wären überrascht, wie oft man damit Glück hat, Herr Konrad. Die Leute nehmen gerne Passwörter, die keinerlei Schutz bieten.«

Singer gehörte jedoch nicht zu dieser Sorte Mensch.

Deshalb versuchte Schüssel es nun mit einer Reihe anderer Passwörter, die einen Hauch sicherer waren und sechsstellig: N U R I C H, T R E S O R, M A S T E R, M A T R I X, doch all dies gab das Telefon ebenso wenig frei wie der immer wieder beliebte A L A D I N.

»Aladin?«, wunderte sich Konrad.

»Ja! Aladin!« Schüssel lachte und erklärte: »Das ist gar nicht so selten. Die Leute denken an ›Sesam öffne dich‹, doch wenn es nicht passt, weichen sie aus. Und die Eselsbrücke zu Aladin ist kurz. Wir können es jetzt noch mit dem Namen versuchen.«

Er tippte »Singer« vorwärts und rückwärts groß und klein ein, doch auch das war nicht die Lösung. Schüssel seufzte.

»Alles, was wir bisher versucht haben, gibt es noch in jeder beliebigen Variante mit Groß- und Kleinbuchstaben. Wir könnten also auch mit Raten noch eine kleine Ewigkeit weitermachen. Und eine Erfolgsgarantie gibt es nicht«, erklärte er.

»Es gibt noch eine Methode, habens gesagt?«

»Ja. Aber die wird Ihnen vielleicht nicht gefallen. Sie ist nicht diskret. Dafür ist sie ziemlich sicher und schnell.«

»Welche?« Der sonst eher gelassene Konrad wirkte plötzlich ungeduldig. »Welcher geniale technische Kniff knackt diesen Code?«

»Gar keiner. Aber wenn es die Ermittlungen nicht behindert, dass jemand außer uns weiß, dass wir das Telefon haben und auswerten, warum fragen Sie nicht einfach die Angehörigen? Die kennen meistens die Codes der anderen Familienmitglieder. Man muss ja auch mal für den anderen ans Telefon gehen können.«

Konrad schlug sich mit der flachen Hand auf die Stirn. Die Telefonnummer von Gitti Dittner, der Freundin von Irmgard Fink, war rasch in den Akten nachgeschlagen. Frau Fink war immer noch dort und nannte dem staunenden Konrad den richtigen Zugangscode: Es war die Tonfolge, in der die Saiten einer Gitarre gestimmt wurden: E A D G H E.

Schüssel grinste: »Das ist gar nicht dumm. Es ist naheliegend und man kommt doch nicht drauf. Da hätten wir uns totraten können.«

Nun ging es schneller. Schüssel rief mit dem Telefon seinen Dienstapparat an und notierte sich die angezeigte Nummer. Sie stammte von der Telekom. Am Rechner füllt er zwei Formulare aus. Das erste forderte die Telefongesellschaft auf, ihnen die Rechnungen der letzten sechs Monate mit Einzelnachweis zukommen zu lassen. Jeder Kontakt von diesem Telefon war damit nachvollziehbar: Sie würden dann wissen, mit wem Singer von wo aus wie lange telefoniert oder gesimst hatte.

Das andere Formular forderte die Telekom auf, aufzuzeigen, bei welchen Mobilfunkmasten sich das Telefon am Donnerstag angemeldet hatte. So würden sie nachvollziehen können, wo ungefähr Singer am letzten Tag seines Lebens gewesen war.

»Wie lange wird es dauern, bis wir die Daten haben?«

»Die Staatsanwaltschaft wird die Anträge noch heute genehmigen und weiterleiten. Ich denke, drei Tage, zwei, wenn ich Druck mache.«

»Machens ruhig Druck. Sagens einfach, Ihr garstiger Chef hockt Ihnen im Nacken und will die Daten sofort.«

Plötzlich begann das Telefon zu piepen.

»Was ist jetzt?«, fragte Konrad bestürzt.

»Es jammert, weil der Akku langsam schlapp macht. Aber das haben wir gleich«, beruhigte Schüssel seinen garstigen Chef und suchte in einer Schachtel in seinem Aktenschrank ein passendes Ladegerät.

11
In Geroldshausen

Wimmer war bestens gelaunt, als er in seinem betagten Benz nach Geroldshausen aufbrach. Der Besuch in der Apotheke war aus seiner Sicht ein Erfolg gewesen. Vielleicht hatte er es ein wenig übertrieben mit seiner unbelehrbaren Sturheit, mit der er den armen Apotheker an den Rand des Nervenzusammenbruchs getrieben hatte. Vielleicht hatte er auch seinem guten Ruf ein wenig geschadet. »Macht aber nix!«, meinte er halblaut zu sich selbst. »Da gibt's ja noch ganz andere Kaliber, was d' Sturheit angeht.«

Immerhin hatte er wichtige Informationen rund um den Mordfall erhalten: Als Gefahr- und Giftstoff waren Blausäure und dessen Salz Zyankali stark reglementiert. Man konnte es sich seit Jahrzehnten nicht mehr einfach so besorgen und das Gift selbst herzustellen, war für die meisten Leute zu schwierig. Das war etwas, worüber er nachdenken wollte.

Außerdem hatte er den Apotheker selbst beobachtet. Da seine Exfrau mit dem Mordopfer liiert war, gehörte er durchaus in den Kreis der Verdächtigen. Deshalb erschien es Wimmer keine dumme Idee, einmal zu sehen, wie er reagierte, wenn er hartnäckig in ganz anderer Sache nach dem tödlichen Gift gefragt wurde.

Übertrieben nervös, unsicher oder befangen war Fink Wimmer allerdings nicht vorgekommen. Er hatte sich so natürlich und normal verhalten, wie es in dieser merkwürdigen Situation nur möglich war. Damit schied er als Verdächtiger zwar nicht aus, doch er rutschte auf der Liste der potenziellen Mörder recht weit nach unten. Wimmer verbesserte sich in Gedanken: »Er daad weiter runterrutschen, wenn i a solche Liste hätt.« Ihm fielen im Moment nur vier Leute dafür ein: die Ehefrau, die Geliebte, der Apotheker und der Bruder.

Die drei ersten vor allem wegen des »Umanandgeschnaxels«, wie Wimmer es für sich nannte, und der Bruder wegen möglicher geschwisterlicher Rivalität oder wegen des Vermögens des Toten, von dem er wohl etwas zu erwarten hatte. Aber keiner der vier Kandidaten drängte sich für den Spitzenplatz auf der Liste auf. Im Moment war ohnehin alles noch sehr vage. Wimmer musste noch viel mehr Informationen sammeln.

Genau deshalb war er unterwegs. Um zu sehen, ob er mehr über den verstorbenen Singer erfahren konnte – und über seinen Bruder. In Geroldshausen war Singer aufgewachsen und dort lebte sein Bruder immer noch. Wimmer war entschlossen, ein paar Steine umzudrehen. Man konnte nie wissen, was darunter war, aber fast immer fand man etwas, was das Licht scheute.

Wenn man von Wolnzach aus dem gleichnamigen Flüsschen ein Stück entgegen der Strömung folgt, fährt man durch ein sanftes, grünes Tal, ein wenig höher gelegen als das Ilmtal und in allem kleinteiliger, diesem aber im Charakter recht ähnlich. Nach etwa fünf Kilometern erreicht man Geroldshausen, ein größeres Dorf, vielleicht nicht das perfekte Holledauer Idyll, aber doch sehr typisch. Bemerkenswerterweise besitzt dieses Dorf zwei Kirchen, was dem Zusammenwachsen und der späteren Vereinigung zweier benachbarter Gemeinden mit eigenen Pfarreien geschuldet ist. Im Tal steht die Gemeindekirche St. Martin aus dem 19. Jahrhundert. Ein Stück weiter, oben auf dem Berg, steht St. Andreas und grüßt mit seiner hohen und spitzen Kirchturmhaube aus Blech die Reisenden. Auf Höhe dieser Kirche fuhr Wimmer rechts eine schmale Straße hinauf und steuerte den großen gekiesten Parkplatz hinter dem Gotteshaus an, gleich an der Wirtschaft. Mit einem Knirschen kam Wimmers schwerer Mercedes zum Halten. Eine Brotzeit, eine Halbe und ein Ratsch – das war keine unangenehme Art des Ermittelns. Nur, dass es nicht klappte. Der Wirt des ehrwürdigen Dorfgasthauses hatte nämlich den Betrieb aufgegeben. Nun hieß die Wirtschaft »Sirtaki« und war ein Speisegasthaus. Wimmer war schon eine kleine Ewigkeit nicht mehr hier eingekehrt. Dunkel erinnerte er sich jetzt, vor zwei oder drei Jahren etwas vom Wirtewechsel gehört zu haben. Es mochte ein angenehmer Grieche sein, doch ob in diesem mediterranen Ambiente der Dorfstammtisch tagen würde, wagte Wimmer stark zu bezweifeln. Der Parkplatz jedenfalls war gähnend leer. Kein gutes Zeichen. Als gemütliche Nachrichtenzentrale des Ortes diente das Wirtshaus nicht mehr.

Wimmer seufzte. Wie sollte er nun vorgehen? Auch wenn man hier auf dem Dorf gerader heraus miteinander umging, als Wildfremder beim Bruder direkt ins Trauerhaus hineinzurumpeln, nur um die Bewohner auszufragen, das war entschieden zu gradlinig. Wo also sollte Wimmer hingehen, um seine Ohren zu spitzen? Ihm wollte nichts einfallen. Langsam fuhr er um die kleine Kirche herum und den Berg wieder hinunter. Weiter unten, schon fast an der Hauptstraße, sah er eine Bäckerei, die mit »Kaffee auch zum Mitnehmen« warb.

Irgendwo musste das Dorf ja seine Neuigkeiten austauschen. Wenn der Stammtisch im Gasthaus nicht mehr existierte, war vielleicht die Bäckerei eingesprungen.

Die Lieferwagen, die hier parkten, verrieten, dass die Handwerker der Umgebung gerne zum Brotzeiten herkamen. Wimmer hoffte insgeheim auf den einen oder anderen Landwirt, der sich womöglich hier einfand, nur »für an Schok'lad zum kaufen« oder Zigaretten. Solch ein Vorwand brachte manchen für eine halbe Stunde aus der Kälte und für einen gemütlichen Ratsch unter Leute.

Wimmer trat ein. Der Laden war hell und sympathisch, honiggelbes Holz dominierte. Alles wirkte putzig, klein, aber übersichtlich und geordnet. Ein wenig erinnerte die Ausstattung Wimmer an den Kaufladen, mit dem Anna noch vor ein paar Jahren gespielt hatte: Alles war da, aber von allem nur wenig. Zur Rechten standen ein paar große Kühlschränke und boten Käse und Milchprodukte, Säfte und Bier an. Dahinter, über einer Kaffeemaschine, erkannte er ein Regal mit Zigaretten. Gegenüber war eine kleine Stellage mit Gemüse und Obst aufgebaut, daneben eine Waage und links davon ein Regal für Konserven und Nudeln. In dieser Bäckerei war ein komplettes kleines Lebensmittelsortiment versammelt. Wenn im

Dorf jemand vergessen hatte einzukaufen, musste er nicht wegfahren. Hier fand man alles, was der Metzger ein paar Häuser weiter nicht hatte. Die ganze Rückseite des Ladens bildete eine breite Bäckereitheke. Dort präsentierte der Laden das, was man heute die Kernkompetenz nennt. Es gab Brot und Backwaren aller Art in großer Auswahl. Und vor dem Fenster standen drei schwarze Tischchen mit roten Stühlen – das Café.

Drei Männer waren um einen der Tische versammelt, mit einem von ihnen war der alte Metzger flüchtig bekannt.

»Ja, Wimmer! Was führt dich denn hierher?«, begrüßte ihn Leo Forstner, ein dürrer Mann mit schütterem Haar und blauer Latzhose.

»Mei, wie's so kommt. Ich bin grad in der Näh' g'wesen und hab mir denkt: Jetzt war a Kaffee recht«, antwortete Wimmer, womit er sich unauffällig um die Beantwortung der eigentlichen Frage herummogelte. Damit das nicht auffiel, ging er gleich zum Gegenangriff über: »Und du? Was machst du hier? Trinkst an Kaffee, weilst koa Arbeit ned hast?«

»A geh! Du werst doch am hart arbeitenden Diplomökonom a kloane Pause gönnen, oder?«

Der zweite Mann, die schwarze Samtcordhose mit doppeltem Reißverschluss am Hosenladen wies ihn als Zimmerer aus, lachte und ein Mann in weißem Overall, ein Maler, meinte schmunzelnd: »Diplomökonom! A Bauer bist, Leo, nix anders! Du ausg'fuchster Windbeut'l, a raffinierter und ausg'schamter Bauer, aber a Bauer bist.«

»Aber einer mit Diplom! Von der Landwirtschaftsschui!«, beharrte der dürre Forstner.

»Is scho recht«, brummte der Maler. Wimmer stellte seine Tasse Kaffee zu den anderen. Sie duftete angenehm und war gekrönt mit einer Haube goldbraunen Schaums. Während er sich nun mit Muße dem Kaffeegenuss hingab, beteiligte er sich nur sparsam am Gespräch. Ab und zu warf er ein ermunterndes »Genau!« oder ein »Da hast recht!« in die Runde, doch meistens schwieg er. Er wollte zuhören, nicht gehört werden. Bei den anderen war es genau andersherum und da sie in Wimmer nun einen guten Zuhörer hatten, begannen sie fröhlich allerlei Bemerkenswertes aus dem Dorfleben zu erzählen. Wimmer hatte die erste Tasse noch nicht zur Hälfte geleert, da kamen die Männer schon auf den toten Singer zu sprechen.

»Das sollt man gar nicht meinen, dass zwei Brüder so verschieden sein können«, erklärte Diplomökonom Leo Forstner. »Die san nur zwei Jahr auseinander vom Alter her. Der Bene war immer einer, der wollt unterhalten. Der, wie er klein war, hat die ganze Zeit g'schnabelt, bis ma a Hornhaut g'habt hat am Ohr. Und was er ned alles hat werden wollen: Musiker oder Rockstar, Erfinder und Pilot und Gott weiß was noch alles!«

»Na ja! Erfinder ist er ja dann g'wesen, was ich so hör«, meinte der Zimmerer, von dem Wimmer inzwischen den Vornamen kannte – er hieß Hubert. »Hat er nicht was erfunden und die Erfindung dann superteuer verkauft?«

»Ja … irgendwas hat er wohl erfunden und das hat ihn reich g'macht«, gab Leo zu. »Denn irgendwann hat er nimmer arbeiten brauchen und hat nur mehr Musik g'macht. Er ist dann so a Art Heimatdichter wor'n.«

»Ah, geh weiter!«, meinte Wimmer mit gut gespielter Überraschung in der Stimme. »Was hat er denn für Musik g'macht – und was hat er g'schrieben? Kennt ma da was?«

Es war der Maler, der antwortete, und er überraschte alle mit profunder Musikkenntnis: »Mei – Musik, so Volksmusik halt. Frühers ist es mehr traditionell g'wen. Da war der Vattern noch dahinterg'standen. A echte Stubenmusi hams da g'spielt, ganz wie ma's so kennt: recht einfache Harmoniefolgen, oft in Dur. Aber ned nur. Die zwoa Brüder ham oft zweistimmig g'sungen, manchmal a dreistimmig, wenn der Pappa als Bass drunter mitdo hat. Der Bene war der mit der besseren Stimm', der hat die Melodie g'sungen und der Lorenz die Oberstimme, a Terz drüber. Dazu der Bene mit der Klampfn und sei Bruder mit dem Bass. Die Traudel, die was die Cousine is von de Buam, die hat gern amoi mit'm Hackbrett mitg'spuit. So war's damals.«

»Und dann?«, fragte Wimmer.

»Dann san die Buam größer wor'n. Am Bene is de Volksmusik z'langweilig g'wesen und der Lorenz hat gar nimmer mögen. Da hat der Bene alloa weiterg'macht, aber jetzt is er frecher g'wen und moderner«, meinte der Bauer.

»Er hat gemeint, er wär so oaner wia da Well Hans«, erklärte Hubert, der Zimmerer.

»Der wer?«, fragte Leo Forstner.

»Na, der Hans Well, der von de Biermösl Blosn«, antwortete der Maler. Über den Rand der Kaffeetasse hinweg las Wimmer auf einem weißen Kastenwagen »Hannes Stiftl – Malermeister«.

»Der Well Hans, der is ja mit seine Leut super erfolgreich g'wesen – mit einer Mischung aus Volksmusik, politischen Texten, Gaudi und Protest«, erklärte Stiftl weiter.

»Ah die, die roten Spassettenmacher!« Leo machte eine wegwerfende Handbewegung.

»Nur weil oaner was über'n schwarz'n Filz singt, is er noch koa Roter ned«, hielt Malermeister Stiftl dagegen. »Und musikalisch kannst dene nix am Zeug flicken. Die san pfenningguat g'wen! Die ham ois gspuit und gleich wie!«

Wimmer lenkte das Gespräch behutsam wieder auf den verstorbenen Singer. »Und der Bene, der hat sich dann aa so in die Richtung hin entwickelt?«

Stiftl wackelte mit dem Kopf. »Mei … wannst damals was Neues in Sachen Volksmusik hast machen woll'n, dann hast die Biermösl Blosn ned gut ignorier'n können. Die warn gut, die warn erfolgreich und ham für viele aa die Richtung vorgegeben. Der Bene hat aber erst amal des Instrument g'wechselt. Er hat's mit'm Alpenrock auf der E-Gitarre versucht. So a Crossover aus Volksweisen, aber mit harten Schlagzeugbeats aufg'mischt und mit Rockgitarren zu ana lauten Ziach g'spuit. Er hat a Weile bei vielen Gruppen a bissl mitg'mischt. Aber die meisten davon ham sich bald wieder aufg'löst.«

Während Wimmer die zweite Tasse Kaffee holte, fragte er: »Und wie war des mit dem Heimatdichten?«

Auch Stiftl holte sich noch eine Tasse und meinte: »Des muss so um die Zeit g'wesen sein, da hat er nebenbei dann a paar Gedichtbücherl 'rausbracht. So Lyrikzeugs. Und ich glaub', über die Gedichterl ist dann der Homberger auf ihn aufmerksam wor'n.«

»Homberger, der vom G'sundheitsamt?«, fragte Wimmer. Homberger kannte er, auch wenn er ihn nicht sehr mochte.

»Genau. Der is dann der Vorstand g'worden vom Verein für Heimatpflege und Mundart und hat damals ang'fangen, die Hoagartn neu zum organisier'n. Und da hat dann der Bene wieder mitg'macht, diesmal allein, mit der akustischen Gitarre und mit selbstgedichteten Lieder. Soweit ich weiß, bis z'letzt. Bei dem Hoagartn-Publikum hat er aber natürlich ned g'rockt. Von der Harmonie her und im Stil war's eher recht traditionell. Aber die Texte warn teilweise scho a weng bissig.«

»Und der Lorenz? Was hat der derweil g'macht?«

»Musikalisch ned viel«, meinte Stiftl.

»An Radio wird er halt g'spielt ham!«, flachste Forstner.

»Schmarrn! Er hat bloß nimmer auftreten mögen, aber spielen tut er immer noch. A weng Ziehharmonika und aa Gitarre. Natürlich ned so gut wie der Bene. Ich hab doch selbst mit ihm gespielt, auf der Hochzeit von der Thammer Inge. Wann er mag, dann kann er noch immer aufspielen. Aber er kümmert sich vor allem um seinen Hof.«

»Da hat er g'nug zu tun!«, meinte der Zimmerer. »Aber es ist schön, wenn man sieht, was er aus dem alten Anwesen g'macht hat.«

»Wieso?«

»Mei ... der alte Singer Xari, der war a geizig's G'nack und a Sturschädel aa. Er hat sich nix sag'n lassen. Irgendwann is er dann aber nimmer mit der Zeit 'gangen«, meinte Leo Forstner. »Der Xari war auf seine Art zwar schon recht g'wesen und aa tüchtig. Aber er ist zu lang am Ruder 'blieben. Der hat den Hof ums Verrecken ned übergeben wollen. Buchstäblich! Erst wie er g'storben war, ist der Lorenz Bauer 'worden. Doch da war der Hof schon recht abg'wirtschaftet. Der Lorenz hat g'scheid was an Pulver einistecken müssen. Investier'n sagt ma da wohl. Und mancher hat g'sagt, dass er das nie ned packt. Aber er hat's g'schafft und jetzt ist der Singerhof a Betrieb, auf den a Bauer stolz sein kann. A bisserl an Hopfen, a bisserl a Bio-G'mias, a bisserl an Wald. Ackerland und Wiesen hat er verpachtet und nebenbei macht er noch in Kleinvieh. Und das geht, was ich hör', gar nicht schlecht.«

»Was für Kleinvieh?«

»Tauben, Stallhasen und Enten. Alles in Bio.«

12
Der Singerfühler

Stimpfle hatte sich bei Frau Dr. Müller das staatsanwaltliche Auskunftsersuchen geholt. Zusammen mit Polizeihauptmeister Aschenbrenner fuhr er gegen zehn Uhr nach Wolnzach. Tobias Aschenbrenner war ein sanfter Mann, als Polizist ein Quereinsteiger. Auch wenn er den Kollegen in Kampfsportfähigkeiten oder Treffsicherheit mit der Dienstwaffe nachstand, wurde er längst nicht mehr belächelt. Er war der Zahlenfuchs. Er las Bilanzen und Kassenjournale wie andere Zeugenberichte. In den Zahlenkolonnen konnte er mühelos auch verschlungene Bewegungen von Geldern erkennen und ließ sich nicht durch Tricksereien und wilde Buchungsmanöver verwirren. So war er in der Lage, der Spur des Geldes rasch und sicher auch in die Dickichte dubioser Bilanzmauscheleien krimineller Buchhaltungsartisten zu folgen.

Stimpfle steuerte den Wagen direkt ins Ortszentrum.

Ihr erster Ansatzpunkt war die Hypo-Vereinsbank, die Hausbank des Opfers. Zumindest hatte Singer eine EC-Karte dieses Instituts im Geldbeutel gehabt. Die Wolnzacher Filiale der Bank war in einem schmalbrüstigen roten Haus untergebracht, schräg gegenüber vom Rathaus und gegenüber dem behäbig wirkenden Postamtsgebäude.

Kaum, dass sie sich und ihr Anliegen vorgestellt hatten, bat der Filialleiter, Herr Renner, sie in ein kleines Büro mit viel dunklem Holz und bot ihnen in bequemen Ledersesseln Platz an.

»Ich habe Sie schon erwartet. Ich nehme an, Sie haben ein offizielles Schreiben bei sich?«

Aschenbrenner entspannte sich. Er war zu Beginn seiner Polizeitätigkeit von den Zeugen zu oft nicht recht ernst genommen worden und hatte darum eine sehr harsche Art der Vorstellung einstudiert. Die verschaffte ihm für eine Zeit lang Respekt und funktionierte besser als sein leises »Grüß Gott«. Doch Aschenbrenner hasste es, sich so verstellen zu müssen. Hier war es nicht nötig. Stimpfle überreichte das Papier und Renner holte aus einer Schublade einen schmalen Ordner hervor.

Während sich der Schwabe in Umrissen Singers Finanzen erklären ließ, vertiefte sich Aschenbrenner in die Liste der Kontobewegungen. Er blätterte in den Seiten und erkannte rasch regelmäßige Zinseinnahmen aus Wertpapieren und regelmäßige Ausgaben, zwei Bausparverträge, kleinere Überweisungen an gemeinnützige Vereine wie den Bund Naturschutz. Größere Posten waren wiederkehrende Überweisungen an ein Konto bei der Sparkasse in Rohrbach. Der Verwendungszweck war deutlich: Unterhalt.

Während er all dies erfasste, hörte er mit halbem Ohr Renners Ausführungen zu und wurde plötzlich aufmerksam. »Moment, das interessiert mich näher«, meldete er sich und hob den Blick. »Bitte noch einmal: Herr Singer erhielt einmal im Jahr eine große Überweisung von einer Firma, einem Hersteller von Autoelektronik?«

»Von P&F. Immer Ende Januar. Bitte sehr. Hier.« Renner blätterte in dem Geheft drei Seiten zurück.

Aschenbrenner pfiff durch die Zähne: »Knapp dreihundertfünfzigtausend Euro. Oha. Und dieses Geld, das seh ich, hat er recht schnell angelegt.«

»Ja, das waren immer sehr schöne Termine, wenn ich ihn beraten durfte.«

Aschenbrenner, der noch nichts von dem Einkommen aus Singers Erfindung wusste, staunte. »Was ist das für eine Firma? Wieso zahlt sie ihm regelmäßig so ungewöhnlich viel Geld?«

»Wissen Sie, der Herr Singer hat noch als Student eine kleine, aber recht geniale Erfindung gemacht: einen Fühler im Abgassystem. Diesen Sensor hat er nicht nur entwickelt, sondern auch zum Patent angemeldet. Er muss geahnt haben, dass sein Fühler für die Firma, die das Patent erwirbt, eine Lizenz zum Gelddrucken werden würde. Von dem Segen wollte er etwas abhaben. Darum bot er sein Patent nicht dem Höchstbietenden an, denn das wäre sicher einer der großen Autohersteller gewesen. Die hätten ihn wohl mit einer hohen Einmalzahlung abgefunden. Die weitere Wertschöpfung des Patents wäre beim Käufer geblieben. Singer hat es stattdessen einem

Studienkollegen angeboten, dem Juniorchef eines kleinen Zulieferers aus der Abgastechnik – eben P&F – Pickert und Friese. Für diese kleine Firma war die Möglichkeit, ein solches Patent auswerten zu können, ein ungewöhnlicher Glückfall. Herr Singer handelte eine prozentuale Beteiligung an den Lizenzeinnahmen aus. Diese Lizenzgebühren zahlten die Autofirmen an P&F, wenn sie den praktischen Singerfühler nutzten. Das machten fast alle Autohersteller. Inzwischen ist das Patent ausgelaufen und es gibt modernere Methoden der Motorsteuerung. Davon profitierte Singer aber ebenfalls. Er hatte eine Beteiligung an den Erlösen aus den Patenten vereinbart, die P&F auf der Grundlage seines Fühlers selbst entwickelte.« Renner wies mit seinem Kugelschreiber auf die eindrucksvolle Zahl auf dem Ausdruck. »Diese Überweisung stellt die Summe der Tantiemen aus diesen Lizenzgebühren dar. Seitdem Singers Patent – der Original-Singerfühler – ausgelaufen ist, fließen daraus natürlich keine Gelder mehr. Doch noch konnten die nachfolgenden Patente das recht gut auffangen. Trotzdem sind die Tantiemen inzwischen deutlich zurückgegangen. Vor sechs Jahren waren es noch sechshundertachtzigtausend Euro. Ich fürchte sogar, die Einnahmen werden noch weiter zurückgehen.«

Aschenbrenner nickte anerkennend. »Wie lange bezog Herr Singer Tantiemen in solcher Höhe?«

»Oh, seit recht langer Zeit schon. Als ich ihn das erste Mal beriet, war er noch Student – kurz vor dem Examen. Damals waren es noch keine nennenswerten Beträge. Aber zwei Jahre später konnte er schon bescheiden davon leben. Lassen Sie mich nachdenken … Es muss etwa zwanzig oder vielleicht auch zweiundzwanzig Jahre her sein.«

»Das heißt, seine Schäfchen hatte er inzwischen im Trockenen?«

»Das kann man wohl sagen.«

»Und was sind selle Schäfle denn so wert, was moinetse?«, fragte Stimpfe.

Renner tippte ein paar Zahlen in einen Taschenrechner und meinte dann: »Alles zusammen? Inzwischen? Na ja … so vier Millionen sind etwa angelegt. Was den Rest angeht … da hat er vor rund zehn Jahren den Hof seines Vaters schuldenfrei gemacht. Das waren allein zwei Millionen. Dann hat er sein Haus gekauft und ein nettes Grundstück. Und er lebte natürlich auch davon. Und der Finanzminister will auch sein Teil haben.«

»Wie hat er sein Geld denn angelegt? Wie stand er zu Risiko?«

»Oh, er war sehr vernünftig und gar nicht gierig. Seine Anlage ruht auf vier Standbeinen: festverzinsliche Wertpapiere von ausgewählten grundsoliden Emittenten – eine konventionelle Anlage. Ein paar solide gemischte Fonds mit schmalem Ertrag, aber großer Sicherheit. Diese zwei zusammen machen etwa siebzig Prozent des Anlagevermögens aus. Fünfundzwanzig Prozent sind in stabile Aktien angelegt, langfristig investiert, vor allem Rohstoffe: südafrikanische Minen, amerikanisches Öl, seltene Erden in Südamerika. Und noch einmal fünf Prozent in Edelmetall, vor allem Platin.«

Stimpfle staunte. Aschenbrenner aber fragte nach: »Was ist mit High-Tech, Start-ups und solchen Sachen?«

»Ich habe ihm oft dazu geraten, auch solche Werte aufzunehmen. Er hätte einiges gewinnen können und selbst wenn er gelegentlich einmal eine Fehlinvestition gemacht hätte, das hätte er sich leisten können. Doch Herr Singer wollte nicht. ›Ich spiel lieber mit der Gitarre als mit Geld‹, hat er gesagt«, meinte Renner. »Er war nicht gierig! Das fand ich immer bewundernswert.«

Stimpfle nickte verständnisvoll. Dann hakte er nach. »Des isch ja ein schönes Vermögen. Hat er eigentlich auch Vorsorge getroffen?«

Renner nickte. »Von Anfang an hat Herr Singer gewusst, dass diese Erfindung ihn rasch sehr reich machen würde, aber er wusste auch, dass dieser Segen zeitlich begrenzt sein würde. Tatsächlich hatte er seit etwa fünf Jahren mit deutlich größeren Einkommenseinbrüchen gerechnet. Er war aber damit zufrieden: ›Ich habe genug Geld, um bis an mein Ende ein angenehmes Leben ohne Arbeit und ohne Not zu leben‹, sagte er immer. ›Was will ich mehr?‹ Da wird es für einen Bankberater schwierig, etwas zu entgegnen.«

»Ich han ja eher g'moint, ob er für seinen Tod vorgesorgt hätt. Wissetse da ebbes?«

Renner lächelte. »Sie fragen nach einem Testament? Ich habe ihm zu einem geraten. Vor Jahren schon. Er hat wohl auch eines aufgesetzt, doch was es besagt oder wo er es verwahrt, weiß ich nicht. – Aber dies hier ist für Sie noch interessant.«

Er wies auf vier Sparkonten, auf denen jeweils 40.000 Euro angelegt worden waren, die sich seither fröhlich mit Zins und Zinseszins vermehrten. Die Konten waren mit vier Namen bezeichnet. Leon, Vera, Mark und Irmgard.

»Die ersten drei Namen«, erklärte Renner, »sind die Vornamen seiner Neffen und seiner Nichte.«

»Und der vierte Name ist der seiner Lebensgefährtin«, konnte Stimpfle beisteuern.

Renner überließ den Beamten sein Arbeitszimmer, damit sie sich näher mit den Unterlagen beschäftigen konnten. So setzte sich Aschenbrenner in Renners Stuhl und Stimpfle stellte sich hinter ihn. Er sah seinem Kollegen buchstäblich über die Schulter, während der sich wie ein Maulwurf in die Unterlagen und Verträge vertiefte. Nur mühsam konnte der Schwabe Aschenbrenner folgen, der fortwährend auf einem Briefblock Zahlen notierte, mit anderen verglich, mit dem Finger seinen Kollegen alle paar Minuten auf einen bemerkenswerten Sachverhalt hinwies, nur um sich dann gleich wieder einer anderen Ziffernkolonne zuzuwenden.

»Siehst du es, Lukas? Siehst du es?«

»Äh … was denn?«

»Hier, genau hier beginnt es.«

»Was moinscht du genau, Tobias?«

»Der Unterhalt von der Frau Singer beginnt im April vor drei Jahren.«

»Ja. Schön brav und regelmäßig. Und immer derselbe Betrag.«

»Sicher, aber das meine ich nicht. Schau, hier und da … und dort. Und jetzt dies hier und das und dann das hier: immer Abbuchungen im selben Supermarkt. Nur erst hoch und dann viel geringer.«

»Weil … weil er plötzlich Single gwäh isch und Frau Singer ein eigenes Konto führt«, schloss Stimpfle.

»Stimmt. Und ab hier, schau, bucht der Supermarkt nur noch sehr selten etwas ab. Seit … seit achtzehn Monaten. Doch zu diesem Zeitpunkt taucht das hier auf: Überweisungen per Dauerauftrag auf ein Girokonto bei der Postbank. Jeden Ersten im Monat, immer tausendfünfhundert Euro.«

»Seltsam …«

»Nein, Lukas, das ist gar nicht seltsam: Damals ist er wohl mit der Frau Fink zusammengezogen. Das ist sein Anteil am Haushaltsgeld.«

»Das heißt … wir haben einen zeitlichen Ablauf der Beziehungen, unabhängig von den Aussagen der Verdächtigen! Super! Tobias, klasse gemacht!«

»Ja, das haben wir auch. Wir haben aber zudem ein Konto, auf das die Frau Fink Zugriff hat. Entweder ist es das Girokonto von Frau Fink oder ein gemeinsames Haushaltskonto. Dann aber zahlt auch Frau Fink was drauf ein – von ihrem Gehaltskonto. In jedem Fall sollten wir das prüfen.«

»So kommet mir de Finanzen von der Frau Fink näher, ohne dass mer sie fragen müssen.«

»Genau«, bestätigte Aschenbrenner. Dann deutete er auf eine Zeile in den Geldbewegungen. »Und dieses Konto ist das von der Frau Singer. Wir wissen also schon bei beiden, wo es weitergeht.«

13
Kriegsrat bei Kaffee und Kuchen

Gegen halb vier war Anna mit den Hausaufgaben fertig. Nun – ein paar Tage vor den Weihnachtsferien – ließen es auch die Lehrer ein wenig gemütlicher angehen. Anna ging hinüber zu ihrem Opa. Der saß auf dem blauen Sofa und hatte einen Notizblock vor sich. Den sah sie gerade noch, denn blitzschnell hatte er eine Broschüre über Reitsport für Senioren über seine Notizen gezogen, als die Tür aufging. Als er Anna erkannte, seufzte er erleichtert auf.

»Na? Wie geht's voran?«, fragte sie.

»Na ja«, brummte Wimmer, »ich glaub nicht, dass ich unbedingt Reiten lernen möcht. Ich glaub', ich mag die Viecherl lieber von unten. Ich, wenn mich draufhocken soll, des geht doch schief!«

»Opa, ich red doch ned von dem Reitschmarrn! Dass Pferdl für dich nix sind, ist eh klar!«

Wimmers Augen blitzten. »Ah so ... Die andere G'schicht. Viel ham wir da noch ned. Doch a bisserl mehr wissen wir jetzt schon. Ich hab a weng sinniert. Aber ständig kommt deine Mama reing'rumpelt. In dem Haushalt hier hast ja keine Zeit nicht zum Nachdenken. Ich glaub', die hat was g'spannt.«

»Klar. Blöd is d' Mama ned und an Radar, ob einer was ausfrisst, den hats ganz sicher.«

»Na ja ... Sie hält es für einen Schmarrn, wenn ich Detektiv spiel, und wenn du mitmachst, ist es bei ihr ganz aus. Das wills dann unbedingt verhindern. Seit heut Mittag, seit ich wieder da bin, hat sie ihre Nasen hier schon dreimal reing'steckt. Einmal Wäsche zum Waschen holen, dann frische Wäsche bringen und dann hats mir auch noch an Tee angeboten. Das ist entschieden zu viel Aufmerksamkeit.«

»Wie wär's dann, wenn du mir a Tass' Schok'lad spendierst, beim ›Aroma‹.«

»Sollt ich das?«

»Ja, freilich! Weil ich in Mathe eine zwei geschrieben hab! Und wenn ich ein Zweier schreib, darf ich mir was wünschen ... des hast du mir fei versprochen!«

Anna grinste breit und auch Wimmer lächelte. Er wusste ebenso gut wie seine Enkelin, dass er so etwas nie in Aussicht gestellt hatte, doch ein ungestörtes Gespräch war ihm den Preis von ein paar erlesenen Leckereien durchaus wert.

»Was man alles leichtfertig verspricht!«, seufzte er und griff nach seiner Strickweste.

Weit mussten sie nicht gehen. Nur fünf Minuten später saßen sie am Marienplatz an einem kleinen Tischchen im »Aroma«. Dieser Laden – ein wenig Feinkost, viel Confiserie und ein bisschen Café – verwöhnte Kunden und Gäste mit Köstlichkeiten aus der Holledau und dem Rest der Welt. Hervorragende Kaffeemischungen gab es hier, ausgesuchte Öle, seltene Gewürze, edle Brände und die herrlichsten Pralinen – das ganze Jahr über. In der Weihnachtszeit aber gab es zudem ganz besonderes Weihnachtsgebäck.

Anna wählte mit Bedacht einen runden Ingwerlebkuchen zu einer heißen Schokolade, die ihr Bauch und Seele wärmte. Wimmer genoss ein paar Pfeffernüsse zu einem bolivianischen Hochlandkaffee, seiner fünften Tasse heute. Am Vormittag hatte er bei insgesamt vier Tassen Kaffee ermittelt, dann der Tee von Karola ... Allmählich fragte sich Wimmer, ob er dem Detektivberuf körperlich gewachsen war, wenn dieser mit so hohem Koffeinkonsum verbunden war.

»Was hast du jetzt alles erfahren, Opa?«, unterbrach Anna diesen Gedanken und Wimmer berichtete ihr ausführlich seine vormittäglichen Abenteuer. Als er erzählte, wie er sich beim Apotheker nach dem Zyankali erkundigt hatte, fiel Anna vor Lachen fast der Lebkuchen aus dem Mund. Dann aber wurde sie wieder ernst und hörte weiter aufmerksam zu. Den Bericht aus der Bäckerei fand sie im Moment weniger aufschlussreich. Am wichtigsten waren ihrer Meinung nach die Infos vom Brotzeittisch.

»Also wie ist das jetzt? Hat da der Singer dem Apotheker die Frau ausg'spannt? Oder ham die Apothekers – die Finks mein ich –

ham die sich einfach so getrennt und die Finkin hat erst hernach mit dem Singer an'bandelt? Und was ist mit dem Singer seiner eigenen Frau? Ist die Frau Singer schon vorher abg'haut? Oder hat der Tote dann a Zeit lang zwei Frauen nebeneinander ... Ich mein', geht so was denn überhaupts?«

»So was is alles schon vorgekommen, Anna.« Wimmer lächelte. Seit Anna erfahren hatte, dass die Mutter einer Klassenkameradin eheliche Treue nicht als unüberwindliches Hindernis zwischen Liebenden sah, vertrat seine Enkelin in puncto Ehebruch eine Haltung, die zwischen Moralität und Neugier schwankte. Ernster fuhr Wimmer fort: »Ob die das alles schön der Reihe nach abg'wickelt ham oder ob sich da was überschnitten hat terminlich, das kann ich noch nicht so genau sagen.«

»Das sollten wir aber rausbekommen!«, beharrte Anna.

»Das sollten wir.«

»Und wie ist das mit dem Motiv, Opa?«, fragte Anna. »Die Finkin, die hat wohl keinen rechten Grund für den Mord. Weil angeblich war sie ja glücklich mit dem Singer. Man hat zumindest nix gehört. Und erben wird sie wohl nix, wenn sie nur das Gschpusi ist. Aber die Frau Singer, die erbt jetzt vielleicht doch noch was. Wenns erst g'schieden ist, dann wär das mit dem Erben g'wies nix mehr geworden.«

Wimmer nickte. »Das ist ein Motiv. Und es leuchtet ein – zumindest wenn's ums Geld gegangen ist. Aber das heißt alles noch nix, nicht ohne Beweis. Aber immerhin: Es ist ein Indiz.«

»Und der Herr Fink! Bei dem ham wir gleich zwei Indizien! Er hat a Motiv: Eifersucht. Weil, seine Frau ist jetzt beim Singer. Und er hat die Gelegenheit: Er kommt an das Gift ran, wenn er mag.«

»Er sagt zwar, er hat keins. Aber das muss ja nix heißen. Verschaffen könnt er es sich. Da hast du recht. Du denkst, er ist es g'wesen?«

»Er ist immerhin doppelt verdächtig. Da sollt man mal nachhaken. Vielleicht könnt man ja schau'n, ob er sich verdächtig benimmt oder so.«

»Das war ja auch ein Grund, dass ich in der Apotheke war, Anna.«

»Ja, aber da war es doch was Berufliches für ihn. Und er hat was zu tun g'habt. Weißt, wenn ich was Schlimmes ang'stellt hätt, ich glaub', ich wär wohl recht nervös. So richtig entspannen oder stillsitzen könnt ich da kaum. Besser wär's deshalb, man könnt ihn daheim beobachten. Vielleicht ist er ja nach Feierabend ungewöhnlich wepserd?«

»Tja ... vielleicht hast du recht. Man sollte da vielleicht noch weiterforschen. Ich hätt da aber noch eine andere Idee und da könnt sich meine Assistenzdetektivin, wenn sie mag, sehr nützlich machen.«

»Ah geh? Was mit dem Computer?«

»Naa. Nix Computer. Buch! Der Singer hat doch als Heimatdichter Bücherl geschrieben.«

»Gedichte, hast du g'sagt.«

»Genau. Jetzt is es aber so: Er hat auch kritische Lieder g'sungen, so politisches Zeug. Des hams g'sagt. Ich denk', dass auch manche der Verserl g'scheid hinterfotzig sein könnten und sich vielleicht ned nur um Hopfen, Heimat und Harmonie drehn. Wennst du die Bücherl amal anschaust, vielleicht find'st du ja an Ansatzpunkt.

»Soll mer in d' Bücherei gehen?«

»Am End sans da dann scho ausg'liehn. Und so teuer werd des schon ned sei. Die kaufen wir.«

Dem Wolnzacher Rathaus gegenüber, dort, wo am Marktplatz die Straße ums Eck biegt, um dann zum Hopfenmuseum und der evangelischen Kirche hinaufzuführen, befindet sich Frau Kawaschs Marktbuchhandlung. Der kleine Laden mit den rotweißen Regalen war so kurz vor Weihnachten natürlich voller Kunden. Wer in Wolnzach seinen Lieben ein Kinderbuch, einen Ratgeber oder einen spannenden Roman unter den Weihnachtsbaum legen wollte, fand hier eine kleine, aber feine Auswahl und – wann immer notwendig – kompetente Beratung.

Hilfe brauchte Wimmer aber keine. Anna fand rasch auf einem halbhohen Regal in der Mitte des Ladens Bücher über die Region. Und da waren auch die drei dünnen Bändchen, die Singers Gedichte enthielten. Sie standen gleich neben dem Stapel eines Krimis mit hellem Umschlag, der angeblich, darauf wies ein eingestecktes Schild hin, in Wolnzach spielte. Wimmer ließ den Krimi liegen. Er kaufte die Gedichtbändchen. Zufrieden gingen Anna und er nach Hause.

Nach dem Abendessen machte Wimmer noch einen Verdauungsspaziergang, obwohl das Wetter nicht dazu einlud. Ein leichter Nieselregen, kalt und so fein, dass er mehr schwebte als fiel, zerstreute das Licht der Straßenlaternen und schuf am Boden gleißende Reflexe. Wimmer war warm verpackt und steuerte auf ein Wohngebiet im Osten der Marktgemeinde zu. Er kam ins Schwitzen, als es dort ein Stück den Berg hinaufging.

Nach einer Weile stand er in einer ruhigen Straße einer der besseren Wohngegenden vor der Hausnummer 12. Erneut hatte ihm das Telefonbuch sein Ziel verraten. Er grinste. Zufällig kannte Wimmer das Haus von früher. Ein Architekt hatte es für sich selbst Anfang der Sechzigerjahre gebaut – so wie es damals modern war. Wimmer stand nun vor der Straßenseite. Hier wirkte das Haus massiv und gedrungen, mit dicken Mauern unter Strukturputz. Links neben der gewölbten Eingangstür erkannte Wimmer ein Küchenfenster mit Blumenkästen voller Thymian, Rosmarin und erfrorenem Salbei. Auf der rechten Seite durchbrach ein kleines Klofenster die Wand. Ganz außen war ein breites Garagentor. Das Dach reichte bis knapp über die Eingangstür herunter. Die Zimmer im ersten Stock besaßen kleine Dachgauben. Doch Wimmer kannte auch die andere Seite des Hauses, die so ganz anders war. Die Gartenseite gegenüber bestand aus einer einzigen Glasfront, über zweieinhalb Geschosse zwischen Boden und Dach gespannt. Seine Eltern hatten den Architekten gelegentlich besucht und Wimmer, damals noch ein Bub von acht oder neun Jahren, war schwer beeindruckt gewesen von dem himmelhohen Wohnzimmer, das bis unter den First reichte, mit der eleganten Wendeltreppe auf der Seite, die zur Galerie hinaufführte, über die man zu den oben gelegenen Zimmer gelangte. Diese Showtreppe im Wohnzimmer, zusätzlich zur eher praktischen Treppe, die von der Diele aus nach oben führte, hatte Wimmer, als er noch klein war, als höchste Form der Extravaganz empfunden.

Dass nun Fink dieses Haus bewohnte – der Architekt war schon vor Jahrzehnten gestorben –, war ein Glücksfall für die Ermittlungen. Die Glasfassade hatte nämlich keine Vorhänge gehabt und Wimmer konnte sich auch nicht vorstellen, wie man da welche hätte aufhängen sollen. Transparenz als architektonische Leitidee – Wimmer fand das zwar blödsinnig, doch für seine Zwecke war es jetzt ideal. Er musste nur einen Platz finden, von dem aus er dem Apotheker ins Wohnzimmer hineinschauen konnte.

Er schlenderte zur nächsten Querstraße, bog links ab, ging ein wenig bergab, bis zur nächsten Kreuzung, dann bog er noch einmal links ab. So musste er nach ein paar Schritten auf der Rückseite des Grundstücks vorbeikommen. Von hier aus sollte man in das Wohnzimmer sehen können. Doch die Hoffnung trog. Im vom Niesel weichgezeichneten Licht der Straßenbeleuchtung sah Wimmer zur Linken lückenlos eine grüne Wand aufragen, die bis zur nächsten Ecke reichte. Offenbar hatten alle Nachbarn – auch Herr Fink – schon vor Jahren eine lange Eibenhecke gepflanzt, gradegeschoren wie eine Mauer und ebenso blickdicht. Nur an einer Stelle des Nachbargrundstücks wuchs drei Meter hohes Schilfrohr, das vermutlich einen Gartenteich säumte und ebenso diskret war wie die Eiben.

Wimmer trat zurück, wechselte auf die andere Straßenseite und versuchte, von hier etwas zu sehen. Doch mehr als den verglasten Giebelspitz des Beobachtungsobjektes konnte er nicht erkennen. Der Rest war hinter dem übermannshohen Grünzeug verborgen. Das machte die Observierung des Apothekers unmöglich. Wimmer ging grübelnd heim. Er war schon fast zu Hause, als er am Schaufenster eines Haushaltswaren- und Spielzeuggeschäfts innehielt. Im Schein der Weihnachtsbeleuchtung war sein Blick auf ein gelbes Modell-Unterseeboot gefallen. Er griff sich ans Kinn und dachte einen Moment nach. Dann lächelte er. In ihm keimte eine Idee.

Später am Abend, es war kurz vor zehn, klopfte Wimmer bei Anna an die Zimmertür. Anna lag schon im Bett und las in einem Buch. Es ging um ein Mädchen und seine Abenteuer mit einem ehemaligen Zirkuspony. Die Gedichte des toten Singer waren offenbar noch nicht dran. Als Anna ihren Opa erkannte, setzte sie sich auf.

»Du, Anna, ich glaub', deine Idee ist gar nicht so blöd. Ich denk', wir sollten den Apotheker tatsächlich amal daheim beobachten – am Feierabend. Ich hab da heut einen Abendspaziergang gemacht und mal g'schaut, wo der wohnt.«

»Zum Herrn Fink?«

»Genau! Aber leider hat der um sein Haus eine riesen Taxushecke. Die ist mehr als zwei Meter hoch. Wenn wir nicht mit einer Leiter ankommen, dann sieht man da gar nix.«

»Opa, meinst du im Ernst, wir stellen a Leiter auf den Gehsteig, kraxeln nauf und schau'n den ganzen Abend rüber? Das ist ja voll diskret!«

»Ist mir schon klar, dass das so nicht geht. Das hab ich auch schon g'spannt. Doch ich hab nachgedacht und weiß jetzt, wie wir den Fink trotzdem beobachten können. Früher, wie ich klein war, da hat's nämlich etwas gegeben. Für Sportveranstaltungen oder so, wenn viele Leut gleichzeitig was ham sehen wollen, da hat man das hergenommen. Des war so eine Art Periskop aus Pappdeckel. Ich glaub', in einer Mickymaus war sogar mal so was wie eine Bauanleitung drin g'wesen.«

Anna sah ihren Opa verständnislos an.

»Dein schlaues Internet, das weiß doch so ziemlich alles. Vielleicht findest du ja mit dem Computer die alte Mickymaus ... oder meinst du, ich find die leichter in München – in der Staatsbibliothek vielleicht? Aber ich mein halt, es geht schneller, wenn du nachschau'n tätst, ob irgendein Antiquar die Mickymaus noch hat.«

Anna lachte. »Opa, weißt du, so ganz hast es ja noch nicht raus, wie das mit dem Internet funktioniert. Aber du gibst dir wenigstens Mühe. Das find ich fei gut.«

»Wieso denn? Hab ich was Falsches gesagt?«

»Naa! Aber du denkst viel zu altmodisch. Weißt du, wie schwer es ist, herauszufinden, in welcher Mickymaus diese Bauanleitung drin war? Das ist gar nicht so einfach. Und selbst wenn ich das schaffe, ist es schwer, genau dieses Heft zu kaufen. Die werden gesammelt, die sind teuer und es dauert vielleicht recht lange, bis wir genau dein Heft gefunden haben. Da ist es doch viel einfacher, ich such nach einer Anleitung für den Bau von so einem Pappperiskop, meinst du nicht?«

»Das kannst du finden?«

Anna lachte. »Ja! Da bin ich ziemlich sicher«, rief sie. »Aber erst morgen. Wenn ich Zeit hab, versuch ich es mal.«

Dienstag

14
Giftbücher

In ihrem Büro im Polizeipräsidium Ingolstadt legte Kriminalhauptkommissarin Julia Daschner den Hörer auf die Gabel und ihre Mappe beiseite. In dem Ordner archivierte sie die Graffitis der Sprayerszene in Ingolstadt. Die blonde Endzwanzigerin war die »Kunstexpertin« der Dienststelle. Nach inzwischen vier Jahren konnte sie viele Bilder nach Stil, Motiven und den Tags – den charakteristischen Signaturen der Sprayer – ihren anonymen Urhebern zuordnen, manchmal sogar nur aufgrund der chemischen Charakteristika der verwendeten Farbstoffe. Das war immer dann interessant, wenn man einen zu fassen bekam. So konnte man den urbanen Gestaltern oft mehr als nur den aktuellen Fall zuordnen. Das hatte verschiedentlich schon gut funktioniert. Doch soeben war Julia Daschner in die SoKo »Kirchturm« berufen worden. Also machte sie sich auf zum Besprechungszimmer.

Als sie eintrat, beendete Linner gerade den Bericht der Spurensicherung: »Wir kommen also voran, aber noch haben wir jede Menge zu tun. Die nächsten Tage sind wir gut beschäftigt.«

Konrad stand auf, goss aus einer Thermoskanne eine Tasse Kaffee ein und begrüßte mit ihr den Neuankömmling. »Ah, Frau Daschner. Schön, dass Sie es gleich geschafft haben. Wir brauchen einen Menschen, der von Chemie ein wenig mehr versteht als ich oder unsere Kollegen hier. Da habe ich an Sie gedacht.«

Daschner nahm die Tasse und bedankte sich. »Ich hoffe nur, mein Wissen reicht Ihnen, weil ... eine Chemikerin bin ich nämlich nicht! Ich hab zwar in der Schule in Chemie Abitur gemacht, mit einem Einser sogar, und bei den Sprayern geht's zum Teil auch um verschiedene Polymere und ihre Lösemittel. Aber ob Ihnen das langt?«

»Oh, ich denk schon! Ein wenig Sachkenntnis und Ihr gesunder Menschenverstand werden uns sicher weiterhelfen. Warten Sie es ruhig ab. Lassen Sie uns erst mal hören, was Aschenbrenner und Stimpfle gestern bei den Banken erfahren haben. Da haben die beiden nämlich etwas herausgefunden, was ich gerne näher beleuchten würde, und da kommen dann Sie ins Spiel.«

Knapp und klar berichteten Stimpfle und Aschenbrenner von ihrem Besuch bei Singers Hausbank in Wolnzach und den weiteren Ermittlungen bei den Banken der Damen.

»Alles in allem isch's so, wie mer's sich immer wünscht«, fasste Stimpfle die Finanzsituation Singers zusammen. »Alles isch wohl geordnet und klar. Frau Singer hat regelmäßig Unterhalt bekommen. Ich han mich erkundigt. Dieser Unterhalt isch eher großzügig bemessen als zu knapp. Was ich da aber noch gerne wisse möcht, isch, ob's da vielleicht a Teschtament gibt oder an Ehevertrag. In seller Richtung solltet mir Frau Singer mal befragen.«

Konrads Brauen winkten Zustimmung. »Das erledige ich«, brummte er und machte sich eine Notiz auf einem Schreibblock.

Aschenbrenner fuhr fort: »Frau Finks Konto bei der Postbank ist das, von dem aus der gemeinsame Haushalt Fink/Singer bestritten wurde. Herr Singer hat aber mit tausendfünfhundert Euro im Monat den Löwenanteil zum Haushaltsgeld beigetragen. Das Haus selbst ist, soweit wir wissen, schuldenfrei. Reparaturen und größere Ausgaben hat Herr Singer komplett übernommen – soweit ich es erkennen konnte, musste sich Frau Fink da nie dran beteiligen.«

»Die Frau Fink isch finanziell recht gut g'stellt g'wäh«, meinte Stimpfle. »Sie hat mietfrei g'wohnt und hat für den Haushalt nicht viel Geld aufwenden müssen. Als Krankenschwester hat sie selbst ein kleines Einkommen g'habt, zusammen mit ihrem eigenen Unterhalt ergab es eine ganz anständige Summe.«

»Der Unterhalt kommt vom Herrn Fink, dem Exehemann von Frau Fink«, erklärte Konrad. »Und jetzt ratens einmal, was der ist.«

»Ich weiß es nicht«, murmelte Julia Daschner, die sich fragte, wie da Chemie ins Spiel kommen sollte.

»Der ist Apotheker in Wolnzach. Wir haben also einen Toten, der vergiftet wurde – mit einem Gift, das man gar nicht so leicht bekommt – und im Umfeld einen Apotheker, der sich so ein Gift verschaffen kann.«

Daschner dämmerte es. »Sie wollen, dass ich die Apotheken überprüfe?«

»Genau!«, rief Konrad. »Sie und Herr Stimpfle sollen in der Apotheke vom Fink das Giftbuch anschau'n. Und dann in allen anderen Apotheken in Wolnzach und Rohrbach. Achten Sie auf lückenlose Dokumentation. Fragen Sie auch nach den Bezugsquellen. Und lassen Sie sich den Verwendungszweck erklären. Das ist speziell Ihre Aufgabe, Frau Daschner: Schauen Sie nach, ob der Zweck plausibel ist. Sie sind doch Chemikerin genug, dass Ihnen da keiner ein X für ein U vormacht, oder?«

»Na ja … ich denk', wenn man mir einen Schmarrn erzählt, werd' ich es schon merken. Aber ich werd' besser noch einen Laptop mit mobilem Internet mitnehmen. Dann kann ich gleich nachschauen, wenn mir etwas merkwürdig vorkommt.«

Konrad strahlte.

»Ich beantrag dann gleich für die Apotheken ein Auskunftsersuchen bei Frau Doktor Müller«, erbot sich Stimpfle.

Konrad schüttelte den Kopf. »Nein. Diesmal nicht. Lassen Sie uns erst mal schau'n, was passiert. Geben wir den Apothekern die Gelegenheit, uns vorbehaltlos bei der Ermittlung zu unterstützen«, meinte er sanft. Seine Stimme wurde plötzlich härter, als seine Brauen zusammenrückten und er erklärte: »Wer das nicht will, muss nix sagen. Auch recht. Dann haben wir einen Verdächtigen mehr und können immer noch einen Beschluss beantragen.«

Die Fahrt nach Wolnzach dauerte knapp zwanzig Minuten. Bis sie ans Ziel gelangten, hatten Stimpfle und Daschner erstens festgestellt, dass sie sich ganz gut leiden konnten, und zweitens ihr Vorgehen beschlossen. Sie begannen mit Fink und seiner Georgs-Apotheke. Sie entpuppte sich als ein zwar großzügiges, aber fantasieloses Ladenlokal. Eine breite Theke, leicht geschwungen, war das gestalterische Highlight. Sie bot Platz für vier Scannerkassen und daneben aufgestellte kleine Regale voller Mitnahmewaren. Dahinter reichten drei Batterien mit Auszugsschränken in die Tiefe, deren graue Plastikfronten ebenso trist wirkten wie die Schaufensterdeko aus Pappaufstellern und riesigen Dummys von Pillenschachteln. Quer über den Schränken lief von Wand zu Wand ein Sims, auf dem Daschner altmodische Apothekerflaschen sowie Dosen aus Glas und Ton erkannte, wie man sie früher in Apotheken fand. Doch hier war es nur eine Fototapete. Weniger Ambiente – aber auch weniger abzustauben.

Im Auto waren sie übereingekommen, keinesfalls ihr Interesse an Blausäure durchblicken zu lassen. Sie würden sich alle Vorgänge erklären lassen und von allem Kopien anfertigen.

»Sie wollen was?«

Herr Fink war überrascht. Die Polizisten wiesen sich aus.

»Sie würden uns einen großen Gefallen tun, wenn wir Ihr Giftbuch einsehen könnten. Wir ermitteln in einem Fall, in dem dokumentationspflichtige Stoffe eine Rolle spielen könnten«, erklärte Julia Daschner unter Verwendung der vereinbarten, sehr vagen Formulierung.

»Und wieso kommen Sie da auf mich?« Herr Fink wirkte entrüstet.

»Weil solche Stoffe in Apotheken abgegeben werden können. Es geht nicht gegen Sie, des sind ganz allgemeine Routineuntersuchungen«, erklärte Stimpfle nicht ganz aufrichtig.

Herr Fink verstand zwar immer noch nicht so recht, was die beiden Beamten bei ihm wollten, aber er fügte sich und brachte das Gewünschte.

Zunächst staunten die Ermittler, wie wenige solch gefährlicher Stoffe in Apotheken gehandelt wurden.

»Ich dachte, das wäre viel mehr«, meinte Daschner, als sie das »Giftbuch« sah. Es war eher ein Heft, Din A5 querformatig, so dick wie ein doppeltes Schulheft. »Das müsste doch viel umfangreicher sein, ich mein', wegen der Opiate und den Sachen, die die Schwerkranken bekommen!«

»Das sind Präparate, die wir fix und fertig beziehen«, erklärte Fink. »Auch die sind selbstverständlich dokumentiert und natürlich unter Verschluss, aber die Dokumentation erfolgt nicht hier bei den Gefahr- und Giftstoffen. Wollen Sie die Präparatenliste auch sehen?«

Die beiden Polizisten sahen sich an, dann zuckte der Schwabe mit den Achseln und Daschner schüttelte den Kopf. Noch im Präsidium hatte sie sich telefonisch beim Rechtsmedizinischen Institut in München erkundigt und erfahren, dass es keinen therapeutisch sinnvollen Verwendungszweck für Blausäure und deren Derivate gab. Dass diese Substanzen in Medikamenten vorkamen, war praktisch ausgeschlossen.

»Danke sehr, aber erst mal reicht das hier. Wir kommen aber vielleicht darauf zurück«, erklärte sie.

Sie blätterten in dem Heft. Es war einfach und übersichtlich. Der Stoff, die Menge, die Bezugsquelle und der Abnehmer – alles war genau mit Datum notiert. Herr Fink konnte jeden Posten zufriedenstellend erklären – auch den jeweiligen Verwendungszweck. Er war eindeutig ein Fachmann, auch wenn er immer nur so viel pharmazeutisches Fachchinesisch benutzte wie nötig. Daschner und Stimpfle kontrollierten alle Eintragungen und ließen sich dann das vorherige Heft vorlegen. Nirgendwo war auch nur eine Spur von Zyanid, Blausäure oder deren Verwandten zu entdecken.

Dennoch kopierten sie das aktuelle Heft, denn es reichte immerhin über vier Jahre zurück – bis zu einem Zeitpunkt, wie Stimpfle wusste, zu dem Fink noch keinen Unterhalt bezahlt hatte.

Sie waren grade dabei sich zu bedanken und sich zu verabschieden, da fiel Daschner noch etwas ein. Mit einer Geste, die sie dem Fernsehdetektiv Colombo abgeschaut haben könnte, den Blick gesenkt und eine Hand nach oben gestreckt, meinte sie: »Ach ja … eine letzte Bitte. Herr Fink, dürften wir sehen, wie Sie Ihre Gefahrstoffe hier in der Apotheke aufbewahren?«

Herr Fink machte ein hilflose Geste. »Es tut mir leid«, sagte er. »Aber Sie haben ja grade gesehen: Ich habe keine derartigen Stoffe hier. Das geht doch aus der Dokumentation hervor. Wozu auch? Das Zeug ist teuer und gefährlich und man muss es ständig im Auge behalten. Ich will so etwas nicht in meiner Apotheke haben oder wenn, dann nur kurz.«

»Ja, schon. Aber wenn Sie doch mal etwas besorgen sollen? Wie lagern Sie es dann?«, hakte Daschner nach.

Fink führte sie nach hinten in sein Labor. Hier standen auf einer chromglänzenden Edelstahlplatte weiße keramische Tiegel, Rührstäbe aus Holz und Glas und eine Präzisionswaage. An der Wand stand eine Edelstahlvitrine mit Medikamentenschachteln und Ampullen.

»Dies ist unser ›Giftschrank‹«, erklärte Herr Fink. »Hier lagern die verschluss- und dokumentationspflichtigen Präparate. Wenn ich einen Gift- oder Gefahrstoff für einen Kunden besorgen soll, dann kommt er hier hinein.« Er deutete auf eine Stahlkassette im Giftschrank. »Die Kassette ist fest eingebaut. Sie hat einen separaten Schlüssel. Und sie ist, wie Sie sehen …«, er öffnete sie, »… leer. Kann ich sonst noch behilflich sein?«

Daschner und Stimpfle erklärten sich zufrieden und bedankten sich. Fink legte die Giftbücher in die Kassette, verschloss sie und sperrte dann beide Schlösser, das der Kassette und das der Vitrine, sorgsam ab.

»Und, Julia? Was densch jetzt du?«, fragte Stimpfle, als sie wieder im Auto saßen.

»Ich glaub, der ist sauber, Lukas. Was er sagt, ergibt alles Sinn und hat Hand und Fuß.«

15
Hopfenvögel und Spionagetechnik

Anna war kurz vor Mittag schon wieder zu Hause. Sie sagte ihrer Mutter im Laden hallo, pfefferte ihre Schultasche in die Ecke neben dem Schuhschrank, hängte ihren Anorak auf und lief rasch die Treppe hinauf. Schnurstracks ging sie zu Wimmer ins Zimmer.

»Opa, ich glaub, ich bin da auf was g'stoßen. Ich werd' nur nicht recht schlau draus«, rief sie noch im Türstock statt einer Begrüßung.

Wimmer war verwirrt. »Hast du denn jetzt keine Schule?«

»Reli ist ausg'fallen, da hab ich früher ausg'habt. Und Sport war heut auch ned, weil da irgendwas g'richtet wird in der Turnhalle. Da hab ich a doppelte Freistunde g'habt. Die ist soo öd g'wesen, da hab ich amal die Gedichte ang'schaut.«

»Was hast du denn rausgekriegt?«

»Also: ›Hopfenharz‹ war der erste Band. Da ging's viel um Politik. Um Ökolandbau, Milchpreis, Umweltschutz. Aber eher allgemein, so nach dem Motto: Da stimmt doch was ned, da läuft was falsch. Dazwischen immer wieder so Heimatkitsch: Nebel zwischen Hopfenstangen, mei, is hier schön, Störche am Bach und Ross' auf den Wiesen. Alles schön in Mundart, aber ned streng phonetisch, sondern scho so, dass man es versteht.«

»Ging's da irgendwo oder irgendwie um bestimmte Leut?«

»Nein, höchstens allgemein um die Regierung oder so. Aber zweng a paar kritischen Gedichten wird doch der Herr Ministerpräsident ned gleich a Killerkommando schicken. Sonst wären andre schon längst hin.«

Wimmer, der den Landesvater zwar nicht gewählt hatte, ihn aber dennoch sympathisch fand, lachte. Anna hielt den zweiten Band hoch.

»›Zupferseele‹ ist der nächste Gedichtband. Der erste hat schon nix hergeben. Der hier aber ist gleich ganz umsonst g'wesen: Nur persönliche Sachen. Erste Liebe, verlorene Liebe, Sehnsucht. Immer wieder Heimat, viel Weltschmerz. Aber kaum Personen außer der ›verlorenen Liebe‹, was vermutlich seine Ehefrau ist, und der ›neuen Liebe‹, was die Frau Fink sein könnte – oder es ist einfach so a allgemeiner Gefühlsschmarrn. Ach ja. Ab und zu taucht sein Papa auf. Was der Singer nun besser machen will wie der Papa, oder wo er ihm dankbar ist, auch wenn er es übertrieben hat … Ich find's a bisserl wirr.«

Wieder konnte sich Wimmer das Schmunzeln nicht verkneifen.

Anna griff zum dritten Band. »Der hat mir am besten g'fallen. Der ist lustig: Da geht's viel um Spaß, den man am Land ham kann: im Bach waten, im Wald Schwammerl suchen, in einem Kirschbaum herumsteigen beim Ernten. Um Volksmusik und Bauernhochzeiten. Um Feuerwehrfeste und Blödsinn, den B'soffene machen. Und dann ist da a ganzes Kapitel mit Hopfenvögeln.« Sie blätterte im Buch, schlug es auf und las vor: »›Hopfavegel‹ und drunter: ›Die Edelfalter der Gattung Poliginia c-album gelten als Minderschädling im Hopfenanbau, auch wenn sie von vielen ihrer Farbenpracht wegen bewundert werden. Daneben gibt es noch ganz andere Hopfenvögel.‹ Und dann gibt es Gedichte, die bezieh'n sich wahrscheinlich auf bestimmte Personen, doch ich weiß nicht, wer g'meint ist. Aber sie san lustig, g'schert und ich glaub auch g'scheid hinterfotzig.«

»Wie meinst du denn das?«

»Da, gleich das Erste: ›Der Kuckuckspfau‹. Der ist eitel und spreizt sich, aber er b'scheißt. Er klaut andern die Federn und sagt es niemandem nicht. Wenn er dann sein Rad schlägt, dann findens ihn aber trotzdem alle Gott weiß wie toll! Oder der hier: ›Der Zotenzeisig‹! Bei dem hab ich zum ersten Mal gedacht, dass das jemand B'stimmtes sein muss. Das ist ein kleiner Vogel, aber einer mit einer lauten Stimm', und alles, was er singt, sind Witze. Es fängt ganz harmlos an, aber je länger er singt, umso unanständiger wird er. Am End ist er dann zum Glück stockheiser, sonst müsst man ihm den Schnabel zubinden, so dreckig san dann seine G'schichten. Oder ›Die Jammerlerche‹, die wo in einem fort am Jammern ist, dass kein Vogel mehr auf Boarisch pfeift. Aber sie ist so mit dem Jammern beschäftigt, dass sie die ganzen jungen Meisen im Busch gar nicht hört, wie die in Mundart zwitschern. Und so geht's immer noch weiter. Man merkt genau, dass er wen aufs Korn nimmt, nur weiß ich nicht, wer dass das sein soll.«

»Das werden wir schon noch rausbringen«, meinte Wimmer zuversichtlich und lobte Anna für ihren Einsatz. Dann plauderte er und lenkte das Gespräch ganz sachte auf sein Periskopproblem.

»Ach, das hab ich schon heut morgen gelöst, noch vor dem Frühstück«, meinte Anna prompt. »Deshalb fahren wir nach dem Mittagessen auch nach Ingolstadt.«

»Hast du so einen Bauplan gefunden, ja?«

»Sogar gleich mehrere. Das war gar nicht das Problem. Aber dann hab ich noch eine viel bessere Idee g'habt.«

»Und dafür fahren wir nach Ingolstadt?«

»Genau – zum Jupiter! Und nimm fei a Geld mit.«

Der Jupiter-Elektromarkt befand sich in einem Gewerbegebiet im Nordwesten der Stadt, einem großen Einkaufszentrum gegenüber. Hier gab es so ziemlich alles, was elektrisch betrieben werden konnte, von der Waschmaschine bis zum Trockenrasierer, aber auch Computer, Handys sowie Foto- und Videokameras.

Kaum dass sie den industriehallengroßen Laden betreten hatten, blieb Wimmer wie versteinert stehen. An der entgegengesetzten Wand flimmerte ihm eine endlos erscheinende Batterie von Fernsehern in mindestens drei Reihen übereinander entgegen, alle zeigten dasselbe Bild. Überall ringsum waren Pappschachteln mit Stereoanlagen, Blu-Ray-Spielern oder Kaffeemaschinen mannshoch auf Paletten gestapelt. Der alte Metzger fühlte sich bedrängt von dem Angebot. Noch schlimmer aber fand er das Gedränge und die Gehetztheit, die ihn umgab. Hunderte Menschen schoben sich durch die Gänge, drängten sich um die Waren wie hungrige Schweine um den Trog. Wimmer kam es vor, als kauften hier alle mit einer sonderbaren Gier, gerade so, als wäre heute die letzte Gelegenheit dafür. Diese Art des Einkaufens war ihm fremd und er fand sie verstörend.

Deshalb erklärte er Anna, sie solle sich holen, was immer sie wolle, er aber werde sich nicht weiter in diesen Jahrmarkt des Irrsinns wagen. Er warte hier bei dem Stapel mit den Entsaftern auf ihre Rückkehr. Anna, die das Gedränge weit weniger beängstigend fand, schlängelte sich gewandt durchs Gewühl in die Tiefen des Ladens, wo sie nach kurzem Suchen das Regal erreichte, das das anbot, was sie suchte. Sie verglich ein paar Produkte, las die Inhaltsangaben auf den Packungen genau durch, traf dann ihre Wahl, wühlte sich durch die Menschenmenge zurück zu Wimmer und erlöste ihren armen Opa.

Auf dem Parkplatz im Auto zeigte Anna, wofür Wimmer gerade etwa das bezahlt hatte, was ihrem Taschengeld eines halben Jahres entsprach. Es nannte sich outdoor-fun-cam und steckte in einem stabilen Schneewittchensarg aus verschweißtem Plastik, etwa im Format einer Pralinenschachtel. Diese Verpackung enthielt einige Stecker und Kabel, eine Saugplatte und anderes Zubehör sowie ein kleines rechteckiges Teil, das Wimmer zuerst für ein Batteriekästchen gehalten hatte, bis er erkannte, dass es für die beigepackten zwei kleinen AAA-Zellen viel zu groß wäre. Dieses Kästchen war offenbar die Hauptsache.

»Und was ist das jetzt? Ein Fotoapparat?«

»Das ist eine Actioncam, eine Videokamera. Aber eine besondere! Sie ist ziemlich klein und robust, wasserdicht und sie kann bis zu fünfzehn Stunden aufnehmen.«

»Das Zwergerl? Das ist ja grad halb so groß wie a Packerl Tempos! Das macht Aufnahmen? Ich mein', Aufnahmen, auf denen man auch was erkennt?«

»Du wirst staunen! Das ›Zwergerl‹ hat eine hohe Auflösung und es kann noch mehr: Nämlich auch in der Dämmerung aufnehmen und sogar bei Dunkelheit – mehr oder weniger. Nicht so gut wie ein echtes Nachtsichtgerät, aber wenn noch a weng a Licht da ist, dann macht das ›Zwergerl‹ das Beste draus. Und das ist immer noch viel besser als alles, was eine normale Kamera kann.«

»So, so«, brummte Wimmer und betrachtete das Bild auf der Verpackung skeptisch. »Und wo ist des Videoband?«

»Du, Opa, falls du's noch ned g'spannt hast: Das einundzwanzigste Jahrhundert läuft fei schon a ganze Weile. Die Technik ist heute digital! Videoband ist ja so was von oldschool, des braucht heut doch keiner mehr. Schau mal hier, der kleine Chip reicht völlig aus.« Anna wies auf eine winzige Speicherkarte, kleiner als eine Centmünze. »Da gehen sechzehn Gigabyte drauf.«

»Aha«, meinte Wimmer unbeeindruckt, denn ihm sagte diese Einheit überhaupt nichts, »und was machen wir mit dem Ding? Werfen wir's dem Fink über seine Hecke rüber?«

»Im Prinzip ja. Nur a bisserl raffinierter werden wir es schon machen.«

Daheim gingen die beiden in den Wimmer'schen Schuppen, der natürlich keine freche Riesenratte beherbergte und auch ansonsten ungezieferfrei war. Über eine Stunde lang werkelten die beiden, dann hatten sie ihre Heckenspionageanlage fertig.

Es war eine stabile Holzlatte, auf der vorne die kleine Kamera festgeschraubt war. Die Kamera war tatsächlich nur etwa halb so groß wie eine Schachtel Zigaretten, ein schmuckloses olivgrünes Plastikkästchen mit einem kleinen runden Loch für die Linse und einem gummierten Druckknopf zum Anschalten. Zur Montage hatte der Hersteller zum Glück eine passende Halterung mitgeliefert. Wimmer war angenehm überrascht, denn dieses Plastikteil erwies sich als weit robuster, als er zunächst befürchtet hatte.

Als die Kamera mit der Linse nach vorne am Ende der knapp einen Meter langen Holzlatte montiert war, nickte Anna befriedigt. Dann steckte sie den winzigen Stecker eines dünnen schwarzen Kabels in die Kamera und fixierte das Kabel mit braunem Packband so am Holz, dass am anderen Ende, der Kamera gegenüber, noch etwa zwanzig Zentimeter davon herausschauten, die in einem ebenso kleinen Stecker endeten.

»Anna, sag, wofür brauchen wir das Kabel?«

»Opa, ich habs dir doch erklärt. Hast du es immer noch nicht verstanden?«

Annas Miene verriet, dass auch die geduldigste Enkeltochter irgendwann an Grenzen stoßen würde. Wimmer blickte betreten drein und versuchte, das Geplante zu rekapitulieren.

»Also wir ham die Aktionskamera …«, Wimmer sah Annas Blick, brach ab und verbesserte sich: »… die Äkschenkäm auf das

Holz montiert, damit dass wir sie mit dem Holz komplett durch die Hecke stoßen können, bis sie auf der anderen Seite grade noch herausschaut.«

»Genau, Opa. Und dass sie keiner sieht, hab ich sie gleich in einer Tarnfarbe gekauft. Außerdem wollen wir die Kamera eh einsetzen, wenn's finster ist. So können wir beim Fink durchs Fenster ins Wohnzimmer schau'n. Wenn der ein Licht anhat, dann können wir ihn sehen, aber er kann uns nicht sehen.«

»Gut. Das hab ich verstanden. Aber was ist, wenn da zur Straße hin aus der Hecke ein Stock rausschaut?«

»Wenn wir wissen, wie dick die Hecke ist, können wir unser Holz so kürzen, dass es hinten von der Hecke verdeckt wird und vorne grad eben so aus der Hecke rausschaut. Dann merkt keiner was.«

»Okay. Und das Kabel? Wozu brauchen wir das?«

»Zum Zielen, Opa. Wenn wir den Stock durch die Hecke stecken, wissen wir ja nicht, wo wir hinschau'n werden. Aber wenn ich mein Handy an das Kabel stecke und hier das kleine Programm aufrufe ...«, sie tat es, »... dann, oh Wunder der Technik, zeigt das Handy genau an, was die Kamera sieht. Dann können wir den Stock hin- und herschieben, bis wir das sehen, was wir wollen – dem Fink sein Wohnzimmer – und nicht sein Vogelhaus oder die Rückwand von der Garage. Dann können wir heimgehen und am nächsten Tag holen wir die Kamera wieder ab.«

Wimmer staunte. Zum ersten Mal sah er Bilder, die die Kamera machte. Selbst auf dem kleinen Handymonitor waren sie erstaunlich scharf und klar. Doch nun sah er ein neues Problem.

»Okay. Die Kamera ist wasserdicht. Aber das Handy? Schad't das dem nix, wenn es a ganze Nacht lang beim Dreckwetter in der Hecke hängt?«

»Doch ... das tät dem Handy gar nicht guttun. Aber das bleibt ja nicht in der Hecke. Das stöpseln wir wieder ab.«

»Und trotzdem nimmt die kleine Kamera auf?«

»Ja, Opa. Bis zu fünfzehn Stunden ... und wenn wir sie so einstellen, dass sie nur alle Minute ein Bild knipst, dann kann sie sogar vierzehn Tage im Einsatz bleiben. Bloß ...«, nun wurde Anna plötzlich kleinlaut, »… weiß ich noch nicht, wie man die Kamera so einstellt. Die Bedienungsanleitung ist nämlich in Englisch und ziemlich kompliziert.«

»Macht nix.«

Der Plan war perfekt und weitaus besser als alles, was sich Wimmer überlegt hatte. Der alte Metzger war ehrlich beeindruckt.

16
Konrads Tag

Konrad kam viel zu spät nach Hause. Wieder einmal. Ein weiteres Mal bewunderte er seine Gattin, die es schon dreißig Jahre mit einem Mann aushielt, der jederzeit davonstürzen konnte, um sich mit Mord und Totschlag zu befassen. Es kam ihm oft vor, als brächten sich die Leute bevorzugt zu den Mahlzeiten um, in den frühen Morgenstunden oder unmittelbar, bevor er Besuch bekam. Er küsste seine Frau, die wie immer geduldig auf ihn gewartet hatte, und setzte sich zum Essen an den Küchentisch. Das Leben an seiner Seite hatte sie in der Küche zu Flexibilität erzogen. In Zeiten, in denen ihr Karl regelmäßig zu spät zu kommen drohte, gab es vor allem Gerichte, die längeres Warmhalten im Backrohr gut vertrugen. Gulasch mit Reis, Lauchauflauf oder gefüllte Paprikaschoten waren da sehr geeignet. Zum Ausgleich gab es an den freien Tagen bevorzugt Kurzgebratenes frisch aus der Pfanne. Heute schmurgelte aber wieder einmal etwas im Schmortopf: Rouladen und Salzkartoffeln.

Konrad war immer bemüht, das Berufliche, alle Gedanken an das Blut, die Verbrechen und Grausamkeiten, spätestens zusammen mit dem Mantel an der Garderobe abzulegen, bis er wieder zum Dienst musste. Es gelang ihm leider nicht immer. Schlimmer noch: Roswitha musste ihn nur ansehen, um zu wissen, wann ihm das Abschalten nicht gelang und er seine Gedanken weiter um Mord und Schwerverbrechen kreisen ließ. Seine Augenbrauen verrieten ihn regelmäßig. Meist plauderte sie munter auf ihn ein, belangloses Zeug, bei dem Konrad zustimmend brummen konnte, ohne genau zuhören zu müssen. So konnte er noch eine Weile den eigenen Gedanken nachhängen. Auf eine merkwürdige Art genossen beide diese sonderbar einseitige Kommunikation. Sie war froh, ihm helfen zu können, denn meist gelang es ihm nach einer Weile dann doch, den Dienst hinter sich zu lassen. Und er genoss es, ihre liebe Stimme hören zu dürfen, sie zu sehen und sich ihr im Herzen nahe zu wissen, auch wenn seine Gedanken erst noch bei ihr ankommen mussten.

Heute ließ sich seine Frau die Geschenke absegnen, die sie für Verwandte und Bekannte zum Fest besorgt hatte. Dieses Thema war bestens für einen Plausch mit einem Gegenüber »auf Autopilot« geeignet, wie Roswitha den geistig abwesenden Zustand ihres Gatten nannte. Während der alte Kriminalpolizist Handtücher für Tante Erika bestätigte und einen Satz Weingläser für deren Mann, ließ er noch einmal den Tag an sich vorüberziehen.

Auch Konrad hatte heute früh, wie Anna, in die Gedichtbände hineingesehen – zu seinem Morgenkaffee. Auch er hatte sich die Bände chronologisch vorgenommen. Doch weiter als bis zur Mitte des zweiten Bandes war er nicht vorgedrungen. Das Telefon hatte ihn unterbrochen. Die Rechtsmedizin hatte inzwischen die offiziellen Laborergebnisse. Singer war tatsächlich an einer Zyankalivergiftung verstorben, beigebracht über das Nasenspray.

»Im Nasenspray! Einfach fantastisch! So was haben wir ja noch gar nicht gehabt. Toll, was die Leute sich einfallen lassen«, klang es aus der Telefonmuschel. Natürlich hatte der Labortechniker in München eine weit größere Distanz zum Fall als die ermittelnden Beamten vor Ort und eine gewisse Freude über die Originalität des Verbrechens konnte Konrad sogar nachvollziehen. Dennoch hatte der alte Kriminalbeamte gute Lust, den jungen Kollegen am anderen Ende der Leitung wegen seiner Gefühllosigkeit ordentlich abzukanzeln. Er ließ es aber bleiben, mit Rücksicht auf eine reibungslose Zusammenarbeit.

Stattdessen ging er zu Linner und Thalmayr ins Spurensicherungslabor. Hinter der Tür überfiel ihn sofort ein massiver Duft nach gut gereiften menschlichen Fäkalien. Die Herren der Beweismittelsicherung waren zwar inzwischen mit fast allen Untersuchungen an der Kleidung fertig. Die meisten Stücke waren wieder geruchsdicht asserviert, nur die Hose des Opfers lag immer noch auf dem Labortisch und verströmte ihr überwältigendes Aroma. Linner rückte ihr gerade mit verschiedenen Leuchten, Reagenzien und Fotofiltern ein letztes Mal zu Leibe, um ihr mit Lichtbildtechnik die letzten Geheimnisse zu entlocken.

»Bisher ist nichts Nennenswertes herausgekommen«, meinte er. »Das hier ist mal wieder voll der Schmarrn. Wir sichern uns hier den Wolf und finden doch nix raus, was wir nicht schon vorher g'wusst ham. Voll der Blödsinn! Aber irgendein Depp muss es ja machen.«

Wie gewöhnlich ignorierte Konrad Linners Grantelei und teilte ihm stattdessen mit, was der Kollege im Labor in München herausgefunden hatte.

»Das ham wir doch auch schon gewusst.«

»Inoffiziell haben wir es gewusst. Aber jetzt haben wir es amtlich. Was das Nasenspray angeht, da will ich möglichst bald eine komplette Analyse haben. Und ich brauche ein gutes Bild von dem Fläschchen.«

Thalmayr, der am Rechner saß, nickte und suchte in dem Ordner mit den Bildern, dann klickte er ein paarmal. »Ich hab es Ihnen auf den Rechner geschickt.«

Auf dem Weg zurück schaute Konrad bei Aschenbrenner herein. Der Zahlenfuchs durchkämmte inzwischen die Kontoauszüge der drei Konten mit scharfem Auge nach Unregelmäßigkeiten, Zusammenhängen oder besonders auffälligen Vorgängen, hatte aber bislang nichts gefunden.

Zwei Türen weiter hatte Schüssel, der Computerfachmann, auch nichts Neues für ihn. Er hatte an diesem Morgen endlich die Daten des Mobilfunkanbieters bekommen und begonnen, mit ihrer Hilfe die Bewegungen des Opfers vor seinem Tod nachzuvollziehen. Doch jetzt, nach kaum einer Stunde, konnte er natürlich noch nichts Sinnvolles mitteilen. Morgen, da war Schüssel optimistisch, würde Konrad mehr wissen.

Wieder an seinem Schreibtisch, rief Konrad das Bild des Plastikfläschchens auf. Anerkennend stellte er fest, dass Thalmayr ihm Fotos von beiden Fläschchen, vom leeren und von dem mit der tödlichen Zyanidlösung, geschickt hatte. Die Aufnahmen waren brillant. Unter dem schwarzblauen Fingerabdruckpuder war das Etikett klar zu lesen. Konrad stutzte. Das Fläschchen mit der tödlichen

Lösung war älter als das leere. Das erkannte er am Ablaufdatum. Es waren auch zwei völlig verschiedene Chargen. Dem wollte er unbedingt nachgehen.

Im Internet suchte er die Herstellerfirma heraus, dann setzte er in Rohform einen Brief auf, den er Frau Grabner, der Sekretärin, weiterleitete.

Um die Mittagszeit brach er dann auf nach Rohrbach zu Frau Singer. Um die tristfeuchte Aussicht aufzuhellen, hörte er den ersten Satz von Beethovens sechster Symphonie. Um 12.50 Uhr parkte er seinen Wagen vor der Tür von Frau Singers Haus, stieg aus und klingelte. Der Summer ertönte und Konrad trat ein. Als er oben war, stand Frau Singer mit Mantel und Halstuch gewappnet zum Aufbruch in der Tür.

»Oh, komm ich ungelegen?«, fragte Konrad.

»Ach, Sie sind es! Ich fürchte – ja. Ganz klipp und klar, das ist jetzt wirklich ungeschickt. Ich bin gerade im Aufbruch begriffen. Ich habe einen Bekannten erwartet, der mich abholen will. Ich habe einen Termin, den darf ich nicht versäumen.«

»Das ist schade. Ich hab da nämlich noch ein paar Fragen.«

»Ja, die habe ich eben auch. Drum möcht ich mit meinem Bekannten nach Ingolstadt, zu meiner Scheidungsanwältin. Damit, dass der Benedikt stirbt, hat ja niemand gerechnet. Ich muss doch wissen, was diese Situation jetzt für mich bedeutet. Ganz allgemein und auch finanziell. Was hätten Sie denn eigentlich wollen?«

Konrads Brauen wedelten sanft. Freundlich meinte er: »Ich wollt eigentlich genau dasselbe wissen: Wie das so ist mit Ihrer allgemeinen Situation und besonders auch, was die Finanzen angeht.«

»Wie meinen Sie denn das?«, fragte sie mit einer guten Portion Misstrauen in der Stimme.

»Grad so, wie ich es sag'. Ich untersuche einen ungeklärten Todesfall. Da muss ich mich doch für Ihre Situation interessieren – allgemein – privat – finanziell. Das ist meine Arbeit.«

»Soll das jetzt heißen, Sie verdächtigen mich, ich hätte irgendetwas mit dem Tod vom Bene zu tun?«

»Na ja … wir ermitteln halt. Und dabei schauen wir auch, wohin das Geld fließt, das einer hinterlässt. Und jetzt, wo der Herr Singer gestorben ist, könnten Sie ja einiges erben. Das ist für die Beurteilung der Situation schon wichtig. Das muss ich rausbringen.«

»Ich versteh schon. Weil, in einem halben Jahr, wenn wir geschieden wären, tät ich nichts erben. Das wollen Sie doch sagen, oder? Geben Sie's zu! Sie meinen also, der Tod vom Benedikt wäre für mich ein Glücksfall? Am End bin ich verdächtig? Soll ich am End den Bene umgebracht haben? Wollen Sie das sagen?«

»Mei, Frau Singer, wir ermitteln in alle Richtungen. Noch haben wir nichts, was solch einen Verdacht rechtfertigt. Aber wenn Sie schon fragen: Solche Gedanken sind uns natürlich gekommen.«

»Ich glaub', ich muss aber nicht mit Ihnen reden, oder?«

»Nein. Das müssen Sie nicht. Nur – den besten Eindruck macht es natürlich nicht auf uns. Wir müssen in jedem Fall weiter ermitteln. Und wir finden es ja so oder so raus.«

»Ich will das erst mit meiner Anwältin besprechen. Ich werde sie bitten, dass sie Sie anruft. Jetzt bitt ich Sie zu gehen.«

Konrad hinterließ Visitenkarten für Frau Singer und ihre Anwältin, dann trat er den Rückzug an.

Deutlich sichtbar für Frau Singer fuhr er davon, bog um die nächste Straßenecke, wendete dann aber den Wagen und parkte ihn ein Stück von Frau Singers Hauseingang entfernt. Sie wollte mit einem Bekannten zur Anwältin und dieser Bekannte interessierte den Ermittler. Er musste keine drei Minuten warten, da kam er auch schon: Ein fescher, blonder Enddreißiger, dessen nussbraune Haut entweder im hochalpinen Schnee oder auf der Sonnenbank gereift war, fuhr in einem froschgrünen Nissan vor. Er brauste an Konrad vorbei und hielt vor Frau Singers Haus. Elastisch stieg er aus dem Wagen, klingelte und trat ein. Augenblicke später kamen beide zurück, stiegen in das auffällige Auto und fuhren davon. Konrad griff zum Funkgerät und gab das Kennzeichen durch. Er bat, den Besitzer festzustellen und dessen Daten an seine Dienststelle zu übermitteln.

Zurück in Ingolstadt, fand er die Auskünfte über den Halter des grünen Nissan auf seinem Schreibtisch. Der Mann hieß Philipp van der Rongel und war Fitnesstrainer. Von ein paar unbedeutenden Verkehrsverstößen abgesehen, war er ein unbeschriebenes Blatt. In den Ermittlungsordner wanderte nun ein beschriebenes Blatt mit seinen Daten.

Die folgenden Stunden vertiefte sich Konrad in die Ergebnisse, die die SpuSi-Kollegen zusammengetragen hatten – aber es war insgesamt nichts, was nicht zu erwarten gewesen wäre.

Als gegen achtzehn Uhr Stimpfle und Daschner wieder im Präsidium eintrafen, konnten sie nicht viel berichten. Sie hatten alle Apotheken in Wolnzach, Rohrbach und Geisenfeld überprüft. Es hatte sich nur ein Apotheker unkooperativ gezeigt, der aber, wie sich später erweisen sollte, einfach nur eigensinnig und stur war. Eine Verbindung zu dem Fall war ihm bei den nachfolgenden Untersuchungen nicht nachzuweisen. Alle anderen waren sehr offen und freundlich mit dem Ersuchen auf Einsicht in die Giftbücher umgegangen. Doch Blausäure oder Zyankali hatte seit Jahrzehnten niemand mehr gebraucht. Nur einer hatte ein Restchen in seinen Vorräten. Eine hellgraue, festgebackene Substanz in einem braunen Apothekerfläschchen. Das Nachwiegen hatte ergeben, dass es genau die Menge war, die seit 1953 im Giftbuch registriert war. Die Beamten hatten die fachgerechte Vernichtung veranlasst.

Julia Daschner würde morgen mit den Kollegen aus der Polizeiinspektion Pfaffenhofen noch weitere Apotheken im südlichen Landkreis überprüfen.

Konrad wollte seinen Kollegen gerade den Feierabend verkünden, da platzte Schüssel mit dem fertigen Bewegungsmuster von Singers letzten Tagen herein. So standen sie zu viert vor einem großen Monitor, auf dem eine Karte der Umgebung zu sehen war, und diskutierten, was er womöglich wann wo gewollt haben könnte.

Erst um halb neun Uhr abends konnte er nach Hause aufbrechen. Es war halb zehn, als er sich entspannte, die Last des Tages abgleiten ließ und seine Frau fragte: »Roswitha, Schatz, hast du irgendeine Idee, was wir der Tante Erika schenken könnten?«

In diesem Moment klingelte sein Diensthandy.

17
Durch die Hecke gespechtet

»Wo wollts ihr denn jetzt noch hin?«

Das Abendessen war beendet und das Geschirr wieder aufgeräumt. Im Wohnzimmer grüßte der Tagesschausprecher höflich die Zuschauer. Weniger höflich klang die Frage, mit der Karola Anna und Wimmer abgefangen hatte. Die beiden rüsteten sich grade mit Mantel, Schal und Mütze zu einem abendlichen Ausflug.

Wimmer öffnete und schloss stumm den Mund, doch Anna hatte flugs eine Ausrede parat: »Wir wollen einen Schaufensterbummel machen. Weil, der Opa weiß noch nicht so genau, was dir g'fallen könnt unterm Christbaum. Da wollt ich ihm a bisserl helfen.«

»Jetzt noch?«

»Morgen Vormittag wär's natürlich schöner, wenn du mir eine Entschuldigung schreibst ...«

»Entschuldigung? Nix da. Du gehst morgen schön in die Schule. Da bist du aufgeräumt und kommst mir nicht auf dumme Gedanken. Kommts mir fei nicht zu spät heim!«

Damit gab sie den beiden die Tür frei und »Scherlock Pinkerton & Co – Wolnzach« brach in Komplettbesetzung zu nächtlichen Ermittlungen auf. Sie hatten kaum die Wagentür von Wimmers Auto geschlossen, da brach es aus Anna heraus: »Boa! D' Mama ist ja lästiger wie a Scheißhausfliagn!«

»Anna!« In Wimmers Ton klangen Rüge und Entrüstung deutlich mit, doch insgeheim gab er ihr recht. Er wechselte abrupt das Thema. »Hast du die Action-Kamera?«

»Die Action-Cam«, verbesserte sie ihren Opa. »Ja. Fertig montiert und auch mein Handy hab ich. Alles, was wir brauchen.«

Das Wetter war nicht besser geworden. Es fießelte beständig, wie Anna es nannte, ein nicht nachlassender Regen, etwas mehr als Niesel, ein feiner Schleier kalter, alles durchdringender Nässe. Der

Asphalt reflektierte die Weihnachtsdekorationen über der Fahrbahn. In diesem Licht wirkte der Ortskern auf eine feucht-ungemütliche Art festlich. Das änderte sich, als sie in die Wohngebiete vordrangen. Hier war es nur mehr unter den Laternen hell. Kleine Lichtinseln in der glänzenden Schwärze der Nacht. Hinter Hecken und Zäunen gab es weitere Eilande der Helligkeit, wenn Fenster einladend in freundlichem Gelb schimmerten oder Fernsehgeräte nervöse bläuliche Reflexe nach draußen schickten.

Sie näherten sich Finks Haus. War bisher alles ruhig gewesen, so wurde es nun still. Die Straßen waren wie ausgestorben. Sie bogen zur langen Hecke an der Gartenseite des Apothekeranwesens ein.

»Spitz fei die Ohren, ob jemand kommt«, mahnte Anna ihren Komplizen, dann griff sie nach der kamerabewehrten Latte auf der Rückbank, die sie versteckt unter ihrem Dufflecoat aus dem Haus geschmuggelt hatte.

Die beiden Detektive stiegen aus und Anna ließ die Latte wieder unter ihrem Mantel verschwinden.

»Alles klar?«, fragte sie aufgeregt.

»Wart an Moment.«

Anna blickte sich um. Autoscheinwerfer tasteten eine Ecke weiter durch die Nacht, doch offenbar wurde der Wagen noch vor der Ecke geparkt. Das Licht erlosch, eine Autotür klappte und Schritte entfernten sich.

»Alles klar«, erklärte Wimmer.

Anna holte die Spionagelatte hervor, stöpselte ihr Mobiltelefon an und startete die Kamera. Das Handy zeigte ein Bild der Straße mit hellen Laternen, dann verwischte es, weil Anna die Kamera drehte. Nun zeigte das Display Wimmer.

»Kamera klar. Können wir?«, wollte sie wissen.

Wimmer nickte und Anna stieß den Stock beherzt durch die Hecke. Die grüne Wand war tiefer, als Wimmer und Anna gedacht hatten. Die Latte verschwand komplett in der Hecke und Anna musste bis zum Ellbogen in das nasse Gesträuch fassen, bis die Kamera am anderen Ende herausguckte. Sie zog ihre Hand ein wenig zurück und kontrollierte das Bild am Handy.

»Es klappt!«, jubelte sie flüsternd. »Ich seh das Haus. Es brennt auch Licht. Moment, der Ausschnitt stimmt nicht ganz.« Sie ruckelte noch ein wenig. Dann gab sie das Telefon Wimmer. »Gut so?«

Wimmer blickte auf den kleinen Bildschirm. Er erfasste die linke Seite des Wohnzimmers. Erneut überraschte ihn die Qualität der Aufnahme. Sie war sehr gut. Die Glasfassade ließ den Wohnraum wie eines der Terrarien wirken, die Wimmer in der Pfalz bewundert hatte. Obwohl der Bildschirm so klein war, erkannte Wimmer viele Details und …

»Anna, was ist denn das? Ein kleines Stückchen nach rechts?«

Anna tauchte wieder in die Hecke und Wimmer dirigierte sie: »Ja … ja … fast. Jetzt war's zu viel. So! So ist es gut. Das sieht ja aus …«

Anna nahm ihm das Gerät aus der Hand. Sie stutzte, dann legte sie Daumen- und Zeigefingerspitzen zusammen, berührte mit ihnen zusammen den Monitor und zog sie sachte auseinander. Der Bildausschnitt vergrößerte sich.

»Das sieht so aus, als hängt da was. Was hängt denn da?«

»Nicht was, Anna! *Wer* hängt da? Ich glaub', das ist der Apotheker!« Wimmer riss die Kamera aus der Hecke und drückte sie Anna in die Hand. »Versteck's gut. In einem anderen Gebüsch. Wo wir sie hernach wiederfinden. Wir, aber nur wir, ja? Schick dich! Vielleicht ist es noch nicht zu spät!«

Anna rannte davon, steckte die Kamera tief in die erste Eibe des Nachbarn und stürzte dann Wimmer nach, der inzwischen schnaufend zur Straßenseite des Apothekerhauses lief. Gemeinsam kamen sie am Eingang an. Die Haustür war zu. Anna klingelte. Nichts rührte sich.

Wimmer hob einen Nikolaus auf, der mit anderem Dekokram die Tür bewachte. Er hielt ein schräg abgesägtes und bemaltes Rundholz von dreißig Zentimeter Länge in Händen. Von Wimmer geworfen, zerklirrte der Nikolaus das Toilettenfenster und hinterließ ein riesiges Loch in der Scheibe. Wimmer wickelte den Schal um die Hand und boxte die Glasreste nach innen. Dann warf er seinen Mantel ins Fenster und machte eine Räuberleiter.

»Anna, los! Kletter rein! Sei vorsichtig, schneid dich nicht! Geh zur Eingangstür und lass mich rein. Mit zitternden Knien kletterte Anna durch das kaputte Fenster. Wimmer half ihr, sich vorsichtig herabzulassen. Dennoch wäre sie fast ausgerutscht, als ihre Füße die Scherben auf den glatten Fliesen berührten.

Anna trat aus der Toilette in den Windfang und öffnete die Tür. Sie war nur zugezogen. Wimmer stürzte an ihr vorbei ins Wohnzimmer.

»Tatsächlich, der Fink!«, rief er. »Bleib, wo du bist, Anna! Lang nix mehr an und ruf die Schandis. Den Notruf eins, eins, zwei! Und die sollen den Rettungsdienst mitbringen!«

An einem Strick hing der Apotheker vom Geländer der Galerie, die zu den Zimmern im Obergeschoss führte. Am Boden lag ein Hocker. Wimmer griff nach Finks Hand, sie war kühl, aber noch nicht steif. Vielleicht war der Mann noch zu retten. Mit fliegenden Fingern suchte er in seinen Hosentaschen nach einem Taschenmesser, um ihn abzuschneiden. In der vierten Tasche fand er es endlich. Der arme Fink hing hoch und starrte aus grausig aufgerissenen Augen mit schiefem Kopf zu ihm hinunter. Wimmer war zu klein. So kam er nicht an den Strick. Er stellte den Hocker auf, stieg hinauf und packte den Apotheker um die Hüfte. Er stützte ihn mit der Linken unter dem Gesäß, dann säbelte er mit der Rechten am Strick über dem Hals des Apothekers herum. Er musste den Mann mehrmals anlupfen, dann konnte er ihn ordentlich auf seinem Unterarm ausbalancieren und trennte endlich die letzten Fasern des Stricks durch. Der Apotheker sackte vornüber. Die Last zwang Wimmer zum Absteigen. Wimmer legte den Mann vorsichtig auf dem Boden ab. Er war fahlblass, die Haut wirkte wächsern. Wimmer lockerte die Schlinge am Hals, fühlte nach der Halsschlagader und legte sein Ohr an den Mund. Keine Atmung und kein Puls. Nichts. Dann also Mund-zu-Mund-Beatmung. Als er versuchte, den Mund zu öffnen, um ihm Atem zu spenden, bemerkte er, dass die Totenstarre schon eingesetzt hatte. Hätte er ihn nur eine halbe Stunde eher abgeschnitten, wer weiß. Doch jetzt war Fink tot. Wimmer war zu spät.

Er ging zu Anna, die auf der Treppe saß, die Hände im Schoß gefaltet.

»Ich hab nix angefasst, die Polizei ist unterwegs und nach dem Notarzt schickens auch«, flüsterte sie. Wimmer setzte sich neben sie und nahm sie in den Arm.

»Hast du noch was machen können?«, fragte sie.

»Ich hab ihn abgenommen.«

»Und?«

Wimmer schüttelte den Kopf. Leise schluchzte sie in seinen Pullover. So saßen sie nebeneinander auf der Treppe und warteten auf das Eintreffen der Polizisten.

18
In den Händen der Polizei

Die Geisenfelder Polizei war mit einem Streifenwagen und einem VW-Bus als Erste eingetroffen und hatte mit dem Blaulicht die Leute aus den Häusern gelockt. In kürzester Zeit war ein Hexenring bunter Pilze mit Regenschirmkappen aus Nylon rund um den mit Flatterband abgesperrten Tatort – das Fink'sche Eigenheim – gesprossen. Dicht an dicht standen die Nachbarn da und eifrig wurde gezeigt, gedeutet und gemutmaßt.

Vor Ort hatten die Geisenfelder sofort die Sicherungsmaßnahmen vorgenommen, für die Nachbarn endgültig das Zeichen, dass es da »was zum seh'n gibt«. Die Beteuerungen der Polizisten, dass dem nicht so sei, wurden ignoriert. Die Erfahrung hatte die meisten gelehrt, dass es irgendetwas schon noch zu sehen geben werde.

Tatsächlich war gleich darauf der Notarzt gekommen und ins Haus gegangen. Dort, von der Menge leider unbeobachtet, hatte er nur mehr den Tod Finks feststellen können. Er füllte daraufhin einen Totenschein aus.

Als Konrad eintraf, erkannte er auch die Kollegen vom kriminaltechnischen Dauerdienst. Sie waren zehn Minuten zuvor angekommen, hatten sich einen kurzen Überblick verschafft und schleppten nun immer neue Alukoffer aus ihrem Kombi ins Haus. Polizeihauptmeisterin Petra Vollmann trat zu Konrad und machte Meldung. Sie berichtete, dass zwei abendliche Spaziergänger von der Straße aus im hell erleuchteten Haus einen Mann an der Galerie hatten baumeln sehen.

»Um Hilfe leisten zu können, haben sie sich gewaltsam Zutritt zum Haus verschafft. Der Rettungsversuch ist leider erfolglos geblieben. Sie haben aber selbst die Polizei verständigt und sich insgesamt recht umsichtig verhalten. Sie sagen, sie haben sich im Haus nur wenig bewegt und versucht, möglichst wenig zu berühren.«

Konrad brummte zustimmend. »Und wieso habens jetzt mich aus dem Feierabend geholt? Wieso macht das nicht der Kollege vom Dienst?«

»Der hat gemeint, Sie wollten diesen Fall sicher selbst übernehmen.«

»Das hat der Kollege gemeint? Und wieso meint das der werte Kollege?« Konrads Augenbrauen drückten großen Unwillen aus. »Wer ist dieser Kollege vom Dienst denn eigentlich?«

»Des wär dann wohl ich, Herr Konrad«, erklang es fröhlich hinter ihm auf Schwäbisch. Es war Stimpfle. »Der Tote isch der Herr Fink, der Exmann von der Geliebten vom Herrn Singer.«

»Oha!« Konrads Ärger wich Überraschung.

»Und des isch noch ned alles!« Stimpfle gab sich Mühe, nicht zu feixen. »Unsere Einbrecher sind alte Bekannte.«

»Wer ist es denn? Raus damit!«, knurrte Konrad ungeduldig. Die engen und tiefliegenden Brauen zeigten, dass er im Moment keine Lust auf Spielchen hatte.

»Es sind das Fräulein Kirner und der Herr Wimmer, unsere Hobbydetektive. Ich han se in den Bus setzen lassen.«

Konrad pfiff durch die Zähne. Dann ließ er sich von Stimpfle den Tatort zeigen. Das Fenster zur Gästetoilette war eingeschlagen. Ein dunkelgrauer Lodenmantel lag zusammengefaltet im leeren Fensterrahmen. Offenbar ein wirksamer Schutz gegen die schartigen Glasreste, denn es waren nirgendwo Blutspuren zu erkennen. Das enge Kämmerchen des Aborts war übersät mit Glasscherben. An der Tür lag der Urheber des Chaos' auf dem Boden und grinste frech: ein hölzerner Nikolaus.

Der Flur war unauffällig: Eine Treppe führte von hier in den ersten Stock, eine Tür in den Windfang, eine weitere zur Küche und eine etwas breitere ins Wohnzimmer. Die Kollegen in den Spurensicherungsoveralls waren dort schon bei der Arbeit und gestatteten Konrad nur einen Blick von der Tür aus.

Das Wohnzimmer war riesig und wirkte wie eine Filmkulisse: weiße Wände mit Strukturputz, an denen große, abstrakte Bilder hingen. Darunter lag dunkles Parkett unter roten Orientteppichen. Die eleganten Möbel wirkten in dem großen Raum zierlich, obwohl sie es nicht waren. Vor allem aber war dieses Wohnzimmer hoch. Es reichte bis unter den Giebel. In der Glasfront zum Garten spiegelte sich eine Galerie mit gedrechseltem Geländer, die sich über die halbe Breite des Raums bis hin zur Tür erstreckte. An der Seite, rechts von Konrad, führte eine elegant geschwungene weiße Wendeltreppe hinauf.

Links der Wohnzimmertür standen ein paar alte Ledersessel vor einem Kamin, doch zur Hauptsitzgelegenheit, der halbrunden Sofalandschaft vor der Glaswand, führten ein paar Stufen hinab. Noch oberhalb, im Rücken der Sofas, halb unter der Galerie befand sich die Hauptperson. Der Apotheker Fink lag in dunkler Hose und hellblauem Hemd auf dem Rücken ausgestreckt neben einem Holzhocker. Über ihm baumelte noch der Rest eines weißen Stricks von der Galerie. Eine Schlinge aus demselben Material erkannte Konrad am Hals des Toten.

»Wissen wir, wann?«, fragte Konrad in den Raum.

»Nur ungefähr«, klang es dumpf aus dem Mundschutz eines der Spurensicherer. Er blickte auf die Uhr: »Der Doc meinte, der Tod sei mindestens vor fünfzig, maximal vor neunzig Minuten eingetreten.«

Stimpfle rechnete und erklärte: »Das wäre dann etwa im Zeitraum von einer Viertelstunde bis knapp einer Stunde vor der Meldung.«

Als Nächstes führte Stimpfle Konrad hinaus und ums Haus herum und teilte das Schilf am Nachbargrundstück mit beiden Händen. »Von hier aus will der Herr Wimmer mit seinem Enkele den Toten g'säh han«, erklärte der Schwabe.

Konrad trat näher und teilte selbst das Schilf. Er musste sich strecken, doch dann zeigte der Ausblick tatsächlich das Haus. Hinter der Glaswand erkannte er die weißen Gestalten in den Overalls. Ein besonders günstiger Winkel war es nicht.

»I moin, dass der Herr Wimmer von da kaum ebbes hätt sehen können.«

Konrad brummte zustimmend und ging auf die andere Straßenseite. Er blickte die Straße hinauf und hinunter. Die grüne Wand war blickdicht. »Okay. Das gehört zum Tatort dazu«, befand er.

»Möglicherweise gibt es ja einen Tatzusammenhang. Die Kollegen sollen auch den Fleck hier am Schilf absperren und mit einer Plane vor weiterer Nässe schützen, außerdem bewachen. Bei besserem Licht, spätestens morgen, werden wir schauen, ob wir was finden. Und jetzt … zu unseren Kollegen aus der Amateurliga.«

Stimpfle verzog den Mund zu einem schiefen Grinsen.

Im VW-Bus der Polizeiinspektion Geisenfeld begrüßte Konrad Wimmer und Anna. »So sieht man sich wieder«, meinte er.

Wimmer zuckte die Achseln, Anna lächelte unsicher.

Konrad überflog die Notiz mit ihrer Aussage. Dann fragte er unumwunden: »Wie zum Teufel kommts ihr hierher? Was hat die Detektei ›Scherlock Pinkerton & Co Wolnzach‹ hier zu suchen?«

»Das is ein saudummer Zufall, Karl«, erklärte Wimmer.

»Ein Zufall. Und du denkst, dass ich dir des glaub'?«

»Ich mein, du, wennst schlau bist, dann glaubst mir's – zumindest a weng.«

Stimpfle lief rosa an. Konrad sah das, hielt den jungen Mann aber nicht auf.

»Herr Wimmer, mir han fei koi Verständnis für ihre Spässle. Wir ermitteln hier fei in em Todesfall. Und damit wir uns gleich uns richtig verstande: *Mir* ermitteln und ned so a Senioren-Kalle-Blomquist-Familienbetrieb. Da drin liegt ein Toter! Des isch hier bitterer Ernst und koi Freizeitvergnüge für rüschtige Rentner!«

»Wir hocken hier nur, weil ich versucht hab, dem Herrn Fink das Leben zu retten. Dass es a Spaß is, hab ich nie ned behauptet. Nur dass es a Zufall g'wen ist.«

Konrad goss etwas Öl auf die Wogen. »Wann seids ihr denn angekommen?«, wollte er in ruhigem Ton wissen.

»Das muss wohl so um halb neun gewesen sein«, erklärte Anna.

Konrad blickte auf die Notiz. Der Notruf war um 20.37 Uhr eingegangen. Das passte. »Und was wolltets ihr hier?«

Wimmer hatte sich in der Zwischenzeit eine Ausrede zurechtgelegt. »Ich hab der Anna das Haus zeigen wollen. Ich kenn es noch von früher. Da hat's die Hecke noch nicht gegeben. Und so a Haus – mit so am Wohnzimmer – des sieht man ja sonst nur im Film. Im Fernseh'n ham mir neulich so was Ähnlich's gesehen und da wollt ich's der Anna zeigen, dass es so was auch wirklich gibt, sogar hier bei uns.«

Konrads Augenbrauen signalisierten Skepsis und ließen den Schwaben von der Kette.

»Und um dem Fräulein Enkeltochter einen schönen Ausblick zu verschaffen, da machetse sich an de Gartenpflanzen zu schaffen und gucken aufs Grundstück, ob's da was zum Gucken gibt? Wissetse, wie man des nennt? Wissetse's? Mir fällt da scho was ein!«

»Und dann ...?«, fragte Konrad und fing Stimpfle damit gleich wieder ein, der den Hobbydetektiven zu gerne weiteren Ärger gemacht hätte.

»Dann haben wir den – den Herrn Fink da baumeln seh'n«, sagte Anna dumpf. »Und da sind wir natürlich gleich zur Haustür hin!«

»Mir ham g'schellt«, ergänzte Wimmer. »Aber aufg'macht hat keiner und pressiert hat's auch. Da hab ich dann das Fenster eing'schmissen und der Anna beim Einsteigen g'holfen, dass sie mir aufmacht.«

»Und dann habetse den Mann abg'schnitten und a Wiederbelebung versucht?«

Wimmer nickte.

»Herr Wimmer, da isch doch was faul. Sie tauchet doch ned rein zufällig bei so em Selbschtmord auf. Des brauchetse mir ned erzählen.«

»Es ist kein Selbstmord gewesen!«, erklärte Wimmer mit fester Stimme.

»Was?«, riefen Konrad, Stimpfle und sogar Anna gleichzeitig.

»Des is a Mord, und zwar einer, den man als Suizid getarnt hat.«

»Wie kommens darauf?«, fragte Konrad langsam.

»Wenn er sich selbst aufg'hängt hätt, dann wär er doch vom Hocker g'hupft. Aber das klappt ned. Der Schemel ist ned hoch genug. Wie ich ihn abgschnitten hab, musst ich selber auf den Hocker steigen. Und seine Füße, die san mir grad bis kurz unters Knie gegangen. Da fehlen so an die zwanzig Zentimeter. Selber hat der Fink sich so nicht auf'knüpft. Da hat scho wer nachg'holfen und ihn hoch'zogen!«

Konrads Augenbrauen winkten und Stimpfle schoss ins Haus, um diese Behauptung zu überprüfen. Konrad war mit den beiden allein. Er seufzte. Dann sagte er ruhig: »So, Ludwig, Anna, solange mein eifriger Kollege weg ist, können wir vielleicht ein wenig offener reden. Wieso beobachtet ihr das Haus vom Fink?«

Anna biss sich auf die Lippe.

»Karl, weißt, manchmal ist es besser, wenn man ned so viel fragt. Dann werd ma ned so oft ang'logen.«

»Ludwig, so funktioniert's aber ned. Wir ermitteln. Und wenn du recht hast, dann ermitteln wir in einem Mordfall. Da müssen wir jede Menge Fragen stellen und wenn man uns anlügt, dann kommen wir schon drauf!«

»Ihr ermittelts in zwei Mordfällen! Selbst ihr wissts doch schon, dass der Fink der Ex vom Singer sei'm Gschpusi ist, und den Singer hat ja wer mit Zyankali umbracht! Also san des zwei Morde in direktem Zusammenhang.«

Konrad riss die Augen auf. »Wer hat dir des mit dem Gift g'steckt? Das ist was, was wir nicht offiziell gemacht ham. Des wissen bisher nicht mal die Angehörigen. Also, wer hat dir was von dem Gift erzählt?«

»Das ham wir selbst rausg'funden«, erklärte Anna stolz. »Weil, auch Hobbydetektive machen ihre Arbeit gründlich.«

»Aber wie? Wie seids da draufgekommen?«

»In der Anna ihrer Schule kursieren Tatortfotos, die einer mit am Handy aufgenommen hat. Und da erkennt man gut die rosarote Verfärbung der Haut. A Kohlenmonoxidvergiftung im Freien kann's kaum g'wesen sein. Bleibt also noch Blausäure.«

Konrads Brauen spiegelten Überraschung, Bewunderung und Ärger in rascher Folge, einigten sich dann aber auf Strenge und Ernsthaftigkeit. »Okay. Dann lassen wir das mit dem Hollywoodwohnzimmer als Grund für euren Ausflug erst mal so stehen. Auch wenn es ein Riesenschmarrn ist. Aber dafür versprecht ihr mir hoch und heilig, dass ihr weder die Vergiftung noch den fingierten Suizid irgendwo erwähnt. Um keine Pferde scheu zu machen, behandeln wir das hier offiziell als Selbstmord. Und wenn ihr sonst noch irgendetwas wisst, dann rückt ihr damit jetzt raus!«

»Mehr wiss' ma ned. Den Fink, den ham wir im Verdacht g'habt, dass er den Singer … du weißt schon. Mehr ham wir nicht in der Hand g'habt.«

Konrad nickte, obwohl er dies stark bezweifelte. In diesem Moment kam Stimpfle zurück.

»Heilandsack, der Herr Wimmer hat recht.«

Mittwoch

19
Der Jahrhundertanschiss

Das Frühstück im Hause Kirner-Wimmer war kurz und frostig. Hätte Karola die Zeit gehabt, sie hätte die beiden Detektive noch einmal ebenso gründlich ausgeschimpft, wie sie es schon gestern in der Nacht getan hatte, als ein Streifenwagen sie kurz vor zwölf Uhr heimgebracht hatte. So musste sie sich mit der Kurzversion begnügen.

»Von einer Polizeistreife, Papa, von einem Streifenwag'n! Wenn das wer g'sehen hat! Wie zwei Verbrecher hams euch ang'schleppt. Bloß noch Handschellen ham g'fehlt! Meinst du vielleicht, so was macht an guten Eindruck? Mir san doch G'schäftsleut!«

Wimmer kaute stumm auf einem Marmeladentoast herum. Anna starrte in ihre Kakaotasse.

»Was habts ihr denn überhaupts da draußen verloren g'habt? Und was san denn das für neue Moden, andern Leut heimlich ins Fenster zu starren? G'hört sich so was? Is des a Anstand? Das bringst du der Anna bei? Hast dein Hirn verloren, oder was? Und du, Anna, was machst du bei so was mit? Tät'st du es mögen, dass man dir heimlich ins Zimmer neischaut? Soll'n wir den Rollladen bei dir abmontieren? Der Papa kann fei gleich den Werkzeugkasten holen!«

Sebastian hob in stummem Protest die Hände, wurde aber von der Urgewalt des Zorns seiner Frau hinweggefegt.

»Weißt du, was passiert, wenn du als Spanner den Leuten im Maul rumgehst, Papa? Dann könn' ma gleich zusperr'n. Mit dem Detektivspiel'n ist jetzt fei Schluss! Ein für alle Mal! Du glaubst ja, ich spann des ned. Ha! Wenn's an Todesfall gibt, dann hast gleich so a Leuchten in de Augen. Aber das hört auf. Und dass du die Anna mit neiziehst, das ist eh die Höhe! Du wirst mir das Mädel mit solchen Hirnfürzen ned verderben! Des hört jetzt endgültig auf!«

Jede andere Reaktion als Zerknirschung wäre offensichtlich unangemessen gewesen. Also trugen Wimmer, Anna und sogar der unschuldige Sebastian reumütiges Bedauern in ihren Mienen zur Schau.

»Nur – ganz Schluss ist heut noch nicht«, meinte Wimmer vorsichtig. »Weil … die Anna und ich, wir müssten halt heut Vormittag noch nach Ingolstadt ins Präsidium, die Aussage abzeichnen.«

Karolas Blick versengte die Luft zwischen ihr und Wimmer. »Und was ist mit der Schule?«, fragte sie barsch. »Das Madl hat Unterricht.«

»Wir ham an Termin. Ganz offiziell!«

»Na gut, dann gehts halt!«, rief Karola kapitulierend, schaltete jedoch sofort wieder auf Angriff um: »Aber wenn ihr wieder mit einer Streife geliefert werdet, brauchts gar ned erst heimkommen!«

Gegen halb zehn Uhr holten die zwei Abgewatschten Wimmers blauen Benz und machten sich auf nach Ingolstadt.

Nachdem sich Wimmer auf der Autobahn einsortiert hatte, meinte Anna: »Boa, Opa! Das war ja der Jahrhundertanschiss!«

»Mmm …«

»Wir machen aber doch trotzdem weiter?«

»Mmm …«

»Heißt das jetzt ja oder was?«

»Mmm …«

»Red'st jetzt nimmer mit mir?«

»Mei, wo sollen mir denn weitermachen? Was hammer denn noch?«

»Na, an zweiten Mord! Und die ›Hopfenvögel‹ zum Beispiel.«

»A Mord, zu dem uns aber kein rechter Verdächtiger einfällt, und seltsame Anspielungen, die mir ned recht deuten können. Grad viel ist des ned, Anna. Und dei Mama is eh scho fuchtig.«

In Ingolstadt stellten sie den Wagen im Norden der Altstadt ab, auf einem großen Parkplatz vor der Festungsmauer. Die letzten zweihundert Meter zum Polizeipräsidium an der Esplanade gingen sie zu Fuß. Der lange, strenge Ziegelbau wirkte wenig einladend. Ein junger Beamter führte sie durch karge, lange Flure zu Konrads Büro.

Dort zumindest war der Empfang freundlich. Sie setzten sich und Wimmer bekam einen Kaffee, Anna einen Saft.

»So«, meinte Konrad, der sich selbst auch frischen Kaffee genommen hatte, bei ihm war es die dritte Tasse. »Ich habe hier zwei Aussagen, schön säuberlich abgetippt: einmal die von Fräulein Anna Maria Agnes Kirner und einmal die von Ludwig Eberhard Wimmer. Sie stimmen überein, denn es war ja eine gemeinsame Aussage. Schauts euch die Protokolle an, wir gehen sie der Reihe nach durch.

Wimmer und Anna lasen auf Papier mit, während Konrad die Aussage vom Bildschirm laut ablas. Ein paar winzige Kleinigkeiten wurden ergänzt.

»Und ihr seid sicher, dass keiner das Haus verlassen hat?«, fragte Konrad.

»Nicht durch die Haustür«, erklärte Wimmer. »Da hat die Anna g'sessen. Und die Garage war zu. Wenn einer das Garagentor aufg'macht hätt, das hätt die Anna sicher g'hört, denn durch das kaputte Klofenster hätt sie das mitbekommen. Wenn es keinen Kellerausgang gibt oder wer durch a Fenster stiften 'gangen ist, dann hat wohl keiner das Haus verlassen.«

»Gut. Dann bitte unterschreibts doch die Aussagen unten rechts.«

Als das getan war, ermahnte Konrad Wimmer und Anna, die Polizeiarbeit den Profis zu überlassen und natürliche Neugier nicht mit einem hoheitlichen Ermittlungsauftrag zu verwechseln. »Sich wundern darf a jeder und auch a Theorie ham von mir aus«, meinte er. »Aber konkrete Nachforschungen, das ist unsere Sach'. Und jetzt brauchen wir von euch noch Fingerabdrücke.«

»Sind wir denn verdächtig?«, fragte Anna beklommen.

»Nein. Der Streifenbeamte konnte ja gestern gleich eure Alibis überprüfen. Und dass ihr beim Abendessen g'hockt seid, ist glaubhaft versichert worden. Das ist soweit in Ordnung. Keine Angst, du bist vom Haken, Anna. Aber wir müssen eure Fingerabdrücke trotzdem abnehmen. Gestern seid ihr ja beim Fink eingedrungen und habts Sachen ang'fasst. Wir müssen eure Fingertapper ausschließen können. Vielleicht bekommen wir so den Täter.«

»Macht das die Finger recht dreckig?«, fragte Anna.

»Naa!« Konrad lachte. »Die Zeiten mit der Tintenbazzelei sind vorbei! Des geht heut alles digital!«, erklärte er und Anna grinste.

Den ganzen restlichen Tag lang brütete Wimmer. Er saß auf dem heimischen Sofa und dachte nach. War es wirklich so leichtsinnig, was er getan hatte? Hatte er sich und Anna einem unkalkulierbaren Risiko ausgesetzt, wie Karola es behauptete? Er meinte nein, doch er war sich nicht mehr sicher. Er zweifelte an seiner eigenen Urteilskraft. Es war schön gewesen, mit Anna so viel zu unternehmen. Sie war ihm in den Jahren zuvor fremd geworden, wie das geschieht, wenn Kinder älter werden. Nun etwas zu haben, was sie beide gleichermaßen begeisterte und verband, hatte er als Geschenk empfunden.

Genauso großartig war es natürlich, dass sein Kindheitstraum von der eigenen Detektei wahr geworden war. Es war spannend und aufregend wie nichts, was Wimmer kannte, und er war sogar gut darin. Doch in diesem Fall, das musste Wimmer zugeben, konnte er ohne Anna kaum weitermachen. Allein mit seinem Scharfsinn, aber ohne sie und ihren Computer, ihr Handy und all die elektronischen Helferlein, die sie kannte, war »Scherlock Pinkerton & Co – Wolnzach« kaum etwas wert. Sie ergänzten sich.

Sollte er Karola zufriedenstellen und einen Computerkurs machen? Er zweifelte, dass das helfen würde. Selbst wenn er lernen würde, mit solch einem Rechner umzugehen, er würde ihn sicher nie so effektiv einsetzen wie seine Enkelin. Er dachte zu altmodisch, in prädigitalen Bahnen, und erkannte die neuen Möglichkeiten gar nicht.

Kurz nach dem Abendessen klopfte es leise an seiner Tür. Es war Anna. Auf Zehenspitzen kam sie in sein Zimmer, den Laptop unter dem Arm. Sie setzte sich zu ihm aufs Sofa.

»Stör ich dich?«, fragte sie.

»Schmarrn! Du störst mich gar ned. Hab ja jetzt eh nix mehr, was ich machen könnt!«

»Weißt, zum Singer, da hab ich im Internet noch was nachg'schaut. Hast du g'wusst, dass der im September a riesen Konzert gegeben hat? Vor knapp siebentausend Leuten? Das war irgendwo im fränkischen Jura, bei Eichstätt oder so, g'wesen.«

»A – geh weiter.«

»Mit einer Band, die hat ›Jurataler Stubnrocker‹ geheißen. Magst as mal hören?« Sie klappte den Rechner auf, und drückte eine Taste. Ein Video spielte ab, grieselig, sehr verwackelt und dunkel, doch die Musik war gut zu hören: laut und rockig. Das Bild zeigte Singer, wie er eine Elektrogitarre spielte. Er schien sie zu würgen, glitt dann an ihrem Hals auf und ab und entlockte ihr ein so dramatisches Solo, dass es Wimmer mehr wie ein lustvoll-ekstatisches Jaulen vorkam. Kaum etwas war weiter entfernt von Volksmusik.

»Ist das gut?«

»Mmm … saugut!«

Als Nächstes gab der Schlagzeuger ein furioses Solo. Er tobte wie ein Wilder zwischen den Becken herum, dann bewies die Bassgitarre, dass sie mehr konnte als das musikalische Fundament zu legen, und zum Schluss war der Keyboarder dran. Schließlich, nachdem sich jeder verausgabt hatte, fanden sie alle zur ursprünglichen Melodie zurück und … Wimmer lächelte. Jetzt endlich erkannte er das Stück. Es war ein altes bayrisches Wirtshauslied, das sie da spielten – verfremdet, hart und rockig, aber doch eindeutig erkennbar: »Frau Wirtin, was sammer denn schuldig …«

»… aber zoin dea ma ned!«, sang Wimmer mit. Dann fragte er: »Wie nennt man so was?«

»Ich weiß ned. Vielleicht ›Heimatrock‹? So a Crossover aus Volksmusik und Rock. Des ist ziemlich angesagt. Und so, wie die das spielen, ist es voll geil.«

Im Erdgeschoss schellte die Haustür. Sebastians Schritte ließen die Dielenbohlen knarren, wie sie es nur bei ihm taten, und die Tür wurde geöffnet. Undeutliche Wortfetzen einer Begrüßung drangen nach oben, dann rief Sebastian hinauf: »Ludwig, Anna, kommts mal runter.«

Wimmer schwante nichts Gutes, als er Karola im Wohnzimmer in einem Sessel sitzen sah. Mit finsterer Miene und verschränkten Armen blickte sie ihren Vater an. Auf dem kleinen Sofa ihr gegenüber saß ein Mann, groß, kräftig und leicht untersetzt. Wimmer schätzte ihn auf Ende vierzig. Die beiden Detektive nahmen auf dem größeren Sofa Platz. Sebastian trug Gläser herbei, dann ging er an den Kühlschrank und holte Bier und eine Limo für Anna.

»Papa, das ist der Herr Singer«, erklärte Karola. »Der Bruder vom Hochzeitslader, der was g'storben ist. Soweit ich das verstanden hab, will er dich um einen Gefallen bitten.«

»Aha«, meinte Wimmer. Mehr wagte er nicht zu sagen.

»Also … die Sach' ist die …«, erklärte Herr Singer und suchte nach Worten. »Meine Schwägerin, die Iris, die Frau vom Bene, die hat mich heut am Abend b'sucht. Mir ham uns immer schon verstanden, solang ich s' kenn und auch, wie die Ehe dann schief 'gangen is …« Er fing einen Blick von Karola auf und einen weiteren von Anna. »Also ned des, was Sie jetzt vielleicht meinen! Mir ham uns ganz allgemein gut verstanden. Nix weiter. Man hat halt miteinander g'redt. Einen großen Krach ham die beiden ja ned g'habt, da hat man schon noch mit'nander reden können. Heut am Abend is gekommen, wohl, dass sie sich a weng ausheult bei mir.« Er seufzte. »Sie muss den ganzen Tag bei der Polizei g'wesen sein. Die ham sie nach allem Möglichen befragt, sie hat g'meint, so a dürrer Schwab' hat sie dann am Nachmittag richtiggehend verhört – mehr als drei Stund' lang, hats g'sagt. Sie hat scho denkt, dass sie sie gleich einkassier'n woll'n. Am End ham sies dann doch wieder auslassen. Sie ham aber gesagt, sie soll ned wegfahren und sich zur Verfügung halten.«

»Mmm …«

»Und was sollen wir da machen?«, fragte Karola spitz. »Oder hast du da was angestellt, Papa, dass die so was machen? Weißt du eppas?«

»Ang'stellt hab ich sicher nix«, brummte Wimmer und strich sich übers Kinn. Dann fuhr er fort: »Des schaut mir aber grad so aus, als hätt die Polizei jetzt ihre Hauptverdächtige gefunden.«

»Die Iris?«, entfuhr es Singer. »A so a Schmarrn! Die Iris hat den Bene doch nie ned um'bracht!« Seine Stimme kippte ins Flehende. »Sie war's ned. Ganz g'wies nicht. Wieso soll sie's denn auch g'macht ham?«

Wimmer meinte ruhig. »Geld ist immer a guter Grund. Sie warn ja noch ned geschieden, die Singers, ham aber getrennt g'lebt?«

»Ja ... scho! Aber ... bei a Scheidung hätt der Bene sich ned lumpen lassen. Sie hätt scho a g'scheit's Geld g'kriegt.«

»Als Ehefrau wär sie aber voll erbberechtigt, als Exehefrau nimmer. Das ist scho a Unterschied, ob da oaner nur a Stückerl vom Kuchen kriegt oder so ziemlich den ganzen! Die Polizei sieht das sicher als einen guten Grund an.«

»Aber sie war's ned.«

»Die Polizei wird versuchen zu beweisen, dass sie es doch war. Oder gewesen sein könnt'. Und die Indizien sprechen gegen Ihre Schwägerin.«

»Welche Indizien?«, entfuhr es Singer und Karola zugleich.

»Für die Polizei sind vor allem drei Fragen wichtig: Motiv, Mittel und G'legenheit. Wenn sie die drei Fragen wasserdicht beantwortet ham, dann habens ihren Fall gelöst. Ein Motiv hats ja g'habt, die Frau Singer, schöner hätten sich die Kriminaler gar keins ausdenken können. Gelegenheit ... des is bei dem Fall so a Sach. Hat man Ihnen g'sagt, wie Ihr Bruder gestorben ist?«

»Gift, das hams heut der Iris g'sagt.«

»Stimmt. Ihr Bruder ist vergift' wor'n. Und zwar mit einem Gift, das man ihm untergeschoben hat. Er hat es sich selbst verabreicht.«

»Papa, woher weißt du denn das?«, wollte Karola wissen.

»Weißt, des kommt halt raus beim Detektivspielen. Ich weiß im Prinzip auch nur des, was alle anderen wissen. Aber ich schau halt notfalls noch a weng genauer nach und ich überleg, wie des alles dann an Sinn ergibt. Vielleicht kann i ja a weng besser zwei und zwei z'sammzählen als andre Leut. Aber 's is ja wurscht! Jedenfalls weiß ich, dass man ihn vergiftet hat.«

»Gift? Ehrlich?«, staunte Karola.

»Da bin ich mir sicher. Das ist aber a Problem. Das Gift kann schon lang vorher dem Opfer unterg'schoben worden sein. Das heißt, die Gelegenheit spielt gar keine große Rolle in dem Fall. Die Frau Singer kann es Wochen vorher schon gemacht haben. Sie – oder sonst wer. Sogar ich, wenn man mir was anflicken wollt'. Gelegenheit hat also praktisch a jeder g'habt. Bleibt noch das Mittel, das Gift. Damit steht und fällt alles. Wenn die Schandi da auch nur eine Spur von dem Gift finden, bei ihr oder einem, der ihr nahesteht – in dem Fall hättens an Komplizen auch gleich – dann hams sie überführt und den Fall g'löst.«

»Dann schaut's also wirklich ernst aus für die Iris?«, fragte Singer.

Keiner sagte etwas, was einer Antwort gleichkam.

Karola fragte schließlich: »Was hams denn eigentlich vom Papa woll'n, Herr Singer?«

Singer wirkte verlegen. »Mei … i hab halt denkt, er könnt sich was einfallen lassen, Ihr Papa. Der Herbert vom Maschinenring hat amal erzählt, wie er, praktisch im Alleingang, an Justizirrtum verhindert hat.«

»Is des wahr, Papa?«

Wimmer hob entschuldigend die Hände. »I hab da kein Aufhebens machen wollen. Aber wenn man spannt, dass die Polizei sich in was verrennt, dann muss man doch was machen, bevor dass wen ei'sperr'n, der was nix getan hat.«

»Und dafür hast du g'sorgt? Dass des ned passiert?«

»Ja … scho irgendwie.«

»Und du? Was hast du dabei g'macht?«, fragte Karola Anna.

»Nur a weng am Computer g'holfen.«

Singer räusperte sich. »Und weils ja jetzt der Iris, so wie's ausschaut, den Mord anhängen woll'n, da hab ich denkt, dass der Wimmer Ludwig sich da vielleicht aa was ei'fall'n lassen könnt.«

20
Stimpfle hat gute Laune

Am Morgen nach der Auffindung des toten Apothekers schwebte der übernächtigte Lukas Stimpfle auf einer Wolke aus Kaffeeduft und Euphorie. Er sah Licht am Ende des Tunnels. Ihm zumindest erschien die verwickelte Angelegenheit nun klar. Jetzt war er sicher, dass der Fall, die Fälle sogar, so gut wie gelöst waren. Er sah sich die Weihnachtsfeiertage mit ruhigem Gewissen im Kreise der Familie in Leonberg verbringen.

An der morgendlichen Besprechung nahm heute auch die Staatsanwältin, Frau Dr. Müller, teil. Noch waren die Spuren des neuen Tatorts nicht ausgewertet, doch erfreulicherweise lag der Vorabbericht der Autopsie schon vor. Der interessierte alle am Tisch. Es war ein Glücksfall, dass man den Apotheker in München sofort nach dem Eintreffen hatte untersuchen können.

Der Befund, den Stimpfle vortrug, war bemerkenswert. Man hatte beim ansonsten recht gesunden Apotheker schon bei der ersten Inaugenscheinnahme verschiedene Marken von Schlingen am Hals bemerkt, des Weiteren Einblutungen an der Innenseite der Augenlider. Daraufhin wurde eine Sektion nach der Methode von Kurt Walcher durchgeführt, einer in den Dreißigerjahren des 20. Jahrhunderts entwickelten Technik, bei der der ausgeräumte Thorax auf der Nackenstütze aufgebockt wird. Wenn man so bei künstlicher Blutleere in der Halsregion arbeitet, zeigt die schichtweise Weichteilpräparation zusätzlich zu den äußeren Malen deutliche Strangmarken am inneren Gewebe. So war es auch hier. Ein Bruch des Zungenbeins konnte ebenfalls festgestellt werden.

»Und jetzt kommt der Knaller!«, verkündete Stimpfle. »Es waret zwei verschiedene Strangulationswerkzeuge! Erst war's eine Garotte, von hinten. Eine dünne Schnur als Schlinge über den Hals geworfen. Meist hat so a Garotte zwei einfache Griffe. Damit zieht mer sie dann z'samme. Des isch dem Fink passiert. Des Opfer war fast sofort wehrlos und binnen einer Minute tief ohnmächtig. Und dann – hernach – kam die Schlinge zum Einsatz, selle, die wir am Tatort gefunde ham. Die Garotte hat der Täter wieder mitgenommen.«

»Wissen wir noch mehr?«, fragte Linner.

»Die Strangmarken sind alle recht hoch. Also liegt die Vermutung nah, dass der Täter größer war als das Opfer oder höher positioniert.«

»Wie groß war das Opfer?«, wollte Frau Dr. Müller wissen.

»Laut Autopsie einsneunundfünfzig, also eher klein.«

»Also gut, jemand besucht den Fink, denn vom Klofenster abgesehen gibt's keine Einbruchspuren.« Konrad sprach leise und stellte sich mit geschlossenen Augen die Szene vor. »Der Täter ist ein Bekannter oder unverdächtig, denn Fink lässt ihn eintreten. Irgendwann dreht er ihm den Rücken zu und der Täter, er muss ein Stück größer gewesen sein, wirft ihm eine Schlinge über und zieht. Fink sackt zusammen. Und jetzt nimmt der Täter das Seil, legt ihm eine zweite Schlinge um, nimmt die Garotte ab und zieht den Toten hinauf.« Er öffnete die Augen.

Stimpfle nickte und Konrad fuhr fort.

»Am Ende, um das Szenario fertig zu machen, legt er noch einen Hocker daneben, dass alles so ausschaut wie ein Selbstmord.«

»Dabei übersieht er aber ebbes, nämlich, dass der Hocker nicht hoch genug isch«, erklärte Stimpfle stolz. »Ich hätt auch nur noch eine kleine Änderung an Ihrem Szenario machen wollen, Herr Konrad. Nur eine Kleinigkeit.«

»Was denn, Stimpfle?«, fragte Konrad, dem der morgendliche Gute-Laune-Anfall des Schwaben ein wenig unheimlich war.

»Machetse aus ›dem Täter‹ noch ›die Täterin‹. Ich han nämlich schon eine recht genaue Vorstellung, wer des war.«

Frau Dr. Müllers Kaffeetasse brach ihren Weg vom Tisch zum Mund unvermittelt ab und drehte nur eine Platzrunde. »Na, da bin ich ja mal gespannt«, meinte die Staatsanwältin.

Stimpfle lief vor Aufregung rosa an. »Ich han von Anfang an gesagt, man könnt den Fall als einen schlechten Krimi betrachten, wo ein Klischee das nächste an der Hand hält. Und bisher hat des doch auch prima geklappt. Jetzt han ich mir darum Folgendes gedacht: Der Singer isch recht reich g'wäh und noch war er ja verheiratet mit der Frau Singer. Aber er betreibt die Scheidung. Nach ellem, was mer wisset, isch aber die Frau Singer immer noch erbberechtigt. Leider han i noch ned raus'bracht, ob es a Teschtament gibt. Wenn es keines gibt, dann geht es für Frau Singer um sehr viel Geld. Also bringt sie ihn um die Ecke und zwar so raffiniert, dass er sich irgendwann des Gift selber verabreicht. Natürlich isch se jetzt verdächtig und braucht jemand, der den Mord auf sich nimmt. Dann wär sie entlastet. Der Apotheker Fink isch da das ideale Opfer. Er hat sogar ein Motiv – Eifersucht. Und er kann sich das Gift verschaffen. Frau Singer isch wie groß? Einsfünfundsiebzig, einsachtzig? Unter einem Vorwand besucht sie ihn, erdrosselt ihn und stellt elles als Selbstmord dar. So inszeniert, dass wir denken: Der Apotheker verschafft sich Gift, ermordet den Liebhaber seiner Exfrau und richtet sich selbst. Die Frau Singer isch frei und kann sich in Ruhe auf das Erbe freuen.«

Konrad lächelte. »Okay, Stimpfle. Schöne Geschichte. Doch ich glaub', da gibt es noch a paar Löcher. Fast so groß wie in einem Schweizer Käse.«

»Ja, noch isch da einiges löchrig, doch das will i grad ändern«, meinte Stimpfle. »Immerhin stimmt mir die Statistik nach wie vor zu: Der Giftmord passt ideal zu einer Frau. Wenn Frauen morden, dann zu etwa neunzig Prozent mit Gift. Allgemein wollet Frauen es beim Töten gern leis, sauber und möglichst ohne Gewalt. Beim zweiten Mord konnte Frau Singer aber nicht schon wieder Gift benutzen, es sollt ja nach Selbschtmord ausseh'n, und dem Apotheker ein Gift beibringen, isch ned ganz so oifach. Also Wechsel des Modus Operandi. Die Garotte kommt einer Frau entgegen. Sie ist praktisch, leise, man muss nur mit fünf Kilo anziehen und a Sauerei macht sie auch ned.« Stimpfle blickte herausfordernd in die Runde, dann wandte er sich an Frau Dr. Müller: »Wenn es Ihnen recht isch, dann tät ich die Anwältin von Frau Singer noch mal interviewen. Die hat bisher nur in em knappen Fax gemoint, dass sie uns nix sagen müsste – anwaltlicher Verschwiegenheitspflichts-Blabla. Der tät ich gern amal hart vors Schienbein treten mit einer Offenbarungsbefugnis nach Paragraf vierunddreißig StGB. Notwendigkeit zur Aufklärung zweier Kapitalverbrechen, höherwertiges Rechtsgut und so.«

Frau Dr. Müller nickte. »Gut, machen Sie das. Ich glaube zwar nicht, dass es was bringt, denn der Paragraf vierunddreißig greift hier leider nicht. Aber man weiß ja nie. Aber seien Sie vorsichtig. Anwälte sind empfindlich. Treten Sie sie nicht zu fest.«

»Und wenn es koi Teschtament gibt, wenn die Frau Singer also richtig erbt, dann ...«, Stimpfle hieb die rechte Faust in die offene Linke. »Dann möcht ich ein schönes, langes Gespräch mit der Frau Singer führen. Und zeitgleich hätt ich gerne für ihre Wohnung an Durchsuchungsbeschluss. Wenn wir da was finden, eine Garotte oder Blausäure oder Unterlagen, wie man Blausäure bezieht, das wär dann der Durchbruch.«

»Herr Konrad, was meinen Sie?«, wandte sich Frau Dr. Müller an den SoKo-Leiter. Seine Brauen verrieten Skepsis.

»Der erste Schritt, die Anwältin zur Auskunft zu überreden, ist sicher sinnvoll – wenn es klappt. Der fingierte Selbstmord – das klingt soweit logisch. Und Frau Singer als Täterin – auch das ergibt Sinn. Und trotzdem – ich hab ein schlechtes Gefühl dabei. Das passt alles zu gut. Das ist fast zu einfach. So ein Fall, wenn man erst mal nichts Rechtes hat, der kommt einem nur höchst selten auf dem Silbertablett daher. Und wenn wir kein Gift finden, dann schau'n wir schön blöd aus.«

»Insofern gebe ich Ihnen recht: Die Geschichte ist sehr einfach und sie hat noch Löcher«, gab Frau Dr. Müller zu. »Dass sie einfach ist, stört mich aber nicht. Im Gegenteil. Wär doch mal schön, wenn eine Geschichte einfach wär. Die Löcher stören. Doch wie sollen wir sie füllen, wenn wir nicht intensiv suchen?«

»Dennoch geben wir taktische Vorteile preis, wenn wir es so machen wie der Kollege vorschlägt«, wandte Konrad ein. »Bisher haben wir das Gift noch weitgehend unter der Decke gehalten und dass der Selbstmord keiner war, weiß auch niemand. Wenn wir jetzt die Frau Singer als Mordverdächtige behandeln, müssen wir das aufdecken.«

»Herr Konrad, was moinetse, wie lange wird unser taktischer Vorteil denn noch so groß bleiben?«, fragte Stimpfle mit einem

Hauch Herablassung in der Stimme. »Der Malefitz-Metzger, dieser Wimmer, hat uns doch extra drauf hing'wiesen, dass der Fink ermordet wurde und dass der Singer mit Zyankali um'bracht worre isch, das weiß er also schon. Ich frag mich, wenn der es schon weiß, wer es dann noch alles wissen könnt'.«

»Unsere ›Kollegen‹ aus der Amateurliga sind im Spiel?«, fragte Frau Dr. Müller und klang wenig amüsiert. »Schon wieder? Herr Konrad, so tüchtig sie auch sind, ich möchte, dass Sie ihnen eindrücklich ihre Grenzen klarmachen. Davon abgesehen denke ich, dass Stimpfle recht haben könnte. Lassen Sie uns seinem Plan einfach einmal folgen. Nur eingleisig sollten wir nicht verfahren. Herr Konrad, Frau Fink ist bisher immer ein wenig links liegen geblieben. Jetzt wäre es Zeit, dass wir uns intensiv um sie kümmern. Wäre das was für Sie?«

Konrad nickte.

Als er später Anna und Wimmer gegenübersaß und mit ihnen das Protokoll durchging, verfuhr er dennoch gnädig mit den beiden. Seine eigene Neigung zu querköpfigen Ermittlungswegen und unorthodoxem Vorgehen ließ ihn die Aktionen von »Scherlock Pinkerton & Co – Wolnzach« mit Nachsicht betrachten. Natürlich wusste er genau, wo sie gelogen hatten, beschloss aber, das im Moment zu übersehen. Wie sie es angestellt hatten, war ihm noch nicht klar, aber Ludwig und seine Enkelin hatten vorgehabt, den Apotheker auszuspionieren. Auch sie hatten ihn ins Visier genommen – weil er ohne Hilfe an das Zyankali kommen konnte. Doch dass sie überhaupt dem Gift auf die Spur gekommen waren, fand er erstaunlich. Natürlich war es ihm nicht recht, dass die beiden der Polizei Konkurrenz machten, und es war ihm peinlich, dass sie zuerst entdeckt hatten, dass Fink ermordet worden war. Offenbar nutzten sie andere Quellen, denn sie waren erst jetzt den Polizeiermittlungen in die Quere gekommen. Behinderung konnte er ihnen kaum vorwerfen, nur Neugier, das Ablauschen von Klatsch und scharfsinniges Folgern. Doch all das war nicht strafbar. Und überdies fand er es insgesamt weniger schlimm als Frau Dr. Müller und Stimpfle.

Nach einem Mittagessen aus der Polizeikantine, ein Sandwich, belegt mit Tomate, Basilikum und Mozzarella, brach Konrad zu Frau Fink auf. Sie war seit gestern wieder in Singers Haus.

Als sie öffnete, sah sie älter aus, hatte aber einen Teil ihrer Energie wiedergefunden. Sie trug eine schwarze Gymnastikhose und darüber einen langen schwarzen Pullover. Sie bat ihn herein.

»Ich hab mich schon gefragt, wann Sie mich wieder besuchen kommen. Aber wenn ich ehrlich bin, fand ich es sehr nett und rücksichtsvoll, dass Sie mich so lange in Frieden gelassen haben. Ich habe auf den Schock wirklich etwas Ruhe gebraucht.«

»Ich nehme an, vom Tod Ihres Exmannes haben Sie erfahren?«

»Ja«, sagte sie. »Erst der Bene, dann gestern der Christian. Da kommt man schon ins Grübeln. Er soll sich ja aufgehängt haben, heißt es.«

»Gestern Abend hat man ihn gefunden. Ich weiß, er war Ihr Exehemann, aber dennoch: Mein herzliches Beileid.«

Konrad gab sich die nächste halbe Stunde charmant, sprach über Gemeinplätze und ließ dem Gespräch Raum, sich zu entfalten. So kam Frau Fink bald ins Plaudern und Konrad erfuhr, dass ihre Ehe nur wenig harmonisch gewesen war.

»Stier und Widder … Hornvieh sollte nicht zusammen gehalten werden, sagt man. Es gab hunderttausend Kleinigkeiten, die rieben und reizten, aber keine große Liebe, die das ausgeglichen hat. Das bisserl Liebe, das vielleicht mal da gewesen ist, hat dann die Apotheke gefressen. Immer nur die Apotheke, immer nur der Laden, das G'schäft, die Rechnungen, Fortbildungen, Lagerbestand, Personal. Jedes Gespräch, buchstäblich alles hat mit der Apotheke zu tun gehabt. Wie in einem Tunnel … Irgendwann hab ich gesehen, dass ich gar kein eigenes Leben hab, und dann … hab ich einen Schlussstrich gezogen.«

»Was habens dann gemacht?«

»Eine Freundin hat in der Toskana ein kleines Weingut. Ein halbes Jahr Toskana, wieder sehen lernen, malen, den Geschmack von Leben erfahren. Und dann bin ich wieder heim.«

»Wie ist es da dann weitergegangen?«

»Nun ja, erst wollt ich wieder in einer Apotheke arbeiten. Doch in Wolnzach hat mich keiner wollen. Niemand stellt die Frau von einem Kollegen ein. Erst im Krankenhaus in Pfaffenhofen bin ich untergekommen. Ich bin ja ausgebildete Krankenschwester. Schon als Mädel hab ich neben der Schule beim Papa in der Apotheke gearbeitet. Da ist gar ned g'fragt worden. Wie ich meinen Abschluss dann gehabt hab, wollt ich was anderes sehen als Pillenschachteln, aber mit Gesundheit wollt ich schon was machen. Also hab ich in Neuburg Krankenschwester g'lernt. Zum Glück, sonst hätt es in Pfaffenhofen auch nicht geklappt. Seit vier Jahren arbeit ich da, vorwiegend auf der Intensivstation und gern auch Nachtdienst.«

»Wie habens den Herrn Singer kennengelernt?«

»Den Bene?« Sie lächelte. »Mei, wie lernt man jemand kennen? In einer Ausstellung. Es war so eine Kunstausstellung im Finanzamt. Das Finanzamt in Pfaffenhofen stellt doch immer wieder Bilder aus, von allen möglichen Künstlern aus dem Landkreis, aber auch andere, sogar internationale Ausstellungen machens. Da war ich auf einer Vernissage und der Bene hat dort Musik g'macht. Danach dann gab's Canapés mit Lachs und Sekt, da sind wir ins Plaudern gekommen. Und dann … mei, Sie können sich's ja vorstellen.« Sie griff zum Taschentuch und putzte sich die Nase. »Und jetzt dieses Unglück!«

Konrad schwieg einen Moment. Dann fragte er: »Wie schaut's denn jetzt bei Ihnen finanziell aus? Ist das Unglück auch in der Hinsicht für Sie eine Katastrophe? Entschuldigens, dass ich so indiskret frag und gradheraus bin, aber das gehört halt mit zur Ermittlung dazu, dass wir uns auch das Geld anschau'n und was der Herr Singer hinterlassen hat.«

»Ha! Ich sag Ihnen was: Wenn ich wüsst', wie es finanziell für mich ausschaut, ich gäb Ihnen was! Ich blick da noch gar nicht durch. Ich kann nicht sagen, ob das jetzt finanziell eine Katastrophe für mich ist oder nicht. Und seit dem Tod vom Christian gestern kenn ich mich schon gar nicht mehr aus. Ich weiß noch nicht mal, ob ich hier wohnen bleiben kann. Kommens mal mit.«

Sie führte Konrad ins Esszimmer. Die Stühle waren an die Wand gerückt und der Tisch war auf über zwei Meter Länge ausgezogen.

Darauf und auf einem Klapptisch daneben lagen Stapel von Papieren, Mappen und Ordnern und bildeten eine hügelige Landschaft. Ziemlich in der Mitte, in einer bis auf die Tischplatte herabreichenden Senke, lagen ein Kollegblock voller Notizen und ein Taschenrechner.

Rechts neben diesem Arbeitsplatz standen auf einem Teetischchen ein Kopierer und eine große Kiste mit Papier.

»Ich denk', Sie werden meine Unterlagen auch brauchen. Drum hab ich mir gestern das Wichtigste rauskopiert. Die Originale sind alle wieder bei den Unterlagen. Das könnens gern nachschau'n. Wenns mir die Kopien lassen, wär es mir sehr recht. Die Ordner werdens aber wohl mitnehmen wollen.«

Zwanzig Minuten später hatten die Geisenfelder Polizeimeister Tobias Lohmayr und Polizeiobermeister Richard Zeisinger zwei schwere Kisten mit Ordnern und Papier in einen Polizei-VW-Bus geladen, mit Gurten verspannt und waren auf dem Weg nach Ingolstadt.

Donnerstag

21
Frau Singer

Als Wimmer am nächsten Vormittag gegen zehn Uhr bei Frau Singer läutete, erwartete sie ihn schon. Ihr Schwager hatte ihr den Besuch angekündigt.

»Lassen Sie uns bitte gehen. Ich soll mich für die Polizei zur Verfügung halten, aber noch einmal so einen Besuch wie gestern, mit fast einem Dutzend Beamten, das vertrag ich nicht. Mich haben sie mitgenommen und hier haben sie alles durchsucht. Jede Schublade haben sie durchwühlt und all meine Unterlagen mitgenommen. Wissen Sie, wie sich das anfühlt? Nackt zur Schau gestellt zu werden kann kaum schlimmer sein! Und das Getratsche! Wenn Sie wüssten, was jetzt auf einmal über mich geredet wird! Ich selbst hör ja nichts davon. Aber die Blicke seh ich wohl. Meine Nachbarin denkt jetzt, ich wär eine Drogendealerin oder so was. Ich mag raus, irgendwo hin, wo man in Ruhe reden kann und man mich nicht anstarrt.«

Sie stieg in Wimmers betagten Benz und lotste ihren Chauffeur nach Ingolstadt. Sie überquerten den Ring auf der Konrad-Adenauer-Brücke und sie wies ihn an, seinen Wagen am Hallenbad abzustellen. Ein paar Schritte weiter, mitten in der Altstadt, lag ihr Ziel, das Café Maximilian. Tiefbraune Ledersitze an der Wand, eine lange Bar und viel dunkles Holz bestimmten das gradlinig-moderne Ambiente. Gleich rechts neben der Eingangstür, von zwei Glastüren abgetrennt, fanden sie ein ungestörtes Plätzchen.

Auch nachdem er die zweite Tasse Kaffee vor sich stehen hatte, wusste Wimmer noch immer nicht, ob er Frau Singer mochte oder nicht. Sie war kühl, gefasst und auf eine glatte Art freundlich, die

Wimmer nicht mochte. Was sie fühlte, blieb unter einer Maske aus unverbindlichen Manieren fast vollständig verborgen. Nur ihre unsteten Hände rissen eine kleine Lücke in diese Fassade. Immer wieder spielten sie an dem kleinen Weihnachtsgesteck, das auf dem Tisch stand, herum, schoben es mal hierhin, mal dorthin, drehten es oder zupften am Buntpapier-Engelchen darin.

Nach einer Weile beschloss Wimmer, das unverbindliche Geplauder zu beenden, und Frau Singer sehr direkt anzugehen. Als eine Pause entstand, räusperte er sich umständlich, dann meinte er: »Also … was die Polizei angeht, da schaut's so aus, als hätten die sich schon eine Hauptverdächtige ausg'sucht: Sie nämlich. Hams denn a Ahnung, warum?«

»Natürlich. Und wenn ich vorher keine gehabt hätte, seit gestern hätte ich sicher eine. Herr Stimpfle machte keinen Hehl aus seinen Vermutungen. Ich soll den Bene aus Habsucht umgebracht haben.«

»Aus Habsucht also. Das soll heißen, Sie erben was?«, hakte Wimmer nach.

»Das ist nicht ausgeschlossen. Wir haben bei der Eheschließung nicht nur einen Ehevertrag, sondern auch gleich ein Testament aufgesetzt, obwohl der Benedikt das gar nicht gewollt hat. Das Thema Tod und Sterben mochte er überhaupt nicht. Ich nehme an, den Gedanken an ein neues Testament hat er deshalb möglichst weit von sich geschoben. Vermutlich hielt er es für überflüssig.«

»Wieso sollt a neues Testament überflüssig sein?«

»Aus seiner Sicht! Weil er nicht damit gerechnet hat, zu sterben. Nicht so bald zumindest. Wir haben uns getrennt. Das war vor drei Jahren. Nächstes Jahr zu Ostern, spätestens zu Pfingsten, wären wir geschieden worden. Dann wäre ich in Sachen Erbschaft wieder draußen gewesen, laut Testament. Ich steh nämlich namentlich gar nicht drin. Da steht nur Ehefrau. Die Ehefrau erbt rund achtzig Prozent, den Rest sein Bruder und dessen Kinder. Ich erbe jetzt vielleicht, weil ich noch die Ehefrau bin. Hätten wir uns letztes Jahr schon scheiden lassen, würde ich nichts erben, dann ginge alles an meinen Schwager. Wenn der Bene wieder geheiratet hätte, hätte die neue Ehefrau den Löwenanteil geerbt.«

Sie lächelte freudlos. »Noch bin ich die Ehefrau. Ich weiß von keinem neuen Testament, doch so wie ich den Benedikt kenne, hat er sich so ungern mit dem eigenen Tod befasst, dass er keines aufgesetzt hat. Wozu denn, für die kurze Zeit bis zur Scheidung … er war jung und gesund. Ich kann es nicht sicher sagen, doch ich vermute, ich bin immer noch erbberechtigt.«

Wimmer runzelte die Stirn, enthielt sich aber jeglichen Kommentars. »Und was regelte der Ehevertrag?«, fragte er stattdessen.

»Hauptsächlich, dass ich im Falle einer Scheidung keinen Anspruch auf die Erlöse aus dem Patent habe. Den Singerfühler, den hat er vor unserer Ehe erfunden. Alles Einkommen daraus ist seines.«

»Und andres Einkommen?«

»Ist weitgehend zu vernachlässigen. Es war der Singerfühler, der das Geld gebracht hat.«

»Des wissns fei scho, dass Sie für die Polizei a Supermotiv ham«, platzte Wimmer heraus.

Frau Singer blieb ganz ruhig. »Natürlich. Aber ich war es nicht. Auch wenn ich jetzt womöglich davon profitiere und darüber nicht gerade unglücklich bin, heißt das nicht, dass ich was mit dem Tod vom Bene zu tun hab.«

»Wen gab's denn sonst noch? Wer könnt denn was gegen den Bene g'habt ham?«

»Keine Ahnung. Mir fällt da niemand ein. Doch mit dem Bene bin ich seit drei Jahren auseinander. Ich weiß wenig davon, was er jetzt macht.«

»Vor a paar Monaten hat er zum Beispiel a Konzert gegeben, a ziemlich großes. In Berching, glaube ich.«

»Das hab ich mitbekommen. Dabei gewesen bin ich aber nicht. Aber Sie meinen bestimmt das große Konzert mit dem Rudi Gellner und seiner Gruppe.«

»Gellner?«, fragte Wimmer und begann, sich Notizen zu machen.

»Rudolf Gellner, ein alter Freund vom Bene. Doch der hat ihn ganz sicher nicht umgebracht. Wieso auch?«

»Aber irgendeiner hat ihn vergiftet. Des macht man net a so aus Gaudi. Irgendwer muss was gegen ihn gehabt haben.«

»Ich weiß keinen.«

Wimmer seufzte und wechselte das Thema: »Er hat Bücher geschrieben.«

»Ja. Der Heimatdichter – Ruhm – Ehre – Reichtum. Ha! Unsinn! Wissen Sie, wie viel er in einem guten Jahr mit seinen Büchern verdient hat? Als ich noch mit ihm zusammen war, stand der Rekord bei etwa dreihundertfünfzig Euro – im Jahr! Bei den Summen ist es auch mit Ruhm und Ehre nicht so weit her. Deswegen wird wohl keiner so neidisch, dass er zum Mörder wird.«

»In einem von seinen Bücherln, da nimmt er anscheinend Leut aufs Korn. Er nennt aber keinen Namen. Es geht da um Hopfenvögel. Wissen Sie, wen er da gemeint hat?«

»Das bezieht sich auf diesen Verein zur Volkstumspflege. Das war mir immer fremd. Ich frage mich heute noch, wieso der Bene da überhaupt mitgemacht hat. Vielleicht fragen Sie das besser den Georg Kastlbauer. Der verkehrt in diesen Kreisen. Wenn Sie mich fragen, ist er der einzige mit Hirn in diesem Haufen!«

»Verzeihens bittschön, wenn ich jetzt a so frag. Aber, was hat Sie denn mit dem Herrn Singer verbunden? Wenn ich das so hör … die große Romanze erkenn ich da leider ned. Ich tät gern versteh'n, wie Sie a Paar worden san.«

Einen Augenblick umspielte ein zartes Lächeln die dünnen Lippen von Frau Singer und sie starrte in das Weihnachtsgesteck. Sie holte tief Luft und ihre Stimme wurde weich: »Wissen Sie, ich hab den Bene kennengelernt und war hin und weg. Ich hab ihn sofort geliebt. Der Benedikt war charmant, bescheiden, intelligent und humorvoll. Er hatte Träume wie ich – und so viel Potenzial. Er wollte raus von Zuhause, weg vom Land, in die Stadt. Und eine Weile hab ich gedacht, zusammen können wir uns unsere Träume erfüllen. Reisen, ein Haus in der Provence oder ein Loft in einer großen Stadt, Theater und Kultur, Museen, Clubs und Szene. Er hätte alles haben können, doch diese verdammte Holledau! Er hing an seiner Heimat und ist sie nie losgeworden. Vielleicht waren deshalb seine Träume nie so groß wie meine, vielleicht sind sie aber auch im Laufe der Zeit geschrumpft. Statt ein Haus in der Provence zu kaufen, reichte ihm ein Ferienappartement für vier Wochen. Stadt, das war für ihn Ingolstadt oder allenfalls München, aber nicht Mailand, Paris, London oder Berlin. Und New York oder Tokio schon gar nicht. Szene war für ihn schon, wenn im Volkstheater zwei Bauern auftraten.« Sie seufzte und schwieg einen Augenblick. »Eine Weile ging es noch gut. Doch dann kam eine Zeit, da merkte ich immer deutlicher, dass mir sein Leben zu klein wurde. Ich habe dann begonnen, um meine Träume zu kämpfen. Umsonst. Ich habe ihn nicht ändern können. Aber sollte ich ohne meine Träume weiterleben? Könnten Sie das? Irgendwann habe ich ihn verlassen. Er war fair. Mehr als fair. Er ermöglichte mir einen beruflichen Neustart und hat sich auch beim Unterhalt nicht lumpen lassen. Und bevor Sie fragen: Eifersucht spielte keine Rolle. Mit dieser unmöglichen Frau hat er erst später was angefangen. Warum auch immer.«

»Und Sie?«

Sie lächelte dünn. »Ja, auch ich hab jemanden kennengelernt. Vielleicht ist er der Richtige. Wo es der Benedikt doch leider nicht war. Aber das ist sicher kein Grund für mich, dass ich ihn umbringe. Das glauben Sie mir doch. Oder?«

Wimmer beteuerte dies, war sich dabei seiner Gefühle aber durchaus nicht sicher. Er mochte Frau Singer nicht. Doch das machte sie nicht schuldig.

»Unschuldig macht es sie aber auch ned, Opa«, meinte Anna, als Wimmer ihr am Nachmittag von dem Treffen berichtete. »Ich kann scho verstehen, dass der Stimpfle sie im Verdacht hat. Immerhin ham wir jetzt zwei neue Namen.« Sie klappte den Laptop auf und gab Rudolf Gellner ein. Das Suchprogramm zeigte eine lange Liste mit Einträgen. Anna ließ sie herunterrollen. »Au weh … das kann ein wenig dauern. Da werd' ich nachher mal schau'n, was ich da rausfinde.«

Leichter war es, Georg Kastlbauer aufzuspüren. Er wohnte in einem dörflichen Ortsteil von Pfaffenhofen. Am Telefon wirkte der

Mann freundlich und zugänglich. Er schlug vor, sich am Abend in Pfaffenhofen auf dem Weihnachtsmarkt zu treffen.

»Prima!«, rief Anna. »Weihnachtsmarkt besuchen ist nicht Detektivspielen! Und auf dem Weg dahin können wir gleich die Action-Cam zurückholen.«

22
Der Zahlenfuchs schafft Ordnung

Aschenbrenner, der Zahlenfuchs, hatte sich im Polizeipräsidium Ingolstadt einen kleinen Konferenzraum gekapert. Dort sortierte und verglich er die beschlagnahmten Unterlagen von Herrn und Frau Singer und Herrn und Frau Fink. Für jeden Aktenstapel hatte er eine Flucht aus mehreren Tischen zusammengeschoben, sodass er genug Platz hatte, um sich auszubreiten. Zwischen diesen vier Tischreihen flitzte er schon den ganzen Vormittag wie eine Flipperkugel kreuz und quer herum und machte sich auf einem gelben Block allerlei Notizen. Dann wieder trat er ans Fensterbrett, wo eine altmodische Rechenmaschine mit Papierstreifen neben seinem Laptop stand. Den größten Teil seiner Zahlenanalyse erledigte er mit Hilfe einer komplexen Excel-Tabelle. Hier machte er die meisten Eintragungen, doch zwischendurch ließ er für kleinere Fragestellungen die Rechenmaschine rattern. Das war oft schneller. Ab und zu ging er hinaus, um am Kopierer im Büro schräg gegenüber Unterlagen zu vervielfältigen.

Seine Herangehensweise wirkte chaotisch, doch er kam zügig voran. Etwa zu der Zeit, als Wimmer Frau Singer im Café Maximilian verlassen hatte – sie war dort mit ihrem neuen Lebensgefährten verabredet und musste nicht zurückgefahren werden – öffnete sich die Tür zum Konferenzraum. Im Rahmen stand Konrad.

Aschenbrenner wedelte zur Begrüßung kurz mit dem gelben Block, kontrollierte etwas in den Unterlagen auf zwei verschiedenen Tischen, dann grüßte er fröhlich: »Guten Morgen!«

»Guten Morgen ist gut!«, meinte Konrad grinsend. »Es geht schon eher auf Mittag. Ich glaub', eine Pause habens noch gar nicht gemacht. Hier – ich hab Ihnen eine Leberkassemmel und einen Kaffee mitgebracht. Nicht, dass Sie mir vom Fleisch fallen!«

Aschenbrenner nahm dankbar Tasse und Teller an.

»Und? Wie schaut's aus?«, fragte Konrad. Seine Brauen waren in gespannter Erwartung die Stirn hinaufgekrabbelt.

»Mmm … Mmmmoment.« Aschenbrenner hatte herzhaft in die Semmel gebissen. »Also …«, begann er, nachdem er geschluckt hatte, »so allmählich steig ich durch. Frau Fink erbt vom Herrn Singer nix. Aber ihr gehören neunundvierzig Prozent der Fink'schen Apotheke. Das hat wohl der alte Apotheker noch verfügt. Deshalb hat Herr Fink, als Miete sozusagen, zusätzlich zum monatlichen Unterhalt siebenhundertfünfzig Euro an sie überwiesen. Wenn die Apotheke verkauft wird, erhält Frau Fink knapp die Hälfte.«

»Was ist so eine Apotheke denn wert?«

»Eine Apotheke in der Größe … in der Lage? Sie wollen Sachen von mir wissen. Ich habe keine Ahnung. Irgendwas zwischen dreihunderttausend und einer Million, denke ich. Aber genau weiß ich es nicht.«

»Also erwartet sie einen ziemlichen Batzen, auch wenn dafür der regelmäßige Unterhalt ausfällt. Denn eine halbe Apotheke kann man schlecht verkaufen.«

»Nein. Aber wenn es dumm geht, sind es nur knapp hundertfünfzigtausend, die Frau Fink bekäme. Damit hat man sicher nicht ausgesorgt. Als Motiv aber, mein ich, reicht es. Nur warum hätte sie es machen sollen? Geldsorgen haben sie nicht gedrückt.«

»Und sie hat ein Alibi. Sie war vorgestern zur Tatzeit mit ihrer Freundin essen. Der Kellner hat das bestätigt und die Freundin hatte einen Kassenbeleg. Die waren von sieben bis halb zehn in Pfaffenhofen gesessen – bei einem Italiener. Und um halb zehn war der Fink schon tot. Apropos … Wer erbt eigentlich beim Fink?«

»Frau Fink erbt auch hier nichts. Testament gibt es keines, ich habe zumindest nichts gefunden. Nach den Unterlagen erbt entweder seine Mutter. Von der gibt es Unterlagen. Sie lebt in einem Altenheim in Oelsnitz. Oder sein Bruder. Der wohnt wohl auch in Sachsen.« Aschenbrenner ging zu einem anderen Tisch und erklärte: »Hier haben wir den Herrn Singer. Ich habe ein altes Testament von ihm von vor der Trennung gefunden. Haupterbin ist die Ehefrau, also Frau Singer. Der Bruder soll zwanzig Prozent bekommen. Für dessen Kinder sind noch separate Sparbücher erwähnt, mit momentan etwa je zweiundvierzigtausend Euro drauf. Ein jüngeres Testament habe ich nicht gefunden. Und ich habe genau gesucht. Frau Fink wird also beim Erben leer ausgehen.«

»Und Frau Singer?«

»Die wird den Löwenanteil bekommen. Und sie wird das Geld auch brauchen. Für eine saftige Steuerrückzahlung.«

»Wieso das?«

»Ihr Übersetzungsbüro macht nur wenig Umsatz – offiziell. Doch ein paar Kunden, bisher hab ich vier gefunden, es können aber noch mehr werden, geben immer wieder Aufträge in Arbeit. Ich finde dazu auch die Rechnungen bzw. Quittungen. Aber die sind ohne Briefkopf, Unterschrift oder Stempel, nur ein handgeschmiertes ›Erhalten‹ steht drauf. Diese vier Kunden zahlen offenbar in bar, doch weder die Gelder noch diese seltsamen Belege tauchen in den Steuerunterlagen auf. Die Lady macht fröhlich Schwarzgeld.«

»Über wie viel Geld reden wir hier?«

Aschenbrenner ging an die Rechenmaschine und tippte eine Liste von seinem Block ab. »Etwa dreiundzwanzigtausend Euro … allein dieses Jahr«, las er das Ergebnis vor. »Insgesamt sind es – schätze ich – zwischen fünfzig- und sechzigtausend Euro.«

»Gut gemacht. Ich werde den Jungs von der Steuerfahndung Bescheid geben.«

»Moment, bitte. Noch etwas habe ich gefunden beziehungsweise genau nicht gefunden«, meinte Aschenbrenner.

»Was denn?«

»Querverbindungen!«

Konrad runzelte die Stirn.

»Also …«, Aschenbrenner wirkte verlegen. Seine Hände jonglierten mit unsichtbaren Bällen. »Ich meine, dieser Fall ist ja schon kompliziert genug. Da habe ich geschaut, wie weit das Durcheinander geht. Und da wird es dann doch halbwegs übersichtlich.« Er trat an den Tisch mit den meisten Akten. »Der Benedikt Singer hat finanzielle Verbindungen zu Frau Fink und zu seiner Ex, der Frau Singer. Aber nicht zu Herrn Fink. Soweit ich das am Konto erkennen konnte und an den Abbuchungen, hat er bei ihm nicht einmal ein Aspirin gekauft.« Dann stellte er sich an den Tisch am Fenster. »Das sind die Unterlagen von Frau Singer. Hier finden sich keine Verbindungen zu Frau oder Herrn Fink.« Nun wuselte er zum dritten Tisch: »Hier ist die Frau Fink. Sie hat finanziell zu tun mit Herrn Fink – der Unterhalt und die Apothekenmiete – und mit Herrn Singer. Es gibt aber keine Kontakte zu Frau Singer. Und Herr Fink schließlich«, sagte er, als er an den letzten Tisch getreten war, »hat keine Finanzkontakte zu den Singers, nur zu Frau Fink.«

Konrad nickte. »Aha ... und das hilft uns jetzt weiter?«

Aschenbrenner: »Jein. Nur insofern, dass es so ausschaut, dass die beiden Fälle tatsächlich lediglich über die Frau Fink verknüpft sind. Stellen Sie sich doch das Durcheinander vor, wenn der Fink und der Singer irgendwelche wilden Geldgeschäfte getätigt hätten. Oder der Fink mit Frau Singer. Dann hätten wir da noch viel tiefer bohren müssen. Aber so, wie es ausschaut, ist die Sache nicht ganz so verwickelt.

»Mir langt es so schon«, knurrte Konrad.

»Wie geht der Fall denn ansonsten voran?«, fragte Aschenbrenner. »Was machen Lukas und seine Methode ›Folge dem Klischee‹?«

»Der Stimpfle? Der ärgert sich grad'. Er hat gehofft, er findet bei der Singer irgendeinen Hinweis auf Gift. Aber Pfeifendeckel! Nix hat er gefunden. Absolut gar nichts. Jetzt hat er sich diesen van der Rongel vorgenommen. Den Fitnesstrainer und Liebhaber von der Frau Singer. Er hofft jetzt, dass der es war oder dass man ihm Komplizenschaft nachweisen kann. Und danach will er beim anderen Singer, dem Bruder, nach Gift suchen. Ich halt das inzwischen für einen rechten Schmarrn, doch ich will ihn nicht ausbremsen und am Ende sehen, dass er doch recht gehabt hat.«

»Und wie geht es weiter, wenn der Lukas falsch liegt – ich mein, wenn da jetzt nichts rauskommt?

»Mei – wir haben ja noch genügend Unterlagen, die wir überprüfen können. So schnell geben wir nicht auf. Ich selbst hoffe, dass uns das Seil weiterbringt – oder der Knoten.

Den restlichen Tag hatte Konrad dem Studium der Akten gewidmet. Er las die Laborergebnisse, die im Fall Singer ebenso umfangreich waren wie öde. Vom Gift im Fläschchen abgesehen war da nichts zu lesen, was Hoffnung oder eine neue Perspektive eröffnet hätte. Die durchweichten und wieder getrockneten Zigarettenkippen stammten von verschiedenen Marken und hatten DNS-Spuren von unterschiedlichen, gänzlich unbekannten Personen. Bis auf die Spuren an der Selbstgedrehten, die vom Zeugen Messerer stammte, deutete nichts auf irgendeine Verbindung der Raucher zum Mordfall hin. Vermutlich hatten die Kippen einfach schon dagelegen.

Er schreckte aus einem sehr langen Bericht über die Kleidung auf, der offenbar auch nichts Erhellendes zur Lösung beitrug, als sein Telefon schrillte. Ein Herr Wolfert meldete sich. Er sprach schnell, zackig und war schlecht zu verstehen, sodass Konrad zu Anfang den Sinn des Gesagten nicht recht mitbekam.

»... und jetzt frage ich mich natürlich, wie ich Ihnen helfen kann?«, klang es in Konrads Ohr.

»Ja ... mal ganz langsam. Sie sind Herr ...?«

»Wolfert! Wolfert von der Salomed in Wilhelmshaven.«

»Ah ... ja ... und Sie rufen an, weil Sie uns helfen wollen?« Hinter Konrads wild tanzenden Augenbrauen hatten sich noch immer nicht die passenden Verknüpfungen hergestellt.

»Ich bin doch mit der Polizei in Ingolstadt verbunden?«

»Ja, freilich!«

»Ist der Brief denn nicht von Ihnen, den ich hier vor mir habe?«

Endlich ging Konrad ein Licht auf und seine verwirrten Augenbrauen kamen zur Ruhe. »Sie sind der Hersteller des Nasensprays?«

»Genau! Sag ich doch die ganze Zeit: Salomed, Wilhelmshaven. Sie haben geschrieben, eines unserer Produkte wäre ›in ein Tötungsdelikt verwickelt‹. Das ist völlig ausgeschlossen, unsere Mittel werden mehrfach geprüft und sind völlig unbedenklich! Dass unser Nasenspray jemanden umgebracht hat, ist völlig unsinnig. Sollten Sie das behaupten, wird unser Rechtsbeistand, Doktor Haase –«

»Herr Wolfert!«, unterbrach Konrad seinen aufgebrachten Gesprächspartner. »Sie haben uns da missverstanden. Es geht ganz und gar nicht gegen Ihre Firma. Ihr Nasenspray ist ganz sicher unbedenklich. Aber jemand hat eines Ihrer Fläschchen genommen und das Nasenspray gegen ein Gift ausgetauscht.«

»Was? Gift? Ausgetauscht? Um Himmels Willen! Und jemand ist tot? Ja, du meine Güte!«

»So schaut es nun mal aus. Das Fläschchen ist für uns ein wichtiges Beweisstück. Darum wollen wir seine Herkunft zurückverfolgen«, erklärte Konrad. »Wir haben zwei verschiedene Fläschchen beim Opfer gefunden. Eines, das leer war. Daraufhin hat er ein scheinbar neues geöffnet und das war mit Gift versetzt.«

»Das ist ja schrecklich!«

»Ja. Das ist es in der Tat. Wir haben hier so etwas wie einen Zahlencode auf den Fläschchen, mit … mit etwa zehn Ziffern. Können Sie mir anhand dieses Codes etwas über die Flaschen sagen?«

»Das ist unsere Produktions-ID. Damit kann ich Ihnen sagen, wann das Nasenspray abgefüllt wurde und vielleicht auch, wann es etwa in den Handel gekommen ist. Die Nummer sagt allerdings nichts darüber aus, in welcher Apotheke oder in welchem Laden das Produkt an den Kunden verkauft wurde. Aber wir können gerne einmal nachsehen.«

Konrad diktierte zuerst die Ziffern der leeren Flasche. Am anderen Ende hörte er, wie eine Tastatur klapperte.

»Das war die Abfüllung vom dreizehnten Oktober. Ja. Und hier sehe ich, dass wir die ganze Charge an einen Medikamentengroßhändler in Ulm geliefert haben. Das war Medispeed, die versorgen, soweit ich weiß, Drogerien, Reformhäuser und Apotheken in Süddeutschland. Die bekamen die Lieferung am sechzehnten Oktober. Mehr kann ich Ihnen nicht sagen.«

Nun gab Konrad die Nummer des vergifteten Fläschchens durch.

»Sind sie sicher, dass das richtig ist?«, klang es aus der Muschel. Konrad diktierte die Zahlenreihe noch einmal.

»Okay. Das ist seltsam«, hörte Konrad Wolfert murmeln. »Das ist ein altes Fläschchen: Es wurde im November vor zwei Jahren abgefüllt! Das ist üblicherweise gar nicht mehr in den Läden. Diese Charge ging an … hier steht es: TradoCom GmbH in Kassel. Die unterhalten diese Feinkauf-Supermärkte. Dieses Fläschchen wurde vermutlich in einem Supermarkt gekauft. Wir haben es am sechsundzwanzigsten November vor zwei Jahren abgefüllt und zwei Tage später versandt. Ach ja. Und am fünften Januar, letztes Jahr Januar, bekamen wir schon die nächste Bestellung von TradoCom.«

Konrad hatte sich alles notiert und dankte herzlich für die Auskunft. Er legte den Hörer gar nicht auf die Gabel, sondern rief Aschenbrenner im Konferenzraum an.

»Das Fläschchen hat der Mörder vermutlich bei einem Laden der Feinkaufkette gekauft. Achten Sie doch bitte bei allen Unterlagen auf Einkäufe bei solchen Läden. Und zwar bis zum Winter vor zwei Jahren.«

Aschenbrenner bestätigte die Anweisung, bat aber um Geduld. Das sei eine recht mühsame Arbeit. Das könne ein paar Tage dauern.

»Ist schon recht«, beruhigte Konrad seinen Kollegen. »Es ist wichtig, aber nicht brandeilig!«

Dann setzte er einen Brief an TradoCom auf und brachte den Entwurf zu Frau Grabner ins Büro.

23
Auf dem Weihnachtsmarkt

Der Hauptplatz in Pfaffenhofen ist zweigeteilt. Am oberen Ende schließt eine wuchtige, dreistöckige Fassade aus der Gründerzeit den Platz ab – das Haus der Begegnung, das Musik- und Seminarräume, die städtische Galerie, eine Bücherei und eine Bühne beherbergt. Links daneben ragen weiß und riesig wie der Bug eines gestrandeten Dampfers Schiff und Chor der Stadtpfarrkirche St. Johannes Baptist auf. Das untere Ende des eher langen Platzes wird vom uhrturmgekrönten Rathaus gefasst, das sich in schlichtem, zurückhaltendem Historismus mit gotischen Anleihen präsentiert. Hier unten ist der Platz ein wenig großzügiger und hier findet im Advent der Weihnachtsmarkt statt.

Als Wimmer mit Anna eintraf – sie wurden vom Abendessen dispensiert, um in Erfahrung zu bringen, was die Pfaffenhofener Metzger auf dem Markt anboten – war es bereits dunkel und die Fassaden wurden von starken Scheinwerfern mit bunten Mustern bestrahlt. So war der Platz in ein fantastisch-farbenfrohes Licht getaucht. Ein doppelter Ring von Buden bot allerlei Geschenke an. Es gab Schmuck, Spielzeug, edle Keramik und vieles mehr. Andere Stände lockten die Besucher mit Zimtwaffeln, Bratwurst, Punsch und heißen Maroni. Vor dem Rathaus war eine Bühne aufgebaut, auf der ein Chor Weihnachtsweisen sang.

Anna stupste Wimmer an und meinte: »Schau mal, Opa, die kennen wir doch!«

Tatsächlich war es derselbe Chor wie damals auf der Hochzeit. Die Sänger waren heute dick eingemummelt, in Schwarz mit orangen Farbtupfern. Solcherart gegen die Kälte geschützt, sangen sie auch diesmal mit mitreißendem Schwung, nur waren es adventliche Weisen, sowohl auf Bayrisch wie auf Englisch. Sie hatten bereits ein großes Publikum angezogen, das begeistert mitklatschte. Nur höchst ungern verließ Anna die Menge vor der

Bühne, denn gerade stimmte der Chor »Es ist ein Ros entsprungen« an, das nun aber gar nicht mehr verzopft und antiquiert klang, sondern wegen ein paar kleiner rhythmischer Veränderungen plötzlich in die Beine fuhr. Doch Anna konnte nicht bleiben. Sie hatten einen Termin.

Am Maronistand, dem einzigen auf dem Markt, fanden sie ihre Verabredung. Daheim am Rechner hatten sie noch erfahren, dass auch Herr Kastlbauer ein paar Bücher geschrieben hatte. Er galt als Pfaffenhofener Original, geschätzter Mundartdichter, Verfasser von Märchen und Sagen, aber auch als profunder Kenner der Lokalgeschichte, zu deren Erforschung er einiges in der Fachliteratur beigetragen hatte. Nun stand er ihnen lächelnd mit blaublitzenden Augen gegenüber und schüttelte zunächst Anna, dann Wimmer die Hand. Er war dem alten Metzger gar nicht so unähnlich: ein Mann Anfang der Sechziger, rustikal, mit Kniebundhose, Lodenmantel und grünem Hut.

»Der Singer Bene … ja, um den is schad! Er war ein feiner Kerl. Er war aber immer mehr Musiker als Dichter. Mei, hat der spielen können.«

»Mir ham ihn g'hört, auf der Hochzeit von meiner Cousine«, meinte Anna. »Da hat er den Hochzeitslader g'macht. Er hat viel mehr draufg'habt als nur Volksmusik.«

Kastlbauer nickte. »Der hat alles können«, erklärte er. »Rock und Schlager, aber auch klassische Gitarre und Volksmusik eh. Die echte Volksmusik, ned den volkstümlichen Schmarrn, den was die so oft im Radio spuin, diesen lätscherten Hohe-Berge-Herzschmerz-Schmarrn. Der Bene hat die alten Sachen hochg'halten, die mein Opa noch kennt hat, echte Volkslieder. Aber auch kompliziertes Zeug, so Stubenmusi-Kompositionen. Da gibt's ned viel Notenmaterial. Aber der Bene hat immer noch a paar Schmankerl g'funden.«

»Sie san mit ihm aufgetreten?«

»Ja. Immer wieder mal. Ned regelmäßig. Aber es hat sich halt so ergeben.«

»Und kennens seine Bücher auch?«

»Freilich!«

»In einem von seinen Büchern hat er was g'schrieben, da denk ich, dass er ganz bestimmte Leut g'meint hat«, lenkte Wimmer das Gespräch.

»Die Hopfenvögel! Die meinst doch!«

»Genau!«

Georg Kastlbauer lächelte. »Du bist noch nie auf am Hoagartn vom Heimat- und Mundartpflegeverein g'wesen, oder? Sonst wissast des.«

»Moanst du, die vom Verein hat er g'moant? Ham die sich da selbst wiedererkannt?«

»Manche schon. Andre … du kennst es ja selbst: Bei andern siehst an jeden Fehler glei', aber bei sich selbst ist mancher oft a bisserl blind. Manche werden denken, er meint wen anders, wobei das vielleicht aa gar ned so falsch ist. Bei einigen der Vogerl hat er wohl mehr als nur einen im Visier g'habt. Zum Beispiel kenn ich persönlich gleich drei verschiedene Jammerlerchen – mindestens.«

»A geh weiter!«

»Grad im Verein zur Heimat- und Mundartpflege. Da san die Oberen gemeint. Die jammern allwei, dass niemand mehr Boarisch red. Es stimmt schon: Es werd nimmer so viel in Mundart g'schnabelt, wie es mal war. Aber am Aussterben is des Bayrische aa ned. Des erkennens nur oft ned, weils immer der guten alten Zeit nachjammern. Unser Vize vom Verein, der is aa so a typische Jammerlerche. Er macht eins ums andere Mal Eingaben ans Innenministerium, man soll die Mundartpflege fördern. Des is aber a Schmarrn, weil die Sprache was Lebendig's is. Des wachst von unten her. Per Dekret aus München geht da gar nix. Und brauchen tut's die Eingaben eh ned. Du musst nur amal auf an Fußballplatz geh'n oder auf an Spielplatz. Es wird immer noch und immer neu Bayrisch g'redt. Die Mundart is quicklebendig und wird weiter'geben. Ma red vielleicht hier oder da mehr Hochdeutsch. Aber wann man die Leut lässt, dann redens immer noch Dialekt und zwar freiwillig und gern. Doch des spannen unsere Sprachschützer oft ned in ihrer Gschaftlhuberei.«

»Dann san da noch die ›nostalgischen Uhus‹. Wer soll nachad des sein?«, fragte Wimmer.

Georg Kastlbauer lachte. »Da gibt's aa mehrer', i selber eing'schlossen. Zumindest a bisserl. Aber des is was, mit dem kann i leben. Der nostalgische Uhu, des war doch der, der sich für die Vergangenheit so sehr interessiert. Na ja. I forsch ja in Sachen Heimatgeschichte. Und i hab aa viele Gedichterl darüber g'schrieben, wie's in meiner Kindheit war – oder noch früher. Aber i möcht ned unbedingt z'ruck.« Er wandte sich direkt an Anna. »Du hast a hübsche Frisur unter deiner Mütz'n. Früher hättst die Haar grad nur auf zwei Arten tragen können: Zwoa Zöpf' links und rechts hinter de Ohrwaschl oder oan dicken im G'nack. Und dei Opa hat wahrscheinlich wie ich an Haferlschnitt g'habt: An Topf auf'n Belli nauf – bei uns is des a Muichtopf g'wen, weil der ist ned über die Augen g'rutscht. Und dann kam die Mama mit der Scher' und alles, was unten rausg'schaut hat, hats abg'schnitt'n.«

Wimmer lachte und nickte. »Bei uns war's der kloane Nudeltopf.«

»Ich erinner mich gern und ich will wissen, wie's g'wen is. Aber ich möcht es nur wissen, dass ich woaß, wo was herkommt. Ich möcht da ned wieder hin und an Muichtopfhaarschnitt aa ned! Die echten Uhus, die wünschen sich die gute alte Zeit zurück. Oder das, was sie sich jetzt drunter vorstellen. Ja, die find'st aa im Vorstand.«

»Und die siebeng'schnabelten Weißspatzen?«

»Die Weißspatzen, die immer wieder z'sammkommen, zum selben Fleck, wo sie an Rossapfel finden! Die freu'n sich jedes Mal neu und zwitschern laut, was sie heut Tolles g'funden ham, viel schöner als wie sonst – dabei lässt das Pferd an dem Eck jeden Tag was fallen! Ihr müssats zu am Hoagartn gehn, dann hättst as g'spannt. Des ist das Publikum!«, erklärte Kastlbauer und seufzte. »Obwohl, da is der Bene a bissel bös'«, erklärte er dann, »weil er die Spatzen a weng hirnlos darstellt. Aber mit a paar Sachen hat er trotzdem recht: Die Leut, die zu am solchen Hoagartn gehen, san meist scho älter. Mir, dein Opa und ich, mir san da eher die Halbstarken. Und die Leut kommen immer wieder, ned, weil's am Hoagartn was Neues zu hören gibt. Des woll'ns ja gar ned. Sie kommen, weil's eben immer wieder das Gleiche gibt: jed's Mal denselben Kas. A bisserl a Musik, a bissel Gejammer: Mundart geht unter und früher war alles besser und dann aa no' a bisserl was zum Zuhören. A paar Gedichte, aber bitte immer was Lustig's, und dann gern aa a paar Witze. Wannst fünfmal beim Hoagartn g'wen bist, hast fast alles amal g'hört.«

»Aa vom Zotenzeisig?«, fragte Anna.

»Der hat dir g'falln? Wennst amal hingehst, dann weißt gleich, wen er da g'meint hat.«

»Wer san die Kuckuckspfaue?«, fragte Wimmer und beobachtete, wie sich Kastlbauers Blick verfinsterte.

»Die san meine ganz b'sonder'n Freunde«, erklärte er grimmig. »Des is die Vortragsmafia. S'gibt da a paar Leut, sogenannte ›Vortragskünstler‹, die treten auf den Hoagartn immer wieder auf. Die ham ganz nette Stückerl auswendig g'lernt und tragens dann richtig schee vor, oder manchmal lesens des aa, und sie machen des scho richtig guad. Nur: Die Sachen san ned von ihnen. Und fragen tuns den Autor aa ned. Und dass sie fremde Stückerl vortragen, des sagt von denen keiner. Aber sie selbst werden schön mit Namen angekündigt: ›Der Dings Michel von Sowieso-Hausen will uns heut was vortragen, weil er weiß genau, wie dass es g'wen is beim Turmbau zu Babel.‹ Und dann legt der los und kassiert an Applaus, weil's so schee war und so lustig und weil der doch so tolle Einfäll' g'habt hat. Dass er die Verserl beim Ehbauer Michl aus der ›Bayrischen Weltgeschicht'‹ geklaut hat, des verschweigens. Oder beim Ringseis. Oder bei mir. Da wird ned g'fragt und genier'n tut sich erst recht keiner. Ich bin amal daneben g'sessen als Vortragender auf so am Hoagartn, da schraubt sich doch so a schräger Hund aus der Bank, stellt sich hin und trägt eins von meinen Gedichtel vor. Und sagt nix, derweil ich daneben hock. Er kriegt Gott weiß was für an Beifall und i ned a amal a Vergeltsgott.«

»Gemeinheit!«, schimpfte Anna.

»Teilweise san des ganz linke Hund. Seither mach i gar keine Bücher mehr mit Sachen, de für so an Hoagartn was san. Meine guten Gedichterl, die geb i gar ned raus. Denn dann hams die alle a halbs Jahr später im Repertoire.«

»Und was is mit dem Vorstand, der muss doch dagegen was machen können«, überlegte Anna.

»Dem Verein zur Heimat- und Mundartpflege is des wurscht. Die Vortragsmafiosi san beliebt. Die ziehn d' Leut an und das interessiert den Vorstand. Bloß ned an denen ihrem Mythos kratzen. Ned verraten, dass die selber gar ned dichten. Es soll niemand wissen, dass de klau'n wie die Raben. Am End kommen nimmer so viel Leut. Mir und aa andere, die nur Sachen von sich selbst vortragen, passt des natürlich ned. Des spannens schon. Drum werd i von dene raus'druckt und darf nimmer so oft auftreten. Aber die Mafiosi, die bittens immer. Zum Glück san die vom Heimat- und Mundartpflegeverein ned die einzigen. Ich such mir halt a anderes Publikum.«

24
Stimpfle beißt sich fest

Die Art, in der Stimpfle energisch den Unterkiefer vorschob, als er am Donnerstagabend in sein Büro zurückkehrte, verhieß nichts Gutes. Sein Tag war nicht sehr erfreulich gewesen. Eigentlich hatte er nichts erreicht, obwohl er sich so viel erhofft hatte.

Weder die Vernehmung von Frau Singer noch die Durchsuchung ihrer Wohnung am Vortag hatten irgendetwas Greifbares erbracht. Heute wäre ihr Lebensgefährte, Herr van der Rongel, der Nächste gewesen, dem Lukas gerne auf den Zahn gefühlt hätte. Der Mord an Fink, zumindest das Hochziehen des Körpers, hatte eine gewisse Kraft erfordert. Zwar wirkte auch Frau Singer recht fit, doch sie war seiner Ansicht nach weniger kräftig als zäh und ausdauernd. Hier saß er vielleicht einem Klischee auf, doch Stimpfle hielt reine Kraftleistungen wie das Hochziehen halbtoter Apotheker an Brüstungsgeländern eher für ein männliches Ressort.

Van der Rongel passte wunderbar in ein Szenario, in dem Frau Singer und er gemeinsam beide Morde begingen, den ersten aus Geldgier und den zweiten, um den ersten zu tarnen. Stimpfle glaubte fest an diesen Tathergang, doch er konnte ihn nur mit windelweichen Indizien belegen. Er hatte nicht die Spur eines stofflichen Beweises in der Hand. Was nur daran liegen konnte, dass er van der Rongel immer noch nicht hatte vernehmen können. Denn der war, als Stimpfle um zehn Uhr bei ihm aufgetaucht war, nicht daheim gewesen. In seinem Fitnessstudio war er ebenfalls nicht. Es war sein freier Tag. Auch bei Frau Singer ging niemand ans Telefon. Beide Vöglein waren ausgeflogen. Noch war es natürlich zu früh, um von einer Flucht zu sprechen. Stimpfle blies also die geplante Vernehmung von van der Rongel ab. Von dieser Vernehmung erwartete er den Durchbruch. Beim geringsten neuen Verdachtsmoment würde er ruckzuck einen richterliche Haussuchung beantragen und sowohl das Fitnessstudio als auch die Wohnung von van der Rongel auf den Kopf stellen lassen. Doch ohne die Befragung gab es diese neuen Verdachtsmomente eben nicht. Er musste komplett umplanen. Der Bruder des Vergifteten hatte womöglich ja auch ein Motiv. Geld war wenig wahrscheinlich. Aber vielleicht gab es etwas anderes? Und ein Landwirt hatte womöglich Gift, um seine Scheunen von nagenden Untermietern frei zu halten.

Es erforderte einige Überredungskunst, mit dieser haarsträubend dünnen Indizienlage den Durchsuchungsbeschluss für den Singerhof zu erwirken. Als Stimpfle ihn am Ende bekam, wenn auch mit Einschränkungen, meinte er, eine gewisse Erleichterung beim unterzeichnenden Richter zu spüren, wie bei jemandem, der einen lästigen Hausierer losgeworden war.

Der Untersuchungsbeschluss bezog sich ausschließlich auf die Wirtschaftsgebäude des Singerhofes und nur auf die Suche nach Giftstoffen mit Blausäure. Damit ausgerüstet war die kleine Polizeitruppe kurz vor zwölf am Singerhof in Geroldshausen eingetroffen.

Der Hof lag nur ein paar Meter von der Hauptstraße entfernt, bestand aus drei Gebäudeteilen, die im Hufeisen zueinander standen: Wohnhaus rechts, Maschinenstadel links und der Stall hinten quer. Zur Straße hin war der Hof offen. Mitten in der gepflasterten Fläche zwischen den Gebäuden erhob sich auf einem fünf Meter hohen Mast ein wunderschöner Taubenschlag. Er war, wie auch die Fensterläden, in warmem Braun angestrichen. Alles wirkte sauber und aufgeräumt. Ein großer Türkranz mit blauer Schleife begrüßte die Polizisten, als Stimpfle schellte.

Ein Junge von etwa zehn oder zwölf Jahren mit grüngelb schimmernden Spuren unter der Nase öffnete, sah die Uniformierten und rief in den Flur hinein: »Mama, komm amal.«

Frau Singer trat aus der Küche, eine schlanke Frau um die fünfunddreißig, mit energischem Gang und schwarzgefärbter Kurzhaarfrisur. Gleich darauf polterte der Hausherr die Treppe herab.

Stimpfle stellte die Beamten vor und erklärte den Durchsuchungsauftrag. Dann bat er Singer, mit ihnen ins Präsidium zu kommen, da sich nun noch einige Fragen ergeben hätten.

»Könn' mer des nicht hier machen?«, fragte Singer.

»Des Präsidium wär scho der bessere Ort, Herr Singer. I han jetzt auch gar ned alle Unterlagen mit'bracht«, antwortete Stimpfle.

»Was wollens denn von ihm?«, fragte Singers Frau resolut. »Wollens sagen, er ist ein Verdächtiger?«

Stimpfle hörte durchaus den aggressiven Unterton in Frau Singers Stimme und verbuchte dies als weiteren Verdachtsmoment, sagte aber ganz gelassen: »Es isch nur eine Routinebefragung.«

Eine halbe Stunde später saß Singer in einem Vernehmungszimmer. Es war, anders als im Fernsehen, kein grauer, fensterloser Raum mit Beobachtungsspiegel, Tisch und Lampe, sondern ein aufgeräumtes, helles Büro mit Blick auf den Busbahnhof.

Stimpfle holte zwei Tassen Kaffee und eine vorbereitete Aktenmappe, dann erklärte er Singer seine Rechte und stellte fest, dass diese Befragung rein freiwillig sei. Er werde ein Tonband mitlaufen lassen, zu ihrer beider Sicherheit.

»Natürlich könnetse jederzeit sagen, ›Ich geh jetzt!‹«, erklärte Stimpfle. »Nur hilft uns das dann ned weiter. Wir möchten schon gern, dass der Tod von Ihrem Bruder aufgeklärt wird. Und wenn Sie nix sagen wollen, dann müsset mir uns natürlich darüber auch Gedanken machen, gell?«

Singer grunzte und nickte. Dann machte er bereitwillig Angaben zur Person.

»Wie isch denn des Verhältnis zu Ihrem Bruder g'wäh, Herr Singer?«, begann Stimpfle danach die eigentliche Befragung.

»Er is mein Bruder g'wesen!«

»Brüder, des waret Kain und Abel auch. Des alloi sagt no' ned so viel.«

»Kain und Abel! Ha! Schmarrn! Er ist der Pate von meinem Buben. Des sagt schon eher was aus. Mir ham uns gut verstanden. Aber jeder hat sein ei'gnes Leben g'habt. Mir san ned dauernd aufeinander g'hockt.«

»Er hat aber doch in Eschelbach g'wohnt, also gar ned so weit weg.«

»Naa, weit weg war's ned, aber doch so weit, dass man ned dauernd z'sammengluckt. Er hat sei Zeug g'macht und ich hab auch zum tun mit dem Hof!«

»Die Frau Singer, die kennen Sie natürlich.«

»Die Iris? Freilich! Ich war ja Trauzeuge damals.«

»Mögens die Frau Singer?«

»Mei, mir san immer gut ausgekommen. Aber …«, Singer unterbrach sich. »Na, na, na! Nix da. Wenn Sie meinen, dass da zwischen uns irgendwas war oder gar jetzt no' is, dann sans aber am Holzweg! Des is a rechter Schmarrn.«

»Sie wisset aber scho, dass die Frau Singer vielleicht den gröschten Teil vom Vermögen Ihres Bruders erbe wird, und ned Sie?«

Singer ballte die Faust, dann entspannte er sich wieder und antwortete leise, doch mit spürbar brodelnder Emotion: »Des is doch a Riesenhaufen Blödsinn! Mei' Bruder is tot. Der Bene, den i scho von klein auf kennt hab. Dem i des Radlfahr'n bei'bracht hab und wie ma a Zigarett'n raucht. Der mei'm Buam den Paten g'macht hat! Und Sie glaa'm im Ernst, i denk da zuerst ans Geld? Sauber! Sie möcht ich fei ned als Bruder ham!«

Die Aussicht, womöglich kein guter Bruder zu sein, kümmerte Stimpfle wenig. Er fuhr unbeirrt fort: »Dass Ihr Bruder so reich war, hat Sie das nie neidisch gemacht?«

»Na! Neidig bin i dem Bene nie g'wesen. Ich hab mich für ihn g'freut. 'S is ja aa ned so, dass die Glücksfee ihm einfach an Riesenberg Geld hing'schissen hätt. Des hat er schon alles selber g'macht. Er hat a technisch's Talent g'habt und so a tolle Idee. Des war allein seine Sach'. Ich hätt des nie können. Und dann war er aa noch so schlau, dass er seine Idee so gut vermarkten hat können. Das hätt i nia ned g'schafft. A Kramer bin i ned. I versteh was von Landwirtschaft, aber von Patenten versteh i nix. Außerdem is er nia a Geizkrag'n g'wen. Wenn was g'fehlt hat, hast nie betteln müssen. Damals, wie i den Hof übernommen hab, da hat er mich mit sei'm Pulver unterstützt.«

»Isch des denn nötig g'wäh?«

»Hmm, ja! Schon. Mei' Papa hat die letzten Jahr nur mehr weiterg'wurstelt. Was kaputt'gangen ist, hat er nur notdürftig g'flickt.

G'scheit repariert is da kaum mehr was worden. Investiert hat er eh nix mehr. Wie er dann den Hof überge'm hat, da war dann doch a recht a großer Nachholbedarf. Aber der Bene hat zu mir g'halten. Heit steht der Hof da wie a Einser und ich hab a gutes Auskommen. Was will ich denn mehr?«

»Dass er sich von seiner Frau hat scheiden lassen, was denken Sie, war da der Grund?«

»Wieso lassen sich die Leut scheiden? Mei … weil in der Ehe sich ned alle Hoffnungen erfüllen, die man vorher hat. Und wenn da einer meint, dass er zu schlecht abschneidet, dann geht's auseinander.«

»Und was hat Frau Singer für ihr Leben erhofft?«

»Fragens sie doch selber.«

»Ich frag aber Sie, Herr Singer!«

»Ich woaß ned, was sie erhofft hat. I denk halt, dass Eschelbach für sie dann doch zu klein war, zu sehr Land.«

»Wieso isch se dann ned weg, wie sie auszogen isch, nach Berlin oder Paris oder wenigstens nach München? Rohrbach isch ned grad a Metropole.«

»Herr Stimpfle, was wollens denn von mir? Ich bin immer gut mit ihr ausgekommen. Das stimmt schon. Aber i bin weder ihr Beichtvater noch ihr Vertrauter.«

Stimpfle versuchte es nun mit einem Themenwechsel: »Habetse eigentlich Ungeziefer auf ihrem Hof? Mäuse oder Ratten?«

»Meis und Ratzen hat's überall am Land. Aber wir ham was dagegen.«

»Was denn?« Stimpfle war gespannte Aufmerksamkeit.

»Karlo, Mimi, Lucky und Madame Lu.«

Stimpfle machte sich Notizen. »Sind das Ihre Kammerjäger? Kann i da die Adressen bitte han?«

»Die wohnen alle bei uns auf dem Hof. Des san unsere Katzen!«

Wütend auf sich selbst, diesem durchsichtigen Scherz aufgesessen zu sein, strich Stimpfle die Notiz durch. »Und Gift? Verwendetse au Gift auf dem Hof?«

»Naa!«, stieß Singer hervor. Es klang fast wie ein Lachen. »Gift findens bei mir sicher ned. I hab kloane Kinder! Des war mir vui zu g'fährlich! Außerdem bin i Biolandwirt. Wenn des in Kontakt mit meinem Sach kommt, kann i mei' Zertifikat glei' vergessen! A Gift gibt bei uns am Hof ned.«

Stimpfles Handy klingelte melodisch. Es waren die Kollegen, die die Durchsuchung beendet hatten. Sie bestätigten: Keine Spur von Gift auf dem Hof.

Auch nach einer weiteren Stunde war bei der Befragung nichts Besseres herausgekommen. Stimpfle bat einen Streifenbeamten, Singer auf den Hof zurückzubringen.

Er war frustriert und ging ins Spurenlabor. Vielleicht gab es ja hier etwas Neues, was den Fall erhellte. Linner zuckte mit den Achseln und brummelte verdrießlich, dann er reichte ihm ein Fax aus München.

»Da, lies amal, Stimpfle. Als hätten wir es nicht schon schwer genug. Jetzt kommen die im LKA-Labor mit so was daher. Schöner Kas«, grantelte er vor sich hin.

Stimpfle las und staunte: Die Untersuchung der eingereichten Probe der Kalium-Cyanid-Lösung war aufwendig analysiert worden. Die Hauptbestandteile waren Kaliumcyanid, Alkohol und Wasser. Doch es gab etliche weitere Zutaten, Hilfsstoffe und Beimengungen, oft nur als Spuren nachweisbar. Besonders diese Hilfsstoffe und Beimengungen hatten bei einem Datenbankabgleich einen Treffer erzielt. Die Zusammensetzung des Giftes war ähnlich der eines Präparates zur Schädlingsbekämpfung, das in den frühen Fünfzigerjahren in der UdSSR entwickelt und bis Mitte der Sechziger dort verwendet worden war. Es wurde aber, zumindest nach dem Kenntnisstand des LKA, niemals exportiert. Etwas Ähnliches sei im Westen gar nicht auf dem Markt gewesen. Die Industrie habe hier andere, spezifischere Gifte entwickelt.

»Heilix Blechle! Ja, leck mich doch am Arsch! Uraltes russisches Gift! Des isch ja Hammer! Des passt ja gar ned ins Bild!« Das Fax in der Hand und mit vorgestrecktem Unterkiefer strebte Stimpfle seinem Büro zu.

Freitag

25
Ein neuer Ansatz

Wimmer hatte schlecht geschlafen. Zuerst hatten ihn die Hopfenvögel wachgehalten und grübeln lassen. Hier ein Mordmotiv zu suchen, kam ihm absurd vor. Die Zwistigkeiten im Heimatpflege- und Mundartverein waren in seinen Augen längst nicht schwerwiegend genug, um einen Mord zu rechtfertigen. Ein ernster Streit wäre sicher Anlass für Ratscherei gewesen.

Die Polizei hatte Frau Singer ins Visier genommen, weil sie erben würde. Geld war ja auch da, genug für einen Mord. Hatten die Kriminaler deshalb recht? Doch würde sie ihn dann bitten, den Mörder zu finden, wenn sie es selbst gewesen war? Oder war hier eine Art Doppelbluff denkbar? Wimmer hielt das für wenig wahrscheinlich. Wozu sollte Frau Singer so etwas anzetteln? Sie konnte dabei nichts gewinnen, wohl aber, wenn Wimmer etwas herausfand, alles verlieren.

Dies alles in Gedanken bewegend, wälzte sich Wimmer lange hin und her, dann endlich schlief er ein. Doch auch seine Träume waren unruhig und unangenehm. Er tastete blind in einem wabernden Nebel herum und fand weder Halt noch Orientierung. Dann endlich lichtete sich der Nebel und er fand Frieden. Er stellte fest, dass er nun neben seiner Frau im Liegestuhl am Strand von Jesolo saß, wie sie es auf ihrer Hochzeitsreise getan hatten. Doch heute blickten sie nicht auf die blaue Adria, sondern auf die Hügel der Holledau. Sie schwiegen.

Am Freitagmorgen, nach dem Frühstück, setzte sich Wimmer noch einmal auf sein Sofa und überdachte den Fall. Er begann ganz am Anfang mit der Entdeckung, dass es sich bei Singer um einen Giftmord handelte. Also war er der Spur des Giftes gefolgt – zum Apotheker. Der, Herr Fink, schien schnell der Mörder zu sein. Doch nun war der arme Mann ebenfalls tot – auch ermordet, wenn auch auf andere Weise.

Dieser zweite Mord machte die Sache eher komplizierter als einfacher. Was immer sie sonst noch recherchiert hatten, finanzielle Zusammenhänge, die Beziehungen der beiden Mordopfer zu Frau Fink, die Hopfenvögel, all das half ihm nicht weiter. Immer, wenn er versuchte, es zu einem Bild zusammenzusetzen, ergab es keinerlei Sinn.

Es war so, als fehlte ihm noch ein wichtiger Puzzlestein, der die vorhandenen Elemente sinnvoll verband. Er hatte also nur noch nicht den richtigen Ansatzpunkt gefunden. Wimmer schloss die Augen. Warum konnte er ihn nicht finden? Weil das Fehlende nicht da lag, wo er es vermutete! Es war vielleicht etwas ganz anderes, etwas, was er bisher für unbedeutend gehalten hatte. Er musste in eine neue Richtung weiterforschen. Vielleicht gab es ja noch ein ganz anderes Motiv zu entdecken?

Er holte sich einen Kaffee und las alle seine Notizen durch. Ohne Geistesblitz. Dann nahm er Annas rosa Katzennotizblock, eng beschrieben in ihrer kugelig-runden Mädchenschrift. Da war auch nichts, was ihm weiterhalf, soweit er es erkenn–

Moment.

Was war denn das? Ja, sie hatte ihm davon erzählt, es war ihm nur durchgerutscht. Aber erst gestern wieder hatte Anna von einem Konzert mit siebentausend Besuchern gesprochen. Das könnte zusammenpassen und wer weiß?

Er blätterte zurück und las: »Steininger, Bassist von Singers Band, vllt. sauer auf Singer, weil Plattenvertrag geplatzt, sagt O. Andi.«

Wimmer hielt sich für nichts weniger als für einen Experten in Sachen Musik. Aber wenn eine Band vor so vielen Zuhörern bestehen konnte, dann konnte sie auch noch mehr Leute begeistern. Solch eine Band, das war selbst Wimmer klar, war massentauglich und damit interessant für die Musikindustrie. Womit der Fall wieder beim Geld angekommen war. Geld, das für die anderen Bandmitglieder sicher interessanter war als für Singer.

Da Wimmer nicht wusste, wo dieser Steininger, der Bassist, wohnte, konnte er seine Adresse nicht finden. Frau Fink wollte er nicht fragen und Frau Singer erreichte er nicht. Sie war nicht zu Hause und ihr Handy war abgeschaltet. Und ob der Bruder des Toten, Lorenz Singer, die Adresse des Bassisten kannte, war fraglich.

Vielleicht konnte er aber bei den Brautleuten etwas erfahren. Die hatte Wimmer ohnehin schon längst einmal besuchen wollen. Der alte Metzger zog sich den Mantel über und brach auf.

Bevor er nach Osseltshausen fuhr, hielt er an einem Blumenladen. Ein Sträußchen als Mitbringsel war nie verkehrt. Es dauerte ein wenig, bis die Blumenverkäuferin für ihn einen bunten Gruß gebunden hatte. Während er wartete, musste er sich von einer alten Frau erzählen lassen, was für schöne Blumen sie immer von ihrem Mann Jackelgotthabihnselig geschenkt bekommen hatte. Er war froh, als er den Laden endlich verlassen konnte.

Draußen hatte Schneeregen eingesetzt, deshalb stand er erst gegen halb elf auf dem Hof seiner Nichte in Osseltshausen. Er bewunderte den prächtigen und bunten Kindsbaum, der noch in der Hochzeitsnacht von der Dorfjugend aufgestellt worden war. Es war eine fast sechs Meter hohe Stange, wie ein Maibaum in weiß und blau bemalt und mit einem guten Dutzend Armen zu beiden Seiten. An diesen Armen aber hingen keine Ehrentafeln von Vereinen, sondern Kinderwäsche. Bekrönt war der Kindsbaum von einem überlebensgroßen Storchen. Ein herzförmiges Schild in Augenhöhe klärte jedermann auf, was man von den Brautleuten erwartete:

G'segnet sei des junge Paar
und wenn der treue Adebar
nach Jahr und Tag noch nix hat 'bracht,
na werd erneut a Fest'l gemacht.
Doch hat's a Kind in diesem Nest,
dann feiern mir erst recht a Fest.

Katharina freute sich sehr über den Besuch, kochte Kaffee und deckte den Tisch mit selbstgebackenen Weihnachtsplätzchen. Auch Thomas kam aus seinem Büro, wo er versucht hatte, im Internet geeignetes Sperma für seine Kühe zu ordern. Doch das konnte warten.

Eine Weile erzählte das junge Paar von seiner Hochzeitsreise nach Schottland und den langen Wanderungen dort. Katharina schwärmte von den herzhaften britischen Käsesorten, während Thomas die alten schottischen Rinderrassen pries.

»Es gibt da weit mehr als nur die Angus- und Galloway-Rinder, die man heute ja schon fast überall findet. Mal sehen, wenn es gut läuft, vielleicht schaffe ich es, mit ein paar Kyloe-Rindern hier etwas aufzubauen. Oder vielleicht mit Dexter-Rindern.«

Nach einer Weile kam man auch auf Singers Ableben zu sprechen.

»Wie seids denn eigentlich auf den gekommen, als Lader?«

»Mir ham ihn schon bei anderen Hochzeiten erlebt. Der hat uns 'taugt und a Band hätten wir ja eh 'braucht«, erklärte Katharina dem Onkel. »Da hatt mer dann alles aus einer Hand.«

»Außerdem kenn ich den Steini noch vom Handballverein«, erklärte Thomas.

»Der ›Steini‹, des is der Bassist g'wesen?«, fragte Wimmer.

»Genau, der Steininger Lorenz.«

»Steininger … Steininger … sag, ist des der Steininger von Oberlauterbach?«, fragte Wimmer und angelte nach genaueren Informationen. Einen Steininger kannte er in Oberlauterbach gar nicht.

»Naa! Der is von Au«, korrigierte Thomas Wimmer brav.

Sie plauderten noch eine Weile weiter über dies und das. Als Katharina mit der Zubereitung des Mittagessens begann, verabschiedete sich Wimmer.

Zum Mittagessen bei Karola kam er gerade noch rechtzeitig. Später hielt er mit Anna in seinem Zimmer Kriegsrat.

Wimmer war dafür, den Steininger direkt auf die Gerüchte anzusprechen, während Anna ihn lieber unauffällig aushorchen wollte.

»Und wie willst des denn anstellen, Anna? Ich muss sagen, mir fällt langsam nix mehr ein.«

»Vielleicht finden wir ja was, wenn wir mehr über ihn herausbekommen.«

»Du meinst …?«

»Wir können ja mal schau'n, was das Internet über ihn weiß.«

Es zeigte sich, dass das Netz nur wenig über ihn preisgab. Es gab ein paar Einträge über Auftritte, bei denen er mit Singer gespielt hatte, eine Notiz, dass er mit einer Handballmannschaft vor mehr als zehn Jahren einen Pokal auf Kreisebene errungen hatte, und schließlich seine Adresse mit Telefonnummer. Er war mit einem Schlossereibetrieb eingetragen.

»Das hilft ja nicht wirklich weiter«, brummte Wimmer missmutig.

»Ach geh! Opa, bisher sind dir doch noch nie die Ideen aus'gangen!«

Am Nachmittag, gegen drei Uhr, ging Wimmer hinaus, noch »Besorgungen machen«. Tatsächlich hatte er immer noch nicht alle Weihnachtsgeschenke beisammen. Immerhin hatte Thomas ihn auf eine Idee für seinen Schwiegersohn gebracht. Auch Sebastian wusste schöne Rinder zu schätzen. In Frau Kawaschs Marktbuchhandlung würde er für ihn einen Bildband über edle englische Rindviecher bestellen. Karolas Weihnachtswunsch zu erfüllen, sah er sich nicht imstande: »Dass du aufhörst mit dem Schmarrn und dir endlich einen anständigen Zeitvertreib suchst!«, hatte sie ihn erst neulich formuliert. Sie würde sich mit drei schönen Büchern zufriedengeben müssen: »Ideen fürs Catering«, »Neue Ideen fürs Catering« und »Modernes Catering«.

Für Anna hatte er schon lange etwas gefunden.

Er war gerade auf dem Weg zur Garage, als ihm Anna mit einer Tüte entgegenkam.

»Na? Warst einkaufen?«

Sie grinste, antwortete aber nicht, sondern setzte sofort zum Gegenangriff an. »Und du willst jetzt zum Steininger?«

»Magst mitkommen?«

»Gerne.«

Die Weihnachtseinkäufe konnten noch ein wenig warten.

Der Weg nach Au dauerte etwa zwanzig Minuten. Zum Glück war die Schlosserei nicht schwer zu finden. Direkt an der Hauptstraße durch den Ort war ein mittelgroßer Lastwagen geparkt, auf dessen Ladefläche ein verzinktes Geländer für ein Treppenhaus verzurrt war. Auf den Türen konnte man »Schlosserei Steininger« lesen.

Dahinter stand ein zweistöckiges Haus mit kunstvoll geschmiedetem Balkongeländer. Im Erdgeschoss war die Werkstatt untergebracht. Eine große zweiflüglige Tür aus Eisenrahmen mit Drahtglas trug schmucklos den Namen des Eigentümers: Lorenz Steininger.

Drinnen war es still, doch die Tür war unverschlossen. Wimmer trat ein. Ein junger Mann mit Akne, der Lehrling, vermutete Wimmer, fegte die aufgeräumte Werkstatt.

»Servus, is der Moaster da?«

Der Meister – es war der Bassist – kam und Wimmer begann mit ihm über ein schmiedeeisernes Grabkreuz für seine Frau zu sprechen. Nach drei halsbrecherischen Themenwechseln gelang es Wimmer schließlich, das Gespräch auf Singer zu lenken. Steininger machte einen sehr betroffenen Eindruck.

Wie abgesprochen erzählte dann Anna, was sie auf dem Weihnachtsmarkt gehört hatte. Als der Schlosser hörte, dass er dort als Mordverdächtiger gehandelt worden war, brach er in schallendes Gelächter aus.

Auf der Heimfahrt fragte Anna: »Du, Opa, glaubst du dem Steininger?«

»Dass das ein ganz ein unseriöses Plattenangebot war? Ein echter Schmarrn und viel zu teuer? Dass von der Band keiner vorgehabt hätt, so a Platten zu machen – für zehntausend Euro? Was denkst du, Anna?«

»Ich hab keine Ahnung.«

»Ich weiß auch nicht, ob wir das glauben sollen oder nicht. Ich kenn mich im Musikgeschäft ja gar nicht aus.«

26
Weichgekocht

Für die SoKo »Kirchturm« begann der Freitag ein wenig später als sonst, erst gegen zehn Uhr, mit einer Teambesprechung. Das gestrige Fax vom LKA sorgte noch immer für fröhliches Rätselraten.

»Russengift? Echt? Da legst di nieder!«, kommentierte Thalmayr den Bericht über das russische Gift. Linner pfiff leise durch die Zähne. Aschenbrenner, Schüssel und Daschner schwiegen.

»Und niemand von unseren Verdächtigen hat irgendeine Verbindung nach Russland«, seufzte Konrad.

»Na ja … der Herr Fink kommt aus dem Oschten«, meinte Stimpfle.

»Aus Sachsen. Das ist nicht gerade Russland«, wandte Daschner ein.

»Aber dort konnte er in seiner Jugend leichter Kontakte nach Russland knüpfen als jemand im Westen«, beharrte der Schwabe bockbeinig. »Mer könntet alle Kontakte von Fink nach Hinweisen durchsuchen, wo auf Russland hinweisen.«

»Wie sicher ist es denn, dass es im Fall Fink kein Selbstmord gewesen ist?«, wollte Schüssel wissen. »Könnt es nicht vielleicht doch einer gewesen sein?«

»Nein! Völlig ausgeschlossen!«, widersprachen Linner und Thalmayr unisono. »Dafür war der Strick einfach zu kurz. Der Fink hätte in die Schlinge hineinhüpfen müssen. Außerdem haben wir am Geländer Abriebspuren vom Hochziehen gefunden«, ergänzte Linner. »Ich würd ja die verflixte Sache auch gerne vereinfachen, doch die Spuren sagen da leider was komplett anderes. Tut mir leid.«

»Und die Idee von Stimpfle, dass ein Bekannter vom Fink, einer aus dem Osten, da mit drinsteckt?«, fragte Konrad in die Runde.

»Klingt ein wenig verzweifelt«, meinte Aschenbrenner.

»Stimmt«, gab Konrad zu. »Doch da wir nichts Besseres haben, gehen wir diesem Ansatz trotzdem nach. Vielleicht kommt ja irgendetwas dabei herausraus. Herr Schüssel, Sie beantragen Auskunft über die Telefonverbindungen vom Fink: Festnetz, Apotheke und Handy. Ansonsten, weiter wie bisher. Stimpfle, Sie nehmen sich den Lebensgefährten von Frau Singer vor?«

»Genau. Der steht ganz oben auf der Liste.«

»Dann, meine Herren, ans Werk!«

VDR-Fit, das Fitnessstudio von Philipp van der Rongel, lag im Süden von Ingolstadt und warb mit großen orangeroten Lettern für Schönheit, Fitness, Gesundheit und Attraktivität. Stimpfle fühlte sich hier fehl am Platz. Er hielt sich fit, bei gutem Wetter mit Laufen und bei schlechtem Wetter mit rustikalem Zirkeltraining. Reckstangen, Sprossenwände und ein paar Turnbänke, als Gewichte Medizinbälle, mehr brauchte es nach Stimpfles Meinung nicht, um den ganzen Körper binnen zwei Stunden völlig zu erschöpfen – und das praktischerweise zum Nulltarif. Die Polizeisportgruppe bot zweimal in der Woche genau dieses Programm unter harter, aber fachkundiger Leitung an und er ließ sich immer wieder gerne an die Grenzen seiner Leistungsfähigkeit führen.

Um halb zwölf Uhr stand er nun an einer langen Bar, hinter der ihm ein Modellathlet im Kapuzenshirt mit VDR-Logo einen Saft ausgab, und sah dem Lebensgefährten von Frau Singer zu, wie er eine Gruppe Damen aufwärmte, bevor er sie auf seine Geräte losließ.

Diese Geräte standen überall im Raum verteilt, vielgestaltige Monster aus Stahl und Polstern, jedes für sich ein Spezialist für bestimmte Muskelgruppen mit komplexen Seilzug- und Gegengewichtsmechaniken. Stimpfle zählte mehr als zwei Dutzend dieser Ungetüme, dazu sechs Laufbänder. Nach ein paar Minuten waren die ersten Damen rot angelaufen und Herr van der Rongel beendete das gemeinsame Aufwärmen. Er wies die Damen an den Geräten kurz ein, dann kam er an die Bar. Stimpfle zog seinen Dienstausweis und stellte sich vor. Van der Rongel war wenig beeindruckt.

»Wie kann ich Ihnen behilflich sein?«

»Sie sind der Lebensgefährte von Frau Singer, die die Ehefrau von dem Mordopfer ist.«

»Und?«

»Nun, wir dachten, Sie könnten uns helfen, die Hintergründe aufzuhellen. In so einem Fall ist alles für uns wichtig.«

»Mijnheer Stimpfle, ich möchte ja nicht unkooperativ erscheinen«, begann van der Rongel und wurde nun genau das. »Ob Frau Singer und mich etwas Persönliches verbindet, ist völlig unerheblich. Sie ist auch Mitglied hier im Fitnessclub und die Angelegenheiten unserer Mitglieder werden streng vertraulich gehandhabt. Ich sehe nicht, wie ich Ihnen weiterhelfen kann.«

»Wann haben Sie Frau Singer zum letzten Mal getroffen?«, fragte Stimpfle weiter.

»Fragen Sie das doch Frau Singer. Ich werde nichts über meine Kundinnen und Kunden sagen«, meinte Herr van der Rongel mit einem frostigen Lächeln.

Zwei Stunden später war sein Lächeln einer kalten Wut gewichen. Zwei Uniformierte hatten ihn mit einer Vorladung vor den Augen der trainierenden Damen abgeholt, zwar nicht in Handschellen, aber ohne jeden Versuch, unauffällig zu sein. Nun wartete er schon eine halbe Stunde in einem leeren Büro im Polizeipräsidium.

Endlich erlösten ihn Stimpfle und Daschner. Sie belehrten ihn über seine Rechte und begannen, die Personalien aufzunehmen.

»Was soll der Zirkus hier? Ich habe ein Geschäft zu leiten!«, beschwerte sich van der Rongel laut und motzig.

»Und mir führe hier a Mordermittlung. In Ihrem Fitnessclub waret Sie ja nur wenig auskunftsfreudig. Mal gucken, wie es hier isch«, meinte Stimpfle gelassen. Nun war er es, der frostig lächelte.

»Was die Mitglieder von meinem Club angeht, werde ich aber schweigen müssen. Also können wir uns das alles auch schenken«, fauchte der Holländer.

»Oh nein. Das hier hat schon seinen Sinn«, erklärte Julia Daschner freundlich lächelnd. »Selbst wenn Sie nichts sagen. Ihre Fingerabdrücke brauchen wir in jedem Fall, damit wir sie mit anderen Spuren abgleichen können – und Ihre DNA auch. Wollen Sie freiwillig kooperieren? Ich hätt sonst noch einen richterlichen Beschluss da, wenn es Ihnen anders lieber ist. Wollen wir rübergehen?«

Nach zwanzig Minuten führte Julia Daschner ihn wieder ins Vernehmungszimmer, wo Stimpfle scheinbar seelenruhig in einer Mappe las.

Als sich van der Rongel nun niederließ, hockte er leicht schräg auf dem Stuhl, nur auf einer Backe, den Körper der Tür zugewandt. Die Hand vor der Brust ballte eine Faust, die des anderen Arms packte den Ellbogen. Die Körpersprache war eindeutig: Sie hatten van der Rongel viel von seinem Schneid abgekauft, ihn in die Defensive gedrängt und wütend gemacht. In ihm rangen Fluchtreflexe mit Verteidigungsinstinkten und gemeinsam machten sie seinem Verstand die Herrschaft streitig. Er war bereit zur Befragung.

Stimpfle lächelte und wies ihm einen Ausweg aus seiner Misere: »Schauetse, Herr van der Rongel, uns geht es doch überhaupt ned um das, was Frau Singer im Fitnessstudio macht. Soweit es um Frau Singer als Ihre Kundin geht – oder um Ihre anderen Kundinnen und Kunden, da wollet mer ja auch gar ned indiskret fragen und Sie zu em Vertrauensbruch nötigen. Doch wenn die Frau Singer ned bei Ihnen turnt, wenn Sie die Frau Singer außerhalb vom Fitnessclub sehen, dann isch des doch nix Betriebliches mehr. Dann isch doch das a Sach' von der Privatperson van der Rongel. Und vor allem diese Privatperson, die wollet mer a bissle befragen.«

Van der Rongel sagte nichts, sah allerdings nach wie vor verdrossen aus. Daschner übernahm jetzt die Befragung.

»Sie fahren einen grünen Nissan?«

Der Fitnesstrainer hatte eine Frage aus dieser Richtung überhaupt nicht erwartet und nickte verblüfft. »Einen grünen Dreihundertsiebziger z. Richtig«, sagte er.

»Sieht gut aus, richtig flott. Schöner Wagen.« Daschner hakte bei diesem unverfänglichen Thema nach, um den Mann ans Reden zu gewöhnen. »Originallackierung ist das aber nicht, oder?«

»Nein. So kommt der nicht ab Werk an.«

»Tiefergelegt haben Sie das Auto auch und Sportfelgen hat er. Sehe ich das richtig?«

»Ja. Ist aber alles eingetragen. Auch die Auspuffanlage.«

»Oh, da bin ich sicher«, meinte Daschner freundlich. »Ich meine ja nur, dass man dem Wagen ansieht, dass Sie ihn mögen.«

»Ist schon eine lustige Kiste.«

»Was hanse denn reing'steckt, wenn ich amal so fragen darf?«, übernahm Stimpfle wieder die Gesprächsführung.

»So alles in allem – knapp elftausend Euro zusätzlich. Die Lackierung ist von einem Bekannten, der mir im Preis entgegengekommen ist.«

Nun machte Stimpfle ernst und begann, das Auto mit dem Fall zu verbinden. »Der Wagen ist neulich bei Frau Singer gesehen worden«, stellte er fest. »Haben Sie sie besucht, am Dienstag?«

»Ja«, gab van der Rongel zu.

»Mal vom Kundenverhältnis in Ihrem Fitnessstudio abgesehen – wie würden Sie Ihr Verhältnis beschreiben?«

»Potverdulleme! Dat is zwaar klote – totaler Quatsch! Ja! Ich bin ihr Lebensgefährte. Das hat sie Ihnen doch auch schon gesagt. Seit knapp einem Jahr sind wir ein Paar. Was fragen Sie denn so dumme Sachen, die Sie doch schon längst wissen!« Van der Rongel verlor die Nerven. Für die Kommissare das Zeichen, den Ton noch einmal zu verschärfen und das Tempo weiter anzuziehen.

»Das ist kein Quatsch«, erklärte Julia Daschner rasch. »Wenn Sie uns bestätigen, was Frau Singer sagt, ist das für uns wichtig. Wo haben Sie Ihre Lebensgefährtin denn kennengelernt?«

Nach dieser Frage schwiegen die Ermittler erwartungsvoll. Das Schweigen zog sich hin. Unangenehme Stille lastete irgendwann auf van der Rongel. Er meinte zu spüren, dass die kalten Blicke der Polizisten ihn durchbohrten wie Nadeln. Diese Stille hielt er nicht gut aus. Also füllte er sie schließlich und erzählte ihnen etwas. Möglichst etwas Belangloses. Doch damit waren Daschner und Stimpfle nicht zufrieden. Immer wieder hakten sie nach oder formulierten die Frage anders. Mit geschickter Gesprächsführung und nicht zuletzt dank des Einsatzes der quälenden Stille erfuhren sie am Ende, was sie wissen wollten.

Die Befragung dauerte über eine Stunde. Mehrfach wurden Frau Singers Aussagen durchgekaut und andere Aspekte aus verschiedenen Perspektiven hinterfragt. Mehr als nur einmal wurde der Fitnesstrainer nach Verbindungen zu Leuten aus dem ehemaligen Ostblock befragt. Er hatte dafür schließlich eine Erklärung verlangt.

»Oh … wir müssen nun mal alles genau überprüfen«, meinte Stimpfle dünn lächelnd und hatte damit genaugenommen rein gar nichts erklärt.

Als sich Stimpfle und Daschner endlich erhoben und ihm für die Mitarbeit dankten, war van der Rongel blass, verschwitzt und fühlte sich erschlagen. Er brauchte frische Luft. Am Busbahnhof vor dem Präsidium pumpte er sich die Lungen voll.

Allmählich wurde ihm klar, dass er weit mehr erzählt hatte, als er eigentlich vorgehabt hatte, und er begann sich zu ärgern. Er war den Polizisten auf den Leim gegangen.

27
Mit Musik geht's besser

Etwa zu der Zeit, als van der Rongel mit einem Anflug von Hilflosigkeit die Busfahrpläne vor dem Polizeipräsidium studierte, um in sein Fitnessstudio zurückzukommen, war Ludwig Wimmer wieder einmal in Pfaffenhofen bei Intakt, dem Laden für Musikinstrumente mit angeschlossener privater Musikschule. Auf seiner endlos scheinenden Suche nach einem Zeitvertreib hatte er im vergangenen Jahr dort eine Gitarre und etwas später ein Schlagzeug gekauft. Seine Liebe zur Musik war bislang von dieser nicht erwidert worden. Da er für beide Instrumente keinerlei Begabung offenbart hatte, waren sie längst in Hände übergegangen, die mehr mit ihnen anzufangen wussten. Nun versuchte es Wimmer ein drittes Mal und zum ersten Mal mit unredlicher Absicht. Er war nicht gekommen, um ein neues Instrument zu lernen. Er wollte plaudern und nach Informationen schürfen. Nur deshalb gab er vor, sich an der Zither versuchen zu wollen.

Der Chef, Herr Herrmann, erkannte Wimmer gleich wieder. Er sah ihn gerne, denn dieser Kunde war kein Besserwisser gewesen und hatte sich willig beraten lassen. Zweimal hatte er nicht das billigste Instrument genommen, wie es Anfänger zum Ausprobieren recht gerne machen, sondern war gleich in der mittleren Preisklasse eingestiegen. Dies war für den Schüler langfristig sinnvoll und für das Geschäft sowieso.

»Ich tät mich für a Zither interessieren«, eröffnete Wimmer das Gespräch, »weil, es soll schon auch was sein, was a bisserl volkstümlich ist.«

»Warum nehmen Sie dann nicht Ihre Gitarre? Ich erinnere mich, Sie haben doch damals so eine schöne Konzertgitarre gekauft, mit Fichtendeckel, Zargen aus Palisander und mit ganz vollem, samtigem Klang. Damit kann man prima traditionelle Stubenmusik machen.«

»Ach wissens, die war so unbequem zu halten, und die Finger, da hat man ja an Krampf bekommen. A Zither, denk ich mir, die liegt halt schön am Tisch, da tu ich mir leichter.«

In genau diesem Moment wusste Herr Herrmann: Die Zither, der Wimmer eine angenehme Melodie entlocken konnte, war noch nicht gebaut und vermutlich würde man sie nie bauen. Herrmann hatte nun die Wahl, dem Kundenwunsch zu entsprechen und ihm eine Zither zu verkaufen, mit der Wimmer noch sicherer scheitern würde als mit der Gitarre. Oder er konnte versuchen, Wimmer etwas ganz anderes zu verkaufen, etwas Einfacheres, womit er vielleicht eher glücklich werden würde. Die erste Möglichkeit brachte schnelles Geld, die zweite war mühsam, doch wenn es gelang, würde Herrmann sich am Abend besser fühlen. Einstweilen zeigte er ein paar Zithern und begann ein Gespräch über Volksmusik. So schob er die Entscheidung fürs Erste auf.

»Ich hätt ja ned gedacht, dass jemand wie Sie sich auch für Volksmusik interessiert. Zu Ihnen hätt ich g'meint, passt so was wie da drüben viel besser«, meinte Wimmer und deutete auf die grellbunten E-Gitarren, die im Regal standen.

Herrmann nahm eine rot getigerte Rockgitarre aus dem Ständer, stöpselte sie in einen Verstärker ein und meinte beschwingt: »Stimmt schon, die hier hab ich auch zu Hause. Aber wissen Sie, Musik ist Musik und wir spielen doch alle mit den selben zwölf Tönen.«

Damit begann er die Gitarre erstaunlich leise und sanft zu spielen. Seine Finger flogen über das Griffbrett, organisierten sich schließlich im Zwei-Vierteltakt und Wimmer erkannte im metallisch scharfen Singen der Saiten plötzlich ein bayrisches Kinderlied, das er fast schon vergessen hatte. Er lachte und sang den Refrain mit: »Geh, mei Bibihenderl, geh, Bibi, geh, mei Bibihenderl, jetzt duckst di.«

»Wissen Sie, jeder Musiker mag was anderes. Doch wenn es ein echter Musiker ist, wird er immer die Leistung von anderen anerkennen – auch wenn die was ganz anderes machen. Und ganz spannend wird es, wenn Musiker miteinander spielen, die in unterschiedlichen Musikrichtungen daheim sind. Da kommen dann oft ganz tolle Sachen raus.«

»Das nennt man dann Crossover, gell?«

»Wie man es nennt, ist letztlich wurst, wichtig ist, dass es gut klingt.«

»Ham Sie den Singer Bene gekannt, der neulich gestorben ist? Der hat doch auch so Crossover gemacht.«

»Ja. Den hab ich gekannt. Nicht gut, aber ein paar Mal habe ich ihn schon gehört. Leider zu selten. Dass der so lange mit den Betonschädeln vom Heimatpflege- und Mundartverein gespielt hat, das habe ich nie so ganz verstanden.«

»Betonschädel? Wie meinens das?«

»Ich will niemandem zu nahe treten. Aber die Leute in dem Verein vertreten schon eine recht dogmatische Auffassung davon, was Volksmusik ist, was sie darf und vor allem, was sie nicht darf.«

»A geh … und so was wie des Bibihenderl von eben?«

»Auf einer E-Gitarre? Das wäre für die eine Katastrophe! Mit so was braucht man da gar nicht aufzutauchen.«

»Der Singer, hab ich gehört, hätt a Platte machen können. Ist das normal, dass man da dann zehntausend Euro zahlen soll?«

»Ach je. Nein. Solche Angebote gibt es zwar immer wieder, aber sie sind unseriös. Wer so etwas anbietet und verspricht, dass er eine Band groß rausbringt, der lügt. Das sind alles Gauner. Echte Plattenfirmen, die es ernst meinen, die produzieren die Künstler umsonst und zahlen ihnen Tantiemen. Doch an diese Plattenverträge kommt man natürlich nur schwer ran.« Herrmann zeigte auf ein paar CDs von lokalen Künstlern. »Schauen Sie hier. Das sind selbstproduzierte CDs. Für die eigenen Konzerte, Freunde und ein paar Fans kann man inzwischen recht preisgünstig selbst CDs aufnehmen. Jeder engagierte Musiker mit ein wenig Equipment kann das machen und die CDs zu brennen ist auch kein Hexenwerk. Wer stattdessen auf diese *Plattenangebote* hereinfällt, ist entweder völlig ahnungslos oder bescheuert. Oder beides. Falls Singer solche Angebote gehabt hat, kann ich mir nicht vorstellen, dass er darauf eingegangen wäre.«

Am Ende kaufte Wimmer keine Zither, sondern eine Autoharp, ein eher seltenes Instrument, das aus der amerikanischen Folkmusic stammt. Es war eine Art Zither, aber mit einer trickreichen Mechanik. Auf einer Brücke, die sich quer über alle Saiten spannte, bot sich der Hand ein Dutzend weißer Knöpfe an, beschriftet mit den Bezeichnungen von Akkorden. Drückte man einen Knopf, so wurden alle Saiten stumm geschaltet, die nicht zum angegeben Akkord gehörten. Die andere Hand musste nur über die Saiten streichen und konnte gar nichts anderes spielen als den sauberen Akkord. Wimmers Problem mit den komplizierten Griffen auf der Gitarre, das mit einer Zither noch weit schlimmer geworden wäre, hatte sich damit in Luft aufgelöst.

Anna fand Wimmer in seinem Zimmer, wo er mithilfe eines Liederbüchleins, in dem auch Akkorde standen, eifrig Weihnachtslieder probte. Es klappte noch nicht so recht, denn Wimmer musste ständig zwischen Notenheft und Instrument hin- und herblicken, doch es klang schon bei diesem ersten Ausprobieren weit besser als jeder Musizierversuch zuvor.

»Du, Opa, ich hab was herausg'funden.«

»Was denn, Anna?«, fragte Wimmer, legte sein Instrument zur Seite und lehnte sich zurück.

»Der Steininger, der Bassist, der hat doch gesagt, dass sie nie vorgehabt hätten, so eine Platte zu machen. Weil ihnen das zu teuer war. Hat es geheißen.«

»Ja?«

»Ich hab meinen Musiklehrer gefragt. Solche Angebote gibt es wirklich manchmal. Und die sind sehr unseriös.«

»Dasselbe hab ich heute auch erfahren. Ich denk', der Herr Steininger wird uns da nicht angelogen haben.«

»Dann ist der auch unverdächtig?«

»Ja. Es sei denn, dir fällt noch ein Motiv für ihn ein. Ich wüsst keins. Außerdem war in dem Trio der Singer eh der Aktivste. Der Steininger hatte schon genug von den vielen Auftritten und, wenn wir ihm glauben dürfen, auch dem Mann am Keyboard. Die ham ja alle noch einen Beruf und a Familie nebenher. Er hat's zwar ned klar gesagt, aber ich glaub nicht, dass die so schrecklich traurig g'wesen wär'n, wenn der Singer woanders mitspielt. Wir sollten mit der Band weitermachen, mit der er das große Konzert gegeben hat.«

Anna holte ihren Rechner und sie suchten nach »Jurataler Stubnrocker«.

»Schau mal hier, fällt dir was auf?« Anna deutete auf eine Liste von Einträgen im Online-Archiv des »Donaukurier«. »Guck dir mal das Datum an!«

»Ich seh's. Sie haben zehn Jahre lang eine Pause gemacht. Vorher, da sans drei-, vier- oder fünfmal im Jahr in der Zeitung gewesen und dann plötzlich gar nicht mehr. Und dann gebens ein Konzert mit dem Singer, haben riesigen Erfolg und dann ist der Singer tot. Ist da ein Zusammenhang?«

»Was denn für ein Zusammenhang?«

»Ich weiß ned, aber seltsam ist es schon.«

»Schau mal hier, Opa!«, rief Anna und klickte auf den kurzen Artikel. »Da steht ein Name als Bandleader.«

»Rudolf Gellner aus Unteremmendorf«, las Wimmer. »Den Namen hat auch die Frau Singer erwähnt.«

Eine Minute später wussten sie, dass er eine kleine Firma leitete, die Hörbücher aufnahm und produzierte. Darüber hinaus kannten sie seine Adresse und seine Telefonnummer.

Sie brauchten eine halbe Stunde, um sich ein glaubhaftes Anliegen auszudenken, mit dem sie ihn besuchen und aushorchen konnten. Als sie ihn anriefen, ging aber niemand ans Telefon. Auch nicht eine Stunde später. Nach zwei Stunden ebenso wenig wie nach vieren.

Bevor Anna ins Bett ging, versuchte sie es anders. Nach einer halben Stunde klopfte sie bei ihrem Opa. »Du, der Gellner ist in Urlaub!«

»Woher weißt du denn das?«

»Er hat's mir gemailt.«

»Wie bitte?«

»Ich hab gedacht, ich schreib ihm eine E-Mail. Nicht mit meinem normalen Namen. Natürlich nicht. Aber wenn er so gar nicht ans Telefon geht – vielleicht geht es ja mit einer E-Mail besser.«

Wimmer hörte staunend zu, wie Anna einen Otto Griesinger erfunden hatte, der seine spannenden Lebenserinnerungen als Stellwerksleiter auf dem Nürnberger Rangierbahnhof aufgeschrieben hatte. Nun wollte er nach einem Kostenvoranschlag fragen, um das hundertfünfzigseitige Buch »Über dem Fahrdraht« zu vertonen.

»Für diesen Otto Griesinger hab ich ein neues E-Mailkonto angelegt, bei einem Onlinedienst. Da deutet dann nichts auf dich oder mich hin. Alles, was der Herr Gellner lesen kann, ist, dass die Mail von einem OGriesinger51 kommt.«

»Aha. So einfach geht das? Sauber! Gut gemacht soweit. Und auf diese E-Mail hat er reagiert? Wieso geht er dann nicht an sein Telefon, der Aff'?«

»Weil er doch im Urlaub ist!«, rief Anna. »Er hat mir nicht persönlich geschrieben. Aber sein E-Mail-Programm hat geantwortet, dass er ned da ist. Ich hab so a Out-of-office-note bekommen. Des geht ganz automatisch. Die bekommt jeder zugeschickt, der ihn anmailt. Und da steht drin, dass er allen schöne Feiertage wünscht und erst nach den Weihnachtsfeiertagen wieder erreichbar ist.«

Samstag

28
Vorweihnachtlicher Eifer

»Meine Damen und Herren, wie schaut die G'schicht denn inzwischen aus?«, fragte Konrad am Samstagvormittag bei der Besprechung um 9.30 Uhr in die Runde. Dass seine SoKo-Beamten auch am Samstag zum Dienst erschienen, war angesichts zweier zusammenhängender Mordfälle, die noch immer ihrer Aufklärung harrten, zu erwarten gewesen. Sogar Frau Dr. Müller war gekommen. Doch kaum einer wollte sich nun äußern.

»Ich weiß ja, dass es uns allen nicht passt, aber wir kommen nicht so recht weiter«, meinte Frau Dr. Müller schließlich und goss damit den allgemeinen Missmut in Worte. »Am Montag ist schon Heiligabend. Was denken Sie? Finden wir den Mörder über das Wochenende und können dann entspannt Weihnachten feiern?« Sie blickte zu den Spurenfachleuten. »Herr Linner, Herr Thalmayr? Haben Sie etwas, was raschen Erfolg verspricht?«

Die beiden Polizisten sahen sich an und zuckten mit den Achseln. Thalmayr antwortete.

»Frau Doktor Müller, das wissen wir nicht. Wir haben zumindest keine heiße Spur. Wir haben dieses Russengift, doch wir wissen nicht, wie das ins Bild passt. Eine isolierte Spur, die mit nichts und niemandem in Zusammenhang zu bringen ist, ist nicht viel wert. Der neue Tatort hat uns wieder eine Menge neuer Beweisstücke geliefert. Was da an Spuren noch alles herauskommt, wird sich zeigen. Doch diesen Haufen Beweismittel zu analysieren, das dauert seine Zeit. Im Moment würde ich sagen: Nein. Wir haben nichts, von dem wir eine Lösung bis übermorgen erwarten dürfen.«

»Herr Aschenbrenner?«

»Mit der Prüfung der Bank- und sonstigen Unterlagen von den Singers und Finks bin ich fast fertig. Da kann ich bis morgen den Bericht vorlegen. Doch ich hab nichts gefunden, was den Mord neu beleuchtet. Auch nichts Osteuropäisches.«

»Herr Schüssel?«

»Ich bin noch beim Abgleichen und Gegenprüfen der Telefonunterlagen … bislang zeichnet sich auch dort kein Durchbruch ab.«

Frau Dr. Müller wandte sich an Stimpfle und Daschner. »Herr Stimpfle, wir haben ja gehofft, Ihre Romanthese ist eine Abkürzung.«

»Ich …« Stimpfles Stimme versagte. Nun musste er zugeben, dass seine schöne Theorie trotz seiner neulich vorgetragenen Statistiken eine Pleite gewesen war.

»Immerhin haben wir so beizeiten einen schönen Einblick in die Verflechtungen des Falls bekommen«, sprang Konrad seinem Assistenten bei. »Auch wenn wir nicht – noch nicht – den Mörder gefunden haben, war dieses Vorgehen insgesamt schon ein Erfolg. Polizeiarbeit bedeutet halt oft, Vermutungen auszuschließen, und das heißt nun mal, dass man viele Wege einschlagen muss, auch viele falsche Wege, weil man leider nur so den richtigen findet. Abgesehen davon: Wir hätten sowieso all diesen Leuten früher oder später auf den Zahn fühlen müssen.«

»Aber einer baldigen Lösung sind wir nicht näher gekommen«, meinte Frau Dr. Müller brummig, seufzte, blickte auf die Unterlagen und fuhr dann fort: »Nun – wir alle wollen Weihnachten im Kreise unserer Lieben feiern und wir wollen alle den Mord aufklären. Ich schlage vor, wir versuchen ein letztes Mal, dass uns beides gelingt: Wir spucken noch einmal in die Hände. Lassen Sie uns den Fall bis morgen Mittag so weit aufklären, wie er irgendwie aufzuklären ist. Danach muss bis nach den Feiertagen eine Notbesetzung genügen. Mich können sie jederzeit anrufen.«

Nun, da der Plan feststand, nahm die SoKo ihre Ermittlungen mit verstärktem Eifer wieder auf. Linner und Thalmayr versuchten, den Beweisstücken neue Informationen zu entlocken, Aschenbrenner schloss seinen Bericht ab und Schüssel glich weiter Telefondaten ab.

Leider fanden sie weder Geld- noch Telefonverbindungen nach Osteuropa.

Als Konrad bei Stimpfle eintrat, tippte der hektisch das Protokoll der Vernehmung von van der Rongel.

»Ihr Protokoll«, meinte Konrad, »das kann noch a bisserl warten.« Er legte ihm einen dicken Akt hin. »Da ist alles drin, was wir bisher zusammengetragen haben. Ich kenn den Ordner inzwischen fast auswendig. Bitte, nehmen Sie sich die Unterlagen vor. Vielleicht sehen Sie ja was, eine Verbindung, einen Zusammenhang oder eine Parallele, die ich übersehen hab. Ihr Blick ist da vielleicht frischer.«

Stimpfle nahm die dicke Mappe. »Und was mache Sie derweil?«

»Ich geh in den Keller und schieß ein wenig. Ich müsste eh schon längst mal wieder üben. Manchmal kommen einem da unten ja auch ein paar Ideen.«

Im Keller des Präsidiums befand sich eine Übungsschießbahn, ein fensterloser, langer Raum mit schallschluckenden Wänden und erstaunlich angenehmer Neonbeleuchtung. Hier konnten die Beamten ihr regelmäßiges Schießtraining absolvieren. Heute Morgen war niemand da. Konrad trug sich als Schießaufsicht ein und zugleich als den einzigen Schützen. Solange kein Zweiter schießen wollte, konnte er beides sein. Mit Schutzbrille, Gehörschutz und 160 Schuss Munition betrat er die Bahn.

Bedächtig lud er ein extra Magazin mit 9-mm-Patronen. Er hatte im Laufe seiner Karriere wohl an die 6.000 Schuss abgefeuert, doch nur zwei im Einsatz. Das war am Beginn seiner Laufbahn gewesen, als er noch Streifenpolizist gewesen war. Mit zwei gezielten Schüssen aufs Herz hatte er ein Bummerl niedergestreckt, einen noch recht jungen Bullen, fast noch ein Kalb, der aus seinem Gatter aus- und in die Umzäunung eines Kindergartens eingebrochen war. Das Tier war verwirrt, aufgeregt und reagierte immer aggressiver. Als sich auch der eilig herbeigelaufene Bauer nicht an das Tier herantraute, musste Konrad das arme Rind erschießen. Dass er noch nie auf einen Menschen hatte feuern müssen, empfand der alte Polizist als großes Glück.

Auf die Scheibe schoss er jedoch gerne. Er empfand es als wohltuend, einer Meditation nicht unähnlich. Ihm ging es nicht um Ringe oder Punkte, sondern vielmehr um das Einswerden mit dem Ziel, um den Fokus und das Ausschalten aller Störmomente. Wenn ihm das gelang, dann waren seine Ergebnisse ganz von selbst und ohne jeden Ehrgeiz gut. Am besten schoss er, wenn er es schaffte, all seine Sorgen, die Fälle und die damit verbundenen Probleme loszulassen. Es ging darum, ganz im Hier und Jetzt bei sich zu sein.

Die Erfahrung zeigte, dass er in diesem Zustand oft neue sinnvolle Einfälle bekam. Gelegentlich ging von hier unten sogar die Lösung für ein verzwicktes Problem aus.

Konrad legte seine Waffe, eine Heckler & Koch P7, vor sich auf den Tisch seiner Schießbahn, trat etwas zurück und machte ein paar Dehnungs- und Lockerungsübungen. Als die Gymnastik beendet war, atmete er ein paar Mal tief durch. Dann trat er an den Stand und ließ alle Probleme der stockenden Ermittlung hinter sich, nahm die Pistole in die rechte Hand und stützte die Faust von unten mit der Linken. Die Waffe wirkte klobig, war aber mit knapp einem Kilo nicht allzu schwer. Sie wog nur ein Drittel mehr als die zierliche Walther PPK, mit der er zu schießen gelernt hatte. Er richtete die Waffe auf die Scheibe, brachte Kimme und Korn mit dem Ziel in eine Reihe. Dann packte er fester zu und drückte den im Griff liegenden Spannmechanismus. Ein scharfes »Klick« zeigte an, dass die Waffe nun einsatzbereit war.

Behutsam legte er den ausgestreckten Zeigefinger an den Abzug. Er atmete noch einmal tief ein, suchte den Druckpunkt am Abzug, dann ließ er die Luft locker aus den Lungen entweichen. Im Moment, als sein Atemreflex wieder Luft holen wollte, hielt er den Atem an. Mit einem Donnern löste sich der erste Schuss. Die Messinghülse der Patrone flog in hohem Bogen nach rechts aus der Pistole. Es war laut, doch dank moderner Treibmittel roch es kaum und es stieg auch fast kein Rauch auch. Den Rest erledigte unauffällig die Abzugsanlage.

Konrad war nicht zufrieden. Der Schuss saß im unteren linken Quadranten der Scheibe. Noch war er nicht zur Ruhe gekommen. Er legte erneut an und feuerte rhythmisch – etwa alle drei Sekunden schoss ein Projektil aus dem Lauf.

Nach acht Schuss war das Magazin leer und er kontrollierte seine Ergebnisse. Er wurde langsam besser, doch noch immer waren die Einschläge zu weit verstreut. Eher zu tief und eher zu weit links. Er war noch nicht bei sich.

Die zweite Scheibe war ein kleiner Fortschritt, die dritte schlechter als die erste. Konrad versuchte es mit ein paar isometrischen Übungen und bemühte sich, an nichts zu denken. Natürlich misslang das. Erst dachte er an Wimmer, das Schlitzohr, und dann an seine Frau, die ihm jetzt sicher Tee anbieten würde. Er hielt den Gedanken an den Tee fest. Er stellte ihn sich vor, sein zartes Aroma und die Wärme, die ihn wie ein Sonnenaufgang rund um den Nabel von innen wärmte. Große Ruhe überkam ihn. Bevor daraus Behaglichkeit wurde, nahm er sacht seine Waffe. Nun schoss er zweimal vier Schuss in etwas kürzerer Folge. Jetzt endlich hatte er sich gefunden.

Die Scheiben vier, fünf und sechs waren sehr zufriedenstellend. Dass die Schüsse auf die letzten zwei Scheiben nicht mehr so genau saßen, war unwichtig. Es war insgesamt trotzdem eine gute Schießleistung. Konrad fegte die Patronenhülsen zusammen, trug seine Ergebnisse ein und reinigte an einem Tischchen im Nebenraum seine Waffe. Als er sich in seinem Büro am Schreibtisch niederließ, hatte ihn ein Gedanke aus dem Keller bis nach oben begleitet.

Er dachte an Wimmer. Auch der gewitzte Metzger ermittelte an den Fällen »Singer« und »Fink« herum. Dass der Hobbydetektiv einfach aufgegeben hatte, glaubte Konrad keine Sekunde. Und doch hatten sie sich nur einmal getroffen, bei der Entdeckung von Finks Leiche. Wimmer war nicht dumm. Das hatte er neulich erst wieder bewiesen. Wenn er bislang die Polizeiuntersuchung nicht gekreuzt hatte, dann musste das einen Grund haben.

Konrad grinste. Wimmer hatte wohl nicht dort ermittelt, wo die Polizei ermittelt hatte. Der sture Hammel verfolgte offenbar ganz andere Spuren. Die Frage war also: In welche Richtung hatte der alte Metzger recherchiert? Was war in Wimmers Augen so interessant, dass er da Nachforschungen anstellen würde? Konrad hielt es nicht für unwahrscheinlich, dass der gerissene Hobbyermittler einer erfolgversprechenden Spur folgte. Sollte er ihn einfach fragen? Grundsätzlich war Wimmer ja hilfs- und auch auskunftsbereit.

Doch andererseits: Wenn Konrad nachfragte, musste er selbst Wimmers Spur aufnehmen und den Metzger ausbooten. Er war nicht sicher, ob das sinnvoll war. Wimmer war keine Amtsperson. Anders als er selbst und jeder andere Polizist der SoKo war er in das integriert, was Stimpfle die »bayrische Landei-Szene« nannte. Als ratschendem Mitbürger standen ihm die Leute sehr viel offener gegenüber als einem ermittelnden Polizeibeamten. Er kam so an Informationen ganz anderer Art. War es vielleicht schlauer, ihn einfach weitermachen zu lassen?

Konrad beschloss, erst einmal nichts zu unternehmen. Nach Weihnachten konnte er Wimmer ja anrufen und ihm alles Gute für das neue Jahr wünschen. Stattdessen machte er mit den lästigen Routinearbeiten weiter. Davon gab es reichlich.

Sonntag bis Dienstag

29
Vierter Advent und Weihnachten

Als die Beamten am Sonntag um etwa 13.30 Uhr nach Hause strebten, war die große Sensation leider ausgeblieben. Lediglich Linner und Thalmayr hatten vielleicht etwas Erfolgversprechendes vorzuweisen: Sie hatten in Finks Haus allerlei Fingerspuren gefunden. Nun, bei der Analyse und dem Abgleichen stellten sie fest, dass sie erst einen und dann drei weitere Fingerabdrücke gefunden hatten, alle von derselben Person, die sie niemandem zuordnen konnten. Der erste Abdruck war auf der Glastür zum Wohnzimmer gewesen. Er war aber teilweise verwischt, gerade aussagekräftig genug, dass man die Übereinstimmung mit drei Fingerabdrücken am Geländer der Galerie feststellen konnte. Diese »Fingerbazzl« hatten sie nicht dort gefunden, wo man den armen Apotheker aufgeknüpft hatte. Dort war das Geländer nämlich blitzblank, offenbar war es abgewischt worden. Die Abdrücke befanden sich auf dem Handlauf an der Treppe, die nach oben führte.

Die Fingerabdrücke passten bislang zu niemandem. Zum Opfer nicht, nicht zu Frau Fink, zu Frau Singer ebenso wenig. Sie waren nicht von Herrn van der Rongel und auch von Anna und Wimmer waren sie nicht. Die beiden Detektive hatten, von den Glasscherben abgesehen, tatsächlich nur sehr wenige eigene Spuren »gesetzt«. Die Zugehfrau Finks und die Angestellten der Apotheke konnten ebenfalls ausgeschlossen werden. Deren Abdrücke hatten die Geisenfelder Kollegen für Abgleichzwecke vorsorglich gesammelt und elektronisch übermittelt. Der Urheber der Fingertapper blieb unbekannt, ihr Vorhandensein verdächtig.

Die Beamten, allen voran Linner und Thalmayr, stimmten die Abdrücke optimistisch. Daraus mochte tatsächlich ein handfester Beweis erwachsen. Mit dieser neuen Spur konnten die Polizisten wenigstens hoffnungsfroh in die Weihnachtsfeiertage starten.

Es waren wieder einmal grüne Weihnachten. Auch wenn einige Meteorologen versucht hatten, einen Funken Hoffnung auf Schnee am Leben zu erhalten, waren es doch eher feuchtwarme Luftmassen aus Westen, die im Moment das Wetter bestimmten und das Thermometer bei etwa fünf Grad über Null festhielten. Die letzten Reste der Überzuckerung waren geschwunden.

Stimpfle brach als Erster auf und machte sich über die belebte Bundesstraße 300 auf den Weg nach Schrobenhausen und von da aus zur A8 nach Stuttgart. Nach anstrengenden vier Stunden Fahrt mit zwei Staus erreichte er endlich die Fünfzimmerwohnung seiner Eltern im Erdgeschoss eines hübschen Mehrfamilienhauses. Zwanzig Sekunden nachdem er geschellt hatte, wurde Stimpfle an den mütterlichen Busen gedrückt.

Am Vormittag des Heiligen Abends traf er sich mit alten Freunden aus der Schule und genoss es, endlich wieder schwäbische Luft zu schnaufen und schwäbische Urlaute zu hören. Vor allem freute er sich über die Abwesenheit von allem Bayrischen. Seltsamerweise war dieses Eintauchen in die schwäbische Heimat jedoch nicht ganz so schön, wie er es erwartet hatte. An diesem Vormittag und auch sonst kam ihm vieles, was er in diesen Tagen erlebte, sonderbar und übertrieben kleinkariert vor. Musste seine Mutter den sauber gefegten Gehsteig auch noch mit Seifenlauge schrubben? Gab es unter seinen Schulkameraden keine anderen Gradmesser für persönlichen Erfolg als den Erwerb eines Eigenheims? War die »Kehrwoch« immer schon ein so wichtiges Thema gewesen?

Am Abend, nachdem sie den elektrischen Christbaum bewundert hatten, tauschten sie Geschenke aus. Stimpfles Mama freute sich über ein Vesperbrettle, in das mit Brandmalerei eine Ansicht von Ingolstadt eingebrannt war. Für seinen Vater hatte Stimpfle eine schmiedeeiserne Sonnenuhr besorgt, die im winzigen »Gärtle«, dem Vorgarten vor dem Wohnzimmer, ihren Platz finden sollte. Er selbst wurde mit dem großen Buch des bayrischen Humors beschenkt und heuchelte Freude. »Damit du dich a bissle besser ei'gwöhne duscht«, meinte seine Mutter.

Als er später im Buch blätterte, war er arg enttäuscht. Er mochte die Bayern nicht, fand sie sonderbar und konnte oft nur mit Mühe ihrem Denken folgen, doch inzwischen kannte er sie gut genug, um zu erkennen, dass das absurde Seppelklischee, das dieses Buch durchwehte, völlig daneben war. Was immer Konrad, Thalmayr und all die anderen, sogar dieser Wimmer, auch sein mochten, solche einfältigen Bierdimpfel und dumpfen Knödelvernichter waren sie sicher nicht.

Thalmayr feierte im Kreis seiner jungen Familie. Auf dem Weihnachtsmarkt hatte er noch am Sonntag nach Dienstschluss für die Krippe seiner Kinder zwei Schafe, einen weiteren Hirten und ein Kamel kaufen können, sodass sich nun stolze achtzehn Figuren unter dem Weihnachtsstern drängten. Es war eine einfache und robuste Holzkrippe, genau richtig für die Kinderhände. Die restlichen Geschenke hatte seine Frau besorgt. Sie selbst schenkten sich nur Kleinigkeiten, das aber das ganze Jahr über. Die Krippe war dieses Jahr die große Sensation. Die Heilige Familie erlebte über die Feiertage allerhand Abenteuer, sogar einen Überfall durch wilde Räuber, die das Christuskind stehlen wollten, dann aber von wilden Schafen und einem Engel in die Flucht geschlagen wurden.

Auch Linner feierte ein fröhliches Fest. Wer den alten Grantler zu Hause erlebte, erkannte ihn kaum wieder. Sobald er die Schwelle seines Heims übertrat, war er fröhlich und aufgeräumt. Es mochte an Karin liegen, seiner Frau, und ihrer beständigen guten Laune. Bei ihr ließ er alle dienstliche Muffigkeit hinter sich. Gemeinsam schmückten sie am Sonntag den Christbaum, eine Nordmanntanne, mit Kerzen aus duftendem Echtwachs. Unter dem Christbaum lagen später viele kleine Päckchen für sie und ihn. Eine Papprolle, die Linner heimlich besorgt hatte, enthielt den signierten Druck eines bekannten Kinderbuchillustrators und einen Gutschein für einen Rahmen nach Maß. Er selbst war gerührt, als er für seine

Modelleisenbahn eine Bayerische BB II mit drei dazu passenden Regionalpersonenzugwagen auspackte.

Aschenbrenner hielt am Heiligen Abend im Büro die Stellung. Er hatte es angeboten, denn er war alleinstehend. Via Internet feierte er aber mit seiner Schwester in Florida. So hatte auch er einen vergnüglichen Heiligen Abend – bis in die Frühe des ersten Feiertags. Gegen neun wurde er von Schüssel abgelöst. Der hatte den Abend bei seinen Eltern verbracht und war froh, der mütterlichen Fürsorge zu entrinnen.

Julia Daschner fuhr zu ihrer Familie ins fränkische Roth, zu kräftigem Essen, ausgedehnten Spaziergängen mit dem Familienhund und viel Ausgelassenheit im Kreise der vier Geschwister.

Konrads verbrachten den Heiligen Abend ruhig. Ihre Tochter feierte mit ihrer Familie in Regensburg. Sie würden am zweiten Weihnachtfeiertag kommen. Das war ein wenig unglücklich, denn da hatte sich Konrad selbst zum Dienst eingeteilt. Er würde aber zusehen, dass er rasch wieder nach Hause kam. Konrads hatten nur einen kleinen Baum, der auf der alten Nähmaschine stand. Geschmückt mit reichlich Lametta, den silbernen Kugeln und weißen Kerzen war er aber prächtig genug. Konrad freute sich über eine neue Strickjacke, gefertigt von seiner Frau in den Stunden, die sie auf ihn gewartet hatte. Es war ihre Art, ihm auch im Dienst nahe zu sein. Er schenkte ihr dafür das Wertvollste, was er ihr geben konnte: Zeit. Sie würden im Frühjahr mit dem Dampfer gemütlich von Passau nach Budapest fahren, eine Woche in der ungarischen Hauptstadt bleiben und danach auf einem anderen Dampfer zurückfahren. Sein Mobiltelefon, das versprach er ihr, würde zu Hause bleiben.

Im Haushalt Wimmer-Kirner war Weihnachten – wie jedes Jahr – eine Mischung aus Hektik, Panik, Wahnsinn und Tohuwabohu, die sich erst nach einem kleinen Nervenzusammenbruch von Karola langsam zu besinnlicher Gemütlichkeit wandelte. Bis zwölf Uhr am

Heiligen Abend wollte nicht nur halb Wolnzach, sondern auch ein guter Teil der restlichen Holledau von Karola Braten, Würstel und jede Menge Rinderfilet kaufen. Wer nicht vorbestellt hatte, musste nehmen, was übrig war, und das war, je länger der Vormittag dauerte, immer weniger. Als eine junge Frau zehn Minuten vor Ladenschluss lautstark ihr Missvergnügen darüber kundtat, dass sie so spät kein Rinderfilet, keines vom Schwein und nicht einmal mehr Putenbrust kaufen konnte, was angesichts ihrer Speisenpläne unzumutbar sei, wurde sie von Karola derart abgekanzelt und zusammengefaltet, dass sie kleinlaut aus dem Laden schlich. Ihr Fondue am Abend musste jedoch nicht ausfallen. Karola hatte ihr am Ende doch noch geholfen, hatte eineinhalb Pfund Hackfleisch doppelt durch den Wolf gedreht und ihr verraten, was sie damit machen sollte. Gut gewürzt und zu kleinen Bällen gedreht, war das der bestmögliche Ersatz – Fondue à la Balkan.

In der Folge dieses Ausbruchs war Karola allerdings so geladen, dass sie sich nach Ladenschluss beim Kassemachen dreimal verrechnete. Wer sich in ihre Nähe wagen musste, schlich auf Zehenspitzen. Dann endlich stimmte das Kassenbuch, die Fleischfachverkäuferinnen hatten den Laden blitzblank geputzt und auch die Metzgerei funkelte – alles war fertig. Entspannen konnte sich Karola aber immer noch nicht. Während Wimmer und Sebastian den Baum schmückten und ihr so elegant aus dem Weg gingen, musste Anna in der Küche helfen, den Kartoffelsalat zu machen. Für Anna ebenso eine Geduldsprobe wie für ihre Mutter.

Erst als sich Karola danach eine ganze Stunde lang in die Wanne legte, kam sie endlich zur Ruhe. Im Nachmittagsgottesdienst fiel schließlich der Rest aller Unrast von ihr ab und zur Bescherung waren Hektik und Aufregung völlig vergessen. Es wurde viel gelacht und gealbert unter dem Weihnachtsbaum. Wimmers Buchgeschenke kamen gut an, auch wenn Karola vorgab, neidisch zu sein. »Mit dene Pinupküh' hast ihn ja recht glücklich g'macht. A Abonnement vom Playboy hätt ihn nicht mehr freuen können.«

Doch sie selbst strahlte, als sie die Cateringbücher auspackte. Nachdem sie sie prüfend angesehen hatte, war sie voll des Lobes. »Da hast was Guades 'kafft. Des is für Profis, ned für a Hausfrau!«

Auch Anna freute sich riesig, denn Wimmer hatte ihr einen Gutschein für einen gemeinsamen Theaterbesuch geschenkt – im Kriminaltheater in der Blutenburgstraße in München.

»Super!«, lachte sie. »Agatha Christie ist mir lieber wie der alte Schiller mit Kabale und Liebe!«

Den Vogel aber schoss Karola mit ihrem Geschenk für Wimmer ab. Es war ein kleines Päckchen. Als er es ausgepackt hatte, las er vor: »Der kleine Detektiv. Komplettset mit Lupe und viel Zubehör. Erstelle Phantombilder! Sichere mit Pinsel und Spezialpulver Fingerabdrücke und halte sie auf Spezialkarten fest. Arbeite wie ein Profi und überführe die Verbrecher!«

Wimmer staunte und Karola war plötzlich verlegen.

»Weißt, wie der Singer Lorenz neulich da war … Ich hab ja gar ned g'wusst, dass du mit dem Detektiv-G'schpui de Leut hilfst. Ich hab es nur für nas'weise Gschaftlhuberei g'halten. Also, ich mein, wenn du es kannst und gern machst, und wenn Anna da ned in Gefahr kommt, dann is es vielleicht doch ned ganz so a Schmarrn, wie ich g'meint hab.«

Damit ging sie hinaus, um das Abendessen zu holen: heiße Würstl und Kartoffelsalat.

Mittwoch bis Donnerstag

30
Exerzitien

Nach dem Kaffeetrinken am zweiten Weihnachtsfeiertag, nach reichlich Plätzchen und Stollen, fand Anna ihren Opa an seinem Schreibtisch, wo er mit der Zungenspitze zwischen den Zähnen an seinem Zahnputzbecher übte, mit Karolas Geschenk Fingerabdrücke zu nehmen. Inzwischen trug er nach einer Reihe von Fehlversuchen nur mehr einen Hauch Pulver auf und kam besser zurecht. Zum Sichern dienten ihm ein überbreiter klarer Tesafilm – derselbe, der neulich erst ein Päckchen an die liebe Herta verschlossen hatte – und weißer Karton. Langsam, aber sicher bekam er den Bogen heraus.

»Du, Opa, sag amal, was ist eigentlich mit dem Homberger? Du weißt doch, der Chef vom Heimatpflege- und Mundartverein. Hast dir den ned auch amal anschau'n wollen?«

»Na ja … a bisserl hab ich ihn mir an'gschaut. Am Sonntag um elfe bin i beim offenen Adventssingen g'wen. Des hat der Verein organisiert. Da hat er Gitarre gespielt und er war der selbe Depp, wie ich ihn noch von frühers kenn.«

Als Homberger noch als Hygieneinspektor im Gesundheitsamt arbeitete, hatten sie einander kennen, nicht aber lieben gelernt. Bei jedem der Kontrollbesuche ließ die selbstbewusste Gelassenheit Wimmers die zur Schau getragene Amtswichtigkeit Hombergers zerschellen und das nahm der übel. Da der Inspektor in Wimmers Metzgerei und Laden aber nie nennenswerte Hygieneverstöße zu beanstanden fand, konnte er sein Protokoll nur mit allerlei an den Haaren herbeigezogenen Kleinigkeiten füllen. Er behandelte Mücken wie Elefanten und drohte stets mit erhobener Stimme weitere Nachkontrollen an. Die wurden dann später regelmäßig von seinem Vertreter durchgeführt. Der fand ebenso regelmäßig alles völlig in Ordnung und lobte ausdrücklich den hohen Hygienestandard.

»Da hat er dann beim Adventssingen dag'sessen, vor über hundert Senioren, und ich war wahrscheinlich der Jüngste. Mei, war der froh, dass er da so wichtig war. Wir ham dann g'sungen und die Leut hat's g'freut. Er hat auch a bisserl was erzählt – von früher und wie schön dass es war, und wie heut alles so hektisch g'worden ist, weil niemand mehr weiß, wie ma g'miatlich beinand'hockt.«

»A Jammerlerche?«

»A Jammerlerche.«

»Hast mit ihm auch gered't?«

»Naa, wie's aus war, hab i koa Zeit mehr g'habt. Aber gestern am Vormittag hab i mir sei Haus amal ang'schaut.«

»Wieso?«

»Mei, Anna, wo Leut leben und wohnen, da passens ihre Umgebung so an, wie sie's gern ham. So a Garten kann manchmal scho was über die Bewohner verraten.«

»Und was hast erfahren?«

»Was meinst denn, wie so einer wohnt wie der Homberger?«

Anna dachte nach. »In am Haus wie a Trachtenanzug oder a Dirndl. Irgendwie bodenständig-bayrisch. Mit breitem Dach, aber ned zu alpenländisch, mit viel Holz und vielleicht Lüftlmalerei an der Fassade. Oder mit am Bildstock über der Tür vielleicht.«

»Sollt man meinen. Es ist aber so a kloanes Siedlungshaus aus den Dreiß'gerjahr', so a ganz a kleine, windige Hütten. A spitzig's Satteldach, koa Holz, ned amal Fensterläden, nur schlichter Putz. Im Garten bloß Rasen und a paar Wacholderbüsch'. So a pflegeleichtes Grünzeug. Das einzige, was irgendwie ausschaut, wie man es erwartet, sind die Garage und sein Gartenschuppen. Über der Garage hängt ein Hirschgeweih und am Schuppen Rehkrickerl, eins neben dem andern, gleich dutzendweise.«

»Was heißt das jetzt?«

»Dass er a blöder Aff' is. Weiter nix. Des macht ihn aber alles ned zum Mörder. Ich denk', wir sollten lieber die ›Juratale Stubnrocker‹ amal beschnuppern. Aber ganz vorsichtig, sodass der Chef, der Gellner, nix spannt. Der müsst ja nach Weihnachten wieder daheim sein.«

»Und wie mach' mer des?«

»Wir fahr'n hin und schau'n uns im Altmühltal amal um. Ich hab angerufen. Du und ich, wir machen zwischen den Jahren einen kurzen Ermittlungsurlaub. Wir fahren morgen schon los. Zwei Übernachtungen sollten reichen. Notfalls müssen wir noch eine Nacht dranhängen. Ich hab uns das Zimmer schon gebucht.«

»Spinnst du? Die Mama hat zwar a bisserl nachgegeben, aber zu so einem Ermittlungsausflug, da darf ich sicher nicht weg. Und du auch nicht. Das erlaubt die uns nie.«

Wimmer lächelte. »Drum fahren wir ja auch offiziell zu Exerzitien weg und wohnen im Kloster Plankstetten. Gegen a bisserl a Andacht kann d' Mama nix ham.«

Die List war erfolgreich. Karola wunderte sich zwar und blickte sehr skeptisch, als sich Wimmer und Anna am Donnerstagnachmittag verabschiedeten. Doch sie sagte nichts.

Weiße Atemfahnen wehten von ihren Mündern fort, als die beiden ihre Reisetaschen in den Kofferraum legten und dann die Scheiben freikratzten. Es war über Nacht kalt geworden. Das Thermometer war auf zwölf Frostgrade gefallen. Nun war es zwar sonnig, doch immer noch knackig kalt, ein gutes Stück unter dem Gefrierpunkt.

Karola blickte ihnen mit gerunzelter Stirn nach, als der alte blaue Benz aus der Einfahrt fuhr. Sie ahnte, dass sie verschaukelt worden war. Doch wie sollte sie Einwände dagegen erheben, dass die beiden nach den Aufregungen der Mordentdeckung in der Ruhe eines Klosters zu sich selbst finden wollten?

Der blaue Mercedes fuhr auf der A9 gemütlich nach Norden. Hinter Ingolstadt begann sich die Landschaft sanft, aber stetig zu erheben und der fette, fruchtbare Lößboden des Donautals wich einem mageren Kalkboden. Sie erklommen die Fränkische Alb, ein Mittelgebirge, das sich hier in etwa von Südwesten nach Nordosten als

Riegel entlang zog und sich weiter im Osten ganz nach Norden wenden würde. Auch die Vegetation hatte sich geändert. Kiefern und Birken dominierten nun die Landschaft und überall blitzte der allgegenwärtige Kalkstein auf. Plötzlich tat sich vor ihnen das Altmühltal auf – mit jäh abfallenden Felshängen, die wie weiße Wände wirkten. Die Trasse der Autobahn führte sie steil ins Tal hinab. Dort überquerten sie den Fluss, um einem Nebental, in dem die Schwarzach plätscherte, weiter nach Norden zu folgen. Unten im Tal, geschützt von steilen, bewaldeten Höhen, waren die Wiesen fruchtbar und der Boden tief. Das änderte sich schlagartig, als sie ein paar Kilometer weiter bei Greding auf die Hochfläche der Alb fuhren. Hier wirkte die Landschaft völlig anders, war weiter, offener und alles wirkte kälter. Das Land war flach und kahl, die Felder steinig und nur von einer hauchdünnen Humusschicht bedeckt. Hier oben pfiff der Wind weitaus stärker und packte gelegentlich, wenn es hinter einer Deckung hervorkam, auch das Auto, um es ordentlich durchzurütteln. Dabei fuhr Wimmer nicht einmal schnell. Zum Glück waren die Straßen von langen Zäunen aus Holz oder Kunststoff gesäumt. Eine Maßnahme gegen Schneewehen und sicher notwendig, denn hier gab es nichts, was bei Schneetreiben den Flocken sonst Widerstand geleistet hätte, von ein paar steinernen Feldkreuzen abgesehen. Sie durchfuhren ein paar auf der Fläche verstreute Dörfer, so schmucklos und schlicht, dass sie wohl auch im Sommer nur wenig einladender wirken würden. Im klirrenden Frost waren es aber trostlose Nester. Nur sehr vereinzelt sah man jemanden dick vermummt im Hof beim Holzhacken. Dann folgten dem blauen Benz Blicke, die Anna für aufdringlich neugierig hielt und Wimmer für eine Mischung aus Neid und Fernweh.

Nach ein paar Kilometern auf der kargen und unfreundlichen Hochebene folgten sie einem Hinweisschild zu ihrem Ziel. Der Weg führte sie nun in ein enges Waldtal, in dem zu ihrer Rechten ein Bächlein bergab plätscherte. Diesem Bach, dem Forellenbach, folgten sie. Das Tal wurde etwas weiter, bot nun wieder Wiesen Platz. Dann öffnete es sich noch weiter und sie kamen im Dörfchen Biberbach an, einem kleinen Ort, aber weitaus ansehnlicher als die Nester auf der Hochebene. Hier mündete der Forellenbach in ein weites, schönes Tal, das sich von Norden nach Süden erstreckte. Einst mäanderte hier das Flüsschen Sulz, doch nun hatte es dem Main-Donau-Kanal weichen müssen. Sie bogen nach Norden ab und schon vom Ortsrand aus konnten sie die Klosteranlage erkennen – die Benediktinerabtei Plankstetten. Die ganze Fahrt hatte etwa eine Stunde gedauert.

Ein freundlicher Pater hatte sie mit den Hausregeln vertraut gemacht und ihnen ihre Zimmerschlüssel gegeben. Wimmer kannte das Kloster noch von früher. Als der Tourismus das Altmühltal eroberte, hatte das Kloster in guter benediktinischer Tradition begonnen, Pilgern und anderen Reisenden Bett und Speise anzubieten. Platz war mehr als genug. Doch ein Hotel hatte hier nicht eröffnet. Wer hier übernachtete, war Gast in einem Kloster, und sollte dies auch spüren können. Klösterliche Schlichtheit und Beschränkung auf das Wesentliche waren von Anfang an wichtige Aspekte der Beherbergung. Die Mahlzeiten gab es an großen Gemeinschaftstischen und es wurde ein Tischgebet gesprochen, die Zimmer waren sauber, besaßen Nasszellen, doch keine Minibar und nicht einmal einen Fernseher. Die Betten waren schmal. Alles strahlte Ruhe aus, nichts lenkte ab. Das brachte die Besucher stets rasch zur Ruhe und zu sich selbst.

Inzwischen war das Kloster in weiten Teilen renoviert worden und Wimmer musste sein Gepäck recht weit tragen, durch lange Flure bis in einen Trakt des Klosters, in dem er noch nie gewesen war. Der Weg hatte sich aber gelohnt, denn die neuen Gästezimmer waren wesentlich größer, viel schöner und boten einen atemberaubenden Blick über das Tal, wo über dem Kanal weiße Nebelschwaden wie müde Gespenster lagen.

Das Zimmer selbst war gemütlich und gut geheizt. Es duftete angenehm nach Bienenwachspolitur. Anna und Wimmer packten aus und setzten sich dann an den Schreibtisch, um zu überlegen, wie sie morgen vorgehen sollten. Gellner war der große Unbekannte. Falls er der Mörder war, wollten sie ihn keinesfalls direkt angehen. Wimmer wollte zuerst ein paar Informationen über ihn sammeln, aber möglichst so, dass er davon nichts mitbekam.

»Ich hab gedacht, wir schauen einfach mal in an Plattenladen rein und fragen wen nach einer CD von den ›Jurataler Stubnrockern‹. Wenn die a lokale Größe sind, sollt man sie in einem Schallplattenladen doch kennen.«

Anna wirkte wenig begeistert.

»Meinst du ned?«, fragte Wimmer leicht verunsichert.

»Meinst du denn, dass es hier am Land noch so was gibt wie einen Schallplattenladen?«, fragte sie zurück. »Hast wohl scho lang keine Schallplatte nimmer gekauft, oder?«

»Die letzte vom Max Greger halt, weil ich den als junger Mann so gern g'habt hab.«

»Und wie lang is das jetzt scho her?«

»Ja mei ... scho a Weile. Da warst glaub ich noch gar ned auf der Welt. Aber gibt es denn heutz'tag keine Plattenläden nimmer? Wo kauft man denn dann heut a Musik?«

»Im Internet, Opa, im Internet, als Download. Du bist ja so was von vorgestern!« Anna nahm ihr Handy, streichelte und beklopfte eine Weile die glatte Oberfläche, dann meinte sie: »Also, das Internet zeigt die nächsten Plattenläden in Regensburg und in Nürnberg an. Die san zu weit weg, gell?«

»Internet? Des kann dein Handy?«

»Ja, das kann es. Aber es kann uns ned sagen, was wir machen soll'n, wenn es hier keine Plattenläden gibt.«

Wimmer dachte nach. »Vielleicht schau'n wir mal unter Kleinkunst nach oder unter Musikbühne. Geht das?«

»Da ist was in Kipfenberg. Ein Wirtshaus mit Kleinkunstbühne zum Amboss. Vielleicht is des ja was«, meinte Anna nach kurzer Forschung.

»Das klingt vielversprechend«, bestätigte Wimmer. Dann entwarfen sie einen Plan, wie sie dort nach Informationen schürfen könnten. Auch für diesen Plan musste Anna noch einiges im Internet recherchieren. Um ihrem Opa einen Eindruck davon zu geben, wie sie das anstellte, ließ Anna das Telefon einige Video-Clips von Bands und Musikern vorspielen. Der Alte war sprachlos. Doch es waren weniger die musikalischen Leistungen, die ihn verblüfften.

Als er das vierte Video bestaunt hatte, meinte er: »Wie a kleiner Fernseher. Der Wahnsinn, was so a Handy inzwischen alles kann. Des is doch kein Telefon nimmer. Des is a Supercomputer, mit dem man zufällig auch noch telefonieren kann.«

Als Anna später in ihrem schmalen Bett lag, lächelte sie über ihren Opa. Sie fragte sich, wie er wohl in seiner Welt lebte – ohne die digitale Datenflut, in der sie so leicht und frei schwamm. Er kam ihr vor wie ein Blinder in einer modernen Welt und sie war sein Blindenhund. Doch auf seine Weise kam er trotzdem zurecht. Zumindest, solange er keine Schallplatte von diesem Max Greger kaufen wollte … wer das auch immer sein mochte.

Freitag

31
Ausflug nach Kipfenberg

Den Morgen verbrachten Anna und Wimmer im Kloster. Sie genossen beim Frühstück die reschen Semmeln der Klosterbäckerei und erkundeten dann die Anlage. Als Erstes besichtigten sie die altehrwürdige Kirche des Klosters. Um hineinzugelangen, stiegen sie zunächst in den urigen Narthex unter den zwei stämmigen Türmen aus unverputztem Kalkstein hinab, Relikte aus der Zeit, als man noch im romanischen Stil gebaut hatte. Hier unten gab es rechts eine große Krippe und über ihren Köpfen ein niedriges Kreuzrippengewölbe zu bewundern. Durch ein kleines Gewändeportal, auch romanisch, betraten sie das schmale Kirchenschiff und waren unvermittelt umgeben von der beschwingten Pracht des Barock, die von hier bis ganz nach vorne zum Hauptaltar in weißem und rosa Stuck, mit vielen Fresken und reichlich Gold Gott lobte und pries.

Langsam und mit gebührender Ehrfurcht schritten sie durch die Kirche und bewunderten die kunstvollen Altäre, auch den, in dem das mit viel Goldstickerei und Prachtgewändern geschmückte Skelett eines längst verschiedenen Heiligen hinter Glas ruhte. Wimmer fand diesen katholischen Brauch, Tote auszustellen, inzwischen recht sonderbar, denn er fragte sich, ob das dem frommen Mann wohl recht gewesen wäre. Anna war es so gewohnt und dachte nicht darüber nach.

Als sie die Kirche genügend bewundert hatten, gingen sie nach nebenan in den Buchladen. Der schöne, sehr moderne Bau links neben der Kirche, der durch Fenster im Dach sehr viel Licht bekam, bot vor allem besinnliche und religiöse Literatur an, aber auch Postkarten, Kruzifixe, Rosenkränze, Ikonen und Lesezeichen. Ein wenig weltliche Literatur gab es ebenfalls – und etwas, was Anna vom ersten Moment an gefangen nahm.

Hinten, in der Mitte des Ladens, war eine Quelle in einem großen Zimmerbrunnen gefasst worden und plätscherte über einen bepflanzten Steinblock zu Boden. Das Wasser wurde in eine schmale Rinne geleitet, floss durch den ganzen Laden hindurch und unter der Eingangstür hinaus, wo es in einem weiteren Brunnenbecken aufgefangen wurde.

Auch den gut sortierten Klosterladen mit Bio-Lebensmitteln aus der Klosterproduktion und der Region besuchten sie, doch ohne Hast. Das Kloster lud dazu ein, sich Zeit zu nehmen. Zum Mittagessen kehrten sie im Klosterwirtshaus ein.

Gegen zwei Uhr brachen sie auf. Das Auto stand in der Sonne, unterhalb des Klosters. Noch immer herrschte strenger Frost, doch zumindest waren die Scheiben eisfrei und bald war dank der Heizung auch der Wagenfond angenehm warm. Zuerst folgten sie dem Main-Donau-Kanal bis nach Beilngries, einer putzigen Kleinstadt mit historischem Stadtkern, wo viele Häuser mit gotischen Stufengiebeln auf die Straßen herabschauten. An einem Kreisverkehr sah Wimmer die Polizeistation und meinte: »Falls wir d' Schandi brauchen, dann finden wir's hier!«

Der blaue Benz aber wandte sich nach Westen und folgte dem Lauf der Altmühl flussaufwärts durch das weite Tal in Richtung Eichstätt. Die Dörfer waren klein und gepflegt. Der Radtourismus hatte der Gegend einen gewissen Wohlstand beschert. Nach einer Weile tauchte ein Straßenschild auf, das nach links über die Altmühl hinweg auf ein Dorf verwies: Unteremmendorf.

»Da wohnt der Gellner«, erklärte Wimmer. Anna nickte.

Plötzlich wurde es sonderbar voll im Tal. Ausgerechnet an einer der engsten Stellen hatten die Verkehrsplaner die Autobahn und gleich daneben die ICE-Trasse die Landstraße, den Radwanderweg und die Altmühl kreuzen lassen, sodass das Tal hier etwas vollgerümpelt wirkte. Doch schon ein paar hundert Meter weiter war der Eindruck vergessen. Nach ein paar Kilometern erreichten sie ihr Ziel, Kipfenberg, einen Marktflecken voller Fachwerkhäuser zu Füßen einer romantische Ritterburg. Anna kannte die Burg von einem Schulausflug und erzählte von dem kleinen Römer- und Bajuwarenmuseum, das dort untergebracht war. Direkt im Ortskern fanden sie das gemütliche Gasthaus zum Amboss, ein behäbig wirkendes Gasthaus mit vergoldetem Wirtshausschild aus Schmiedeeisen.

Als die Detektive jeder ein großes Stück Apfelkuchen niedergemacht hatten, fand der Wirt, Franz Waller, Zeit für den Rundfunkredakteur aus München.

»Was genau würden Sie denn wissen wollen für die Reportage, Herr Wimmer?«, fragte er.

»Es geht um die lebendige mundartliche Szene«, erklärte Wimmer und hoffte, dass er keine Begriffe verwechseln würde. »B'sonders musikalisch. Ich will was machen über Liedermacher und Bands, über Crossover und wie das den Leuten gefällt, grade auch hier im Winkel zwischen Franken, Ober-, Niederbayern und der Oberpfalz. Wir wollen einfach mal zeigen, was es alles gibt, was die Leut so machen und wie so eine neue Volksmusik entsteht.«

In der nächsten Viertelstunde füllte Wimmer ein Notizbuch, das er erst heute Morgen im Eine-Welt-Laden des Klosters gekauft hatte, mit allerlei Notizen. Da die Bühne im Saal des »Amboss« nicht sehr groß war, traten hier vor allem kleine Gruppen und Liedermacher auf. Waller wusste in diesem Bereich gut Bescheid und erzählte ausgiebig von Leuten, die Mundart-Comedy mit Musik kombinierten.

Wimmer brauchte all diese Namen und Informationen gar nicht, doch er schrieb brav mit, um nicht aus der Rolle zu fallen. Anna saß derweil da und nippte an einer Holunder-Limo.

»Ach, die Zuschauer kriegen ja beim Fernsehen leider gar nicht mit, was sich da bei uns alles entwickelt in der Provinz«, erklärte der Wirt. »Am Land gibt's ganz viele junge Leute, zunehmend auch Frauen, die haben so tolle Ideen. Aber sie schaffen es leider nur gelegentlich ins Fernsehen.«

Wimmer versprach, nach Kräften die Werbetrommel für diese junge Kleinkunstbewegung zu rühren. Dann gelang es ihm endlich, das Thema zu wechseln, hin zu den »Juratarler Stubnrockern«.

»Die ›Jurataler Stubnrocker‹? Freilich kenn ich die. Das Konzert letztes Jahr in Beilngries am Hafen war eines der Großereignisse hier in der Gegend«, bestätigte Waller. »Und so, wie es jetzt ausschaut, nach allem, was man so redet, da geben die jetzt wieder richtig Gas. Den Leuten tät das sicher gefallen. Das Konzert war wirklich spitze! Nach so langer Zeit sind sie immer noch super – oder vielleicht sogar noch besser geworden. Die kommen an wie Stars.«

»Nach so langer Zeit? Was ist denn g'wen?«, fragte Wimmer und Waller erzählte.

Die »Jurataler Stubnrocker« waren aus einer Schülerband hervorgegangen, die in den Achtzigern mit viel pubertärer Wut, drei bis vier Akkorden und einer vagen Idee von Punk erste Gehversuche gemacht hatte. Sie blieb im Kern zusammen: Michel am Schlagzeug, Uwe am Bass und Rudi, Rudolf Gellner, am Keyboard. Das musikalische Rückgrat war aber Wolfgang – Woife – Groß an der Gitarre. Sie spielten, wurden besser und besser und fanden schließlich ihren eigenen Sound und unverwechselbaren Stil.

»Was für einen Stil denn?«, wollte Wimmer wissen.

»Ach, ich tät sagen: freche, rotzige Texte und eine wilde Mischung aus Volksmusik und Rock. Sie schaffen es und nehmen beides für sich ernst. Ein toller und ganz einzigartiger Sound. Damit hat man sie hier in der Gegend gekannt. Zu jeder Kärwa hat man sie eingeladen.«

»Wohin?«

»Na zur Kärwa – Kirchweih … oder Volksfest!«

»Und dann? Was is dann passiert?«, fragte Wimmer.

»Krebs. Der Woife ist am Krebs erkrankt, ihr Gitarrist. Eine Weile haben sie noch weitergespielt, doch der Woife hat irgendwann halt nimmer können. Zwei Jahre, dann ist er gestorben. Ohne den Wolfgang an der Gitarre … die Band war praktisch mitgestorben.« Nach einer Pause fuhr der Wirt fort: »Eine Weile haben sie dann gar keine Musik machen wollen. Am Ende haben sie aber doch einen Ersatz für den Wolfgang gesucht. Doch da hat sich niemand Geeignetes gefunden. So ist immer mehr Zeit verstrichen und dann ist auf einmal das Leben auch ohne Band weitergegangen. Die ›Jurataler Stubnrocker‹ sind einfach sacht eingeschlafen. Doch dieses Jahr, da hat der Rudi Gellner die Band wieder zusammengebracht, zum zehnten Todestag vom Woife. Sie haben noch einmal ein Konzert für ihren Gitarristen geben wollen. Der Gellner Rudi hat einen Freund gebeten, die Gitarre zu spielen.« Wieder schwieg Waller einen Moment. »Das ist der Wahnsinn gewesen. Wie die Leute gehört haben, dass die ›Juratataler Stubnrocker‹ wieder spielen, das war wie ein Stromschlag! Alle sind wie elektrisiert gewesen. Die Band hatte mit fünfhundert oder vielleicht tausend Zuschauern gerechnet und hat in einer Mehrzweckhalle spielen wollen. Am Ende mussten sie in den Park umziehen, weil über siebentausend kommen wollten – und auch da waren! Die wollten alle die alten Sachen noch einmal hören. Du, das war ein magischer Moment. Das gibt's nur ganz selten. Da ist wirklich ein Funken übergesprungen! Der Neue, der Freund vom Gellner Rudi, der war klasse. Er hat nicht nur die alten Sachen spielen können, er hat auch noch eine neue Note mit reingebracht. Die Kleinigkeit, das Moment, das immer noch gefehlt hat. Jetzt war's da und es war ein Riesenfetz. Ich hab hernach gehört, dass die Band ursprünglich nur zwei Stunden lang spielen wollte. Im Endeffekt bestand das halbe Konzert aus lauter Zugaben. Und nächstes Jahr wollen sie wieder auftreten. Wieder mit dem neuen Gitarristen, Sänger heißt er, glaub ich. Der ist aus Ingolstadt.

Samstag

32
Wiedersehen im Eiscafé

Am Samstagvormittag saß Konrad schlecht gelaunt am Schreibtisch. Die Ermittlungsakten waren zwar dicker geworden, doch der Lösung war die SoKo »Kirchturm« nicht näher gekommen.

Die Überprüfung der Vertriebswege des vergifteten Nasenspray-fläschchens hatte nicht sehr zur Erhellung beigetragen. Die Zusammenarbeit mit der Herstellerfirma Salomed und auch dem belieferten Handelsunternehmen TradoCom war so reibungslos und schnell gewesen, wie man es um Weihnachten kaum erwarten konnte. TradoCom hatte auf Konrads Schreiben sofort geantwortet, doch was half das, wenn die Auskunft die Ermittlung nicht weiterbrachte? Die Überprüfung der Chargennummern des vergifteten Fläschchens ergab nur, dass es in einer von 248 Feinkauf-Supermarktfilialen im Raum Süddeutschland gekauft worden sein musste, irgendwo zwischen Hof, Berchtesgaden, Konstanz und Heidelberg. Auch der Zeitraum war nicht einzugrenzen. Es war eines von zigtausend Fläschchen, völlig beliebig, bis jemand die Salzlösung durch die eines ganz anderen Salzes ersetzt hatte.

Auch die erneuten Befragungen von Frau Fink, Frau Singer, Herrn Lorenz Singer und Herrn van der Rongel hatten nicht weitergeführt. Von minimalen Abweichungen abgesehen, die man in wiederkehrenden Antworten fast immer findet, stimmten die Aussagen überein und alles, was überprüft werden konnte, erwies sich als richtig.

Jeder Versuch, eine naheliegende Spur zu verfolgen, war im Sande verlaufen. Das hieß nun zwar nicht, dass sie den Fall nicht lösen würden, doch eine schnelle Lösung rückte in immer weitere

Ferne. Wenn nicht rasch ein neuer Aspekt auftauchte, würden vermutlich eher Beharrlichkeit und jahrelange Geduld den Fall lösen. Momente wie diesen empfand Konrad auch nach jahrzehntelanger Erfahrung immer noch als Niederlage.

Auf seinem Schreibtisch lag ein gelber Notizzettel mit einer Telefonnummer. Gestern hatte er von zu Hause aus mit Wimmers Tochter telefoniert. Wimmer selbst hatte er nicht sprechen können. Unter dieser Nummer sei er jedoch erreichbar – auf dem Handy seiner Enkelin in einem Kloster. Konrad war verwirrt. Wimmer hatte seine »Ermittlungen« sicher nicht eingestellt. Aber was hatte die Kirche damit zu tun? Das konnte er sich nun gar nicht vorstellen.

Mit tiefhängenden Brauen wählte Konrad die Nummer und eine junge, etwas verwunderte Stimme meldete sich.

»Kriminaloberkommissar Konrad«, meldete sich der Polizist. »Bist du das, Anna? Ich möcht deinen Opa sprechen, wenn es möglich ist.«

Es dauerte nur ein paar Momente, dann meldete sich Wimmer. Noch ehe Konrad etwas sagen konnte, fragte der alte Metzger: »Du, Karl, wo bist du denn?«

»Wo werd' ich schon sein? In meinem Büro bin ich. Warum?«

»Wenn du Lust hast und Zeit, dann setz dich ins Auto und triff uns im Café ›Rialto‹ in Beilngries. So in einer Stund'? Das wär mir grad recht. Hock dich mit an den Tisch von der Anna und horch zu. Ich treff mich dann am Nebentisch mit einem Musiker. Der denkt, ich wär vom Rundfunk und bereit an Bericht vor fürs Radio.«

»Ist der Mensch denn verdächtig?«

»Nach allem, was ich weiß, eher nicht. Aber falls er doch was mit den Morden zu tun hat, hätt ich gerne wen als Rückendeckung für das Dirndl dabei.«

»Sag amal, spinnst du? Du kannst doch mit dem Kind ned in so a gefährliche Situation gehen.«

»Ich hab dir doch g'sagt, ich glaub ned, dass der Mann was mit den Morden zu tun hat. Aber man kann ja nie wissen. Oder habts ihr den Mörder schon erwischt?«

Konrad musste ausweichen. »Wir ermitteln mit Hochdruck. Derzeit können wir noch keine genaueren Angaben machen – aus ermittlungstaktischen Gründen.«

»Aha, ihr seids also auch nicht weiter!«

»Du, Ludwig! So geht es aber nicht!«, grollte Konrad. »Deine Spassetten sind fei ned lustig! Die Polizeiarbeit machen wir immer noch selber.«

»Is scho recht, Karl. Jetzt komm halt her, iss mit uns a Eis und hör zu, dass d' was lernst. Hernach, wenn wir wieder allein sind, dann erzähl i dir, was i so alles aufg'schnappt hab. Aber schick dich. Eiscafé ›Rialto‹ in Beilngries. Das ist am Hafen.«

Wimmer hatte aufgelegt. Konrad überlegte, ob er die Kollegen in Eichstätt verständigen sollte. Er hatte gute Lust, Wimmer einzukasteln. Doch wegen was? Nach einem Moment des Zögerns zog er seinen Mantel über die Strickjacke und brach auf. Er nahm Thalmayr mit. Thalmayr konnte gut mit Kindern umgehen. Er hatte auch überlegt, Stimpfle dazuzubitten, doch angesichts der gegenseitigen Abneigung zwischen Wimmer und dem Schwaben entschied er sich dagegen. Zu zweit fuhren sie nach Norden.

Beim Eintreten entpuppte sich das »Rialto« als Mischung aus Eisdiele, italienischer Espressobar und plüschigem Café. Die fünf runden Tischchen in den Polsterbanknischen des Lokals waren unbesetzt und der Kellner las hinter der Bar Zeitung. Sie waren die Ersten. Konrad und Thalmayr setzten sich an ein Tischchen nahe beim Fenster, sodass sie die Straße im Blick hatten.

Die große Maschine bereitete mit viel Gezische und Gefauche für sie zwei Cappuccini zu, als Wimmers blauer Benz vorfuhr und im gleichen Augenblick Anna um die Hausecke trat. Der gewitzte Metzger hatte sie wohl unmittelbar zuvor aussteigen lassen. Wie zufällig traten die beiden gemeinsam durch die Tür. Ganz ruhig und gelassen setzte sich der alte Metzger an den Nebentisch, ohne die Kriminaler zu grüßen. Anna aber umarmte Konrad, nannte ihn »Onkel Karl« und setzte sich zu den beiden Beamten.

Thalmayr lächelte und auch Konrads Augenbrauen winkten amüsiert. Noch war Wimmers Gesprächspartner nicht in Sicht.

»Mei, Anna, wir haben uns ja schon a ganze Weile nimmer gesehen. Sag amal, wie geht's denn deinem Opa?«, fragte der alte Polizist, laut genug, dass Wimmer es mit anhören musste. »Ich hoff', er macht keine Dummheiten.«

Anna strahlte »Onkel Karl« an: »Dem Opa geht's gut. Der macht grad Urlaub!«

»Ich hoff nur, dass er recht Obacht gibt auf sich. Auch im Urlaub kann man fei ganz schnell in Teufels Küch' kommen, wenn man nicht aufpasst oder was anstellt.«

»Oh, der Opa tät doch nie nix anstellen! Du kennst ihn doch!«

»Drum mein ich's ja.«

Konrad lud Anna ein, sich etwas zu bestellten, und sie wählte einen großen Eisbecher auf Staatskosten. Als der kam, fuhr ein silberner Volvo-Kombi vor und ein Mann trat ein, knappe fünfzig, groß, schlank, den grauen Pferdeschwanz mit einem Gummiband im Nacken gezähmt. Anna widmete sich konzentriert ihrem Eis. Die Polizisten schienen völlig in eine der Zeitungen vertieft zu sein, die das Café für seine Kunden bereithielt. Der Neuankömmling blickte sich um und trat dann auf Wimmer zu.

»Sie sind der Herr vom Rundfunk? Ich glaub, wir sind verabredet.« Er sprach mit angenehmer Bassstimme ein klares süddeutsches Hochdeutsch, in dem die fränkisch modulierten Vokale hervorblitzten.

Wimmer stellte sich vor: »Ludwig Wimmer, Kulturredakteur beim Bayrischen Rundfunk. Und Sie sind Herr Gellner, richtig?«

Der Musiker bestätigte das und Konrad fragte sich, auf was das hinauslaufen sollte. Er zückte einen Kugelschreiber und trug in ein Kreuzworträtsel als Fluss in Deutschland »Gellner« in die Kästchen ein.

Während dieser Herr Gellner auf seine Bestellung wartete, erklärte Wimmer, dass er eine größere Reportage über die lokale Musikszene plane. Besonders interessiere ihn die moderne Verwendung von Mundart, in Form von Volksmusik, moderner Volksmusik und verschiedenen Crossover-Projekten. Konrad staunte. Wimmer warf in kürzester Zeit mit so vielen Fachbegriffen um sich, dass er ihn beinahe für echt hielt. Seine Brauen wippten Anna zu.

Die hob ihren Löffel voll mit Eis und wippte ebenfalls mit den Brauen.

»Gut, gell?«, bemerkte sie und meinte nicht das Eis. Konrad lächelte, schwieg aber, um nichts zu verpassen. Nebenbei trug er als Gerät aus der Landwirtschaft senkrecht in die Kästchen »Volksmusik« ein.

Nach einigen Umwegen über verschiedene Künstler, die Konrad nicht kannte und von denen Wimmer bis gestern auch noch nichts gehört hatte, kam er schließlich auf die »Juirataler Stubnrocker« zu sprechen.

»Spätestens seit dem legendären Konzert im Sommer kann man ja auf euch bei so einer Reportage nicht mehr verzichten. Nach zehn Jahren auf Anhieb wieder so einen Erfolg. Über siebentausend Zuhörer und das mit einem neuen Gitarristen. Und jetzt soll's sogar weitergeh'n! Im kommenden Jahr …«

»Vergessen Sie's.« Gellner klang matt.

»Was denn?«, fragte Wimmer bewusst unbedarft.

»Was immer wir geplant haben an Auftritten nächstes Jahr, daraus wird nix«, erklärte Gellner. Konrad hatte sich als Säugetier in Afrika »Konzert« notiert.

»Oh! Schad'! Warum denn?«, fragte Wimmer.

»Unser Gitarrist ist … tot.«

»Ja, zu seinem zehnjährigen Todestag habts ihr ja das Konzert gegeben.«

»Naa! Sie versteh'n mich nicht. Der Woife is ja schon lang nimmer. Der neue, der Singer Bene, der is tot. Wie ich aussem Urlaub heimkomm', find ich den Brief mit der Traueranzeige in der Post. Plötzlicher Anfall!«

Konrad spitzte die Ohren. Nun war zumindest ein Rätsel gelöst. In der freien Zeile unter dem Fluss »Gellner« stand nun »spielt mit« (Sportart) und »Singer« (Ausdruck inniger Zuneigung).

Wimmer gab sich überrascht und betroffen. »Das ist ja … herzliches Beileid«, stammelte er und schwieg dann.

»Wir ham ja alle gemeint, nach dem tollen Konzert, jetzt packen wir es doch noch mal. Ach, die Gabi, dem Woife seine Frau, die hätt das so g'freut, dass dem Woife seine Band doch noch durchstartet.

Und mit dem Bene, da war das Musikmachen – ach, man kann's gar nicht beschreiben. Sie spielen doch sicher auch?«

Wimmer wand sich. »Na ja … früher a weng Gitarre und a bissl Schlagzeug …«

»Na, dann wissen Sie es ja. Manchmal, wenn man die rechten Leut trifft und z'sammen spielt, wenn das passt, dann macht es Spaß. Und wenn man dann weiterspielt, irgendwann kommt der Moment, da wird's richtig gut, da hat man sich eingehört auf das Spiel der anderen, dann ergänzt man sich und versteht sich – musikalisch. Das ist der Moment, wo alles eins wird, ein einziger Organismus, der losswingt und man Gänsehaut kriegt, so schön ist das. Mit manchen Leuten brauchst du Jahre, bis du so weit kommst. Doch mit dem Bene waren wir nach einer halben Stund' schon an dem Punkt.« Gellner trank einen Schluck Kaffee. »Der Bene, der hätt uns weitergebracht. Eine Top-Gitarre, mit viel Spaß am Rock und viel Erfahrung in der Volksmusik. Und texten hat er auch noch können. Manches hätten wir vielleicht ins Fränkische eindeutschen müssen, aber die Ideen! Die ›Jurataler Stubnrocker‹ wären so was von spitze geworden! Und jetzt stirbt der Bene einfach! Als läg kein Segen auf der Band.«

»So a Tod ist ein echtes Unglück!«

»Ein Unglück? Eine Katastrophe ist das! Wissens, was da für Hoffnungen dranhängen? Der Uwe, unser Bass, hat seinem Chef gesagt, ab Februar schafft er nur mehr in Teilzeit, weil wir jetzt mit Auftritten ordentlich was an Einnahmen haben. Auch ich hab Aufträge ausgeschlagen, damit ich mehr Zeit hab.«

»Was denkens denn, was Sie verdient hätten?«, fragte Wimmer unverblümt. Doch da nun alles hinfällig war, sprach Gellner sogar offen über Zahlen.

»Ich hab die Konzerte organisiert. Wir haben Zusagen aus Würzburg und Fürth, beim Stadtfest in Roth hätten wir auch g'spielt und auf dem Unifest in Erlangen. Alles große Auftritte. Ein gutes Dutzend kleine Gigs wäre noch dazu gekommen. Und das war erst der Sommer. Im Herbst mit den ganzen Kärwe wär es dann weitergegangen. Nach unserem großen Konzert in Beilngries hab ich gut verhandeln können. Mit all den Auftritten im Sommer – ein paar tausend Euro wären da sicher zusammengekommen, für jeden von uns fünfen, also uns vier Musiker und für die Gabi, dem Woife seine Frau. Die hätt einen halben Anteil gekriegt. So war es ausgemacht. Und bei den Kärwes wär noch mal knapp die Hälfte dazugekommen. Nicht schlecht für Nebenerwerbsmusikanten! Und die Einnahmen aus CDs gar nicht mitgerechnet. Doch jetzt …« Er seufzte. »Den Scherbenhaufen sammel ich nicht mehr auf. Den setzt eh niemand wieder zusammen. Mit Singer sind die ›Jurataler Stubnrocker‹ zum zweiten Mal gestorben und diesmal richtig.«

»Gäb's wen, der was dagegen haben könnt', dass die ›Jurataler Stubnrocker‹ wieder aufleben?«

»Wieso? Wie meinens das?«

Konrad versuchte, nicht das Gesicht zu verziehen. Bisher hatte er nicht viel an Wimmers Art der Gesprächsführung zu bemängeln gehabt, aber die letzte Frage war allzu direkt gewesen.

»Na ja, der Singer wird doch bisher auch musiziert ham. Fehlt er dann ned in anderen Gruppen?«

»Was ich gehört hab, hat er nur eine kleine Hochzeitsband gehabt. Tanzmusik. Und die haben wohl auch immer weniger Zeit gehabt. Die hätten ihm diese Chance sicher nicht verbauen wollen. Ich glaub', er hat nur einmal wen erwähnt, der ihm das mit uns hat ausreden wollen. So ein komischer Volksmusikimpresario.«

Wimmer wechselte rasch das Thema. »Wie sans denn eigentlich auf den Herrn Singer gekommen?«

Konrad fragte sich, ob Wimmer mehr mit dieser Auskunft anfangen konnte als er. Doch er musste schon wieder lauschen.

»Ach, den Bene hab ich bei der Bundeswehr kennengelernt. Wir haben beide als Zeitsoldaten gedient, ich vier Jahr' und er zwei. Und beide waren wir als Verwalter in Nürnberg im Materiallager. Das war ein absolut bescheuerter Posten. Einmal alle halbe Jahr war großer Rabatz und man hat hundert Listen gleichzeitig schreiben müssen, dann war wieder monatelang fast nichts los. Pure Langeweile. Eines Tages kam eine Lieferung mit komischen Hockern rein, wie Barstühle – höhenverstellbar – für Offizierskasinos, glaub ich. Der Bene hat gemeint, die wären auch gut, um darauf Gitarre zu spielen. Und ab da haben wir dann unsere Gitarren in den Dienst mitgebracht. Ich glaub', so viel Zeit zum Üben wie damals hatt ich nie wieder, und mit dem Bene konnt man prima spielen, damals schon. Nach dem Bund haben wir uns aus den Augen verloren. Erst auf der Heirat der Cousine meiner Frau, in Mainburg war das, vor zwei Jahren, da haben wir uns wiedergesehen. Da hat er die Musik gemacht.«

»Und dann hams wieder miteinander musiziert?«

»Nö ... erst wie die Gabi sich ein Konzert zum Woife seinem zehnten Todestag gewünscht hat, haben wir ihn gefragt, ob er bei uns mitmachen mag. Wir haben ihm ein paar alte Aufnahmen geschickt, dass er mal reinhören kann. Danach hatten wir noch ein halbes Dutzend Proben und dann sind wir schon aufgetreten.«

»Und die Gabi?«

»Die hat nur noch geflennt, so schön war das. Die hat sich mit am meisten gefreut, dass es wieder losgegangen ist. Und ich muss ihr nachher noch sagen, dass es jetzt doch nix wird. Das ist vielleicht das Schlimmste an der Sache.«

33
Beweise aus der Tonne

Konrad machte aus seinem Missvergnügen kein Geheimnis, als er eine Stunde später – gegen dreizehn Uhr – die Detektei »Scherlock Pinkerton & Co – Wolnzach« in einem Besprechungszimmer des Polizeipräsidiums platziert hatte. Nur weil die Hobbydetektive ihm brav und ausführlich, mit allen Namen und Daten, die sie hatten, berichteten, wie sie erst dem Gift und dann Singers Leidenschaft – der Musik – nachgespürt hatten, hielt sich der Rüffel für die Detektive in erträglichen Grenzen.

»Wieso haltet ihr die Frau Singer eigentlich für unschuldig?«, wollte Konrad am Ende wissen.

Die beiden Privatermittler sahen sich an und zuckten mit den Schultern. Wimmer meinte schließlich: »Ich denk', bei den beiden Frauen, bei der Frau Fink und der Frau Singer, da hätt mer kaum was Neues erfahren können. Die habts ihr ja schon in der Mangel g'habt. Wieso sollten mir da auch noch ermitteln? Da steigen wir uns nur auf de Füß' rum. Außerdem … die Singerin selbst hat mich ja um Hilfe g'fragt, dass ich sie entlasten soll. Wenn sie Dreck am Stecken hätt, wär sie doch die Letzte, die möcht', dass da noch mehr Leut rumstöbern. Wer kann schon wissen, was die am End dann finden?«

Konrad brummte etwas Unverständliches.

»Dass sie den Opa g'fragt hat, ist aber auch das Einzige, was gegen sie als Täterin spricht«, meinte Anna. »Wenn das nicht wär, ich bin mir gar nicht so sicher, ob ich nicht doch meinen tät', dass sie es g'wesen ist. Sie hätt ja am meisten davon, gell?«

Konrad ging darauf gar nicht ein. »So, wie es ausschaut, war sie es tatsächlich nicht. Zumindest ham wir nichts Belastendes gegen sie gefunden«, knurrte er. »Was ist mit dieser Volksmusik? Hat die euch weitergebracht?«

»Naa. Bisher ned.« Wimmer schüttelte den Kopf. »Der Singer hat sich verändern wollen, wollt was Neues machen und er wär vielleicht groß raus'kommen. Da hat ihm aber, soweit ich seh', keiner was geneidet. Seine alte Musikgruppe hat eh so nimmer weiterspuin wollen. Des waren Hobbymusiker und des Aufspuin auf so vielen Hochzeiten, des war dene' schon fast zu viel. Da wär der Singer friedlich ausg'schieden. Und bei der neuen Band, da ham sich alle sehr auf ihn g'freut. Da hat auch keiner an Grund oder a Mordmotiv.«

Konrads Brauen ballten sich über der Nasenwurzel zusammen. »Was hat der Gellner noch mal gesagt? Der Einzige, der was gegen den Bandwechsel vom Singer gehabt hat, war ein ›Volksmusikimpresario‹? Wen hat er denn da gemeint?«

»Ich vermut', den Homberger, den Chef vom Heimat- und Mundartpflegeverein. Der organisiert bei uns immer Hoagartn und da hat der Singer immer mitg'macht.«

»Aber doch ned als Einziger?«

»Naa, auf so am Hoagartn treten immer zwei, manchmal auch drei oder vier Musiker oder Gruppen auf, manchmal sogar noch mehr.«

»Wie heißt der Mann? Homberger? Aus Wolnzach? Da werden wir nachher mal schau'n, ob der was weiß. A g'scheit's Mordmotiv ist das aber auch nicht. Man bringt doch einen Künstler ned um, nur weil er nimmer bei einem auftritt! Oder hat der Mann vielleicht Verbindungen nach Russland?«

Wimmer schüttelte den Kopf. »Naa, wieso kommst denn jetzt auf Russland?«

»Weil wir des Gift untersucht ham. Es ist recht alt und stammt wohl von da«, meinte Konrad. »Und damit wisst ihr mehr, als ich euch eigentlich sagen sollt. Dass ihr mir fei nix ausplauderts! Scherts euch heim und suchts euch einen anständigen Zeitvertreib. Habts denn kein Puzzle?«

Es war nach drei, als sie zurück nach Wolnzach fuhren. Wimmer fühlte sich geschlagen. »Jetzt ham mir alles probiert, jede Spur ham wir verfolgt. Is das jetzt die G'schicht g'wesen? San mir jetzt fertig? Oder weißt du noch was, Anna?«

Anna schreckte auf. Sie war in Gedanken versunken gewesen. »Sag amal, Opa, die Ukraine, g'hört die eigentlich zu Russland? Die san scho a selbstständiger Staat, oder?«

»Wieso fragst denn des? Wie kommst jetzt auf die Ukraine?«

»G'hört die zu Russland oder ned?«, fragte sie ungeduldig und mit seltsamem Nachdruck.

»Früher mal ist die Ukraine a Teil von der Sowjetunion g'wesen, genau wie Russland.«

»Dann war's der Homberger!«, rief Anna und kramte in ihrem Rucksack nach dem Handy und der Geldbörse. Aus dem Portemonnaie zog sie Konrads Visitenkarte und wählte seine Nummer. »Mist! Besetzt.«

»Was hast denn, Anna?«

»Der Homberger ist der Einzige, der was gegen die ›Jurataler Stubnrocker‹ g'habt hat. Und der hat Verbindungen in die Ukraine. Über den Heimatpflege- und Mundartverein. Da drüben hams an Partnerverein und den hams besucht vor a Weile, letztes Jahr oder des davor. Der hat Spezl in Osteuropa. Wenn die ihm das Gift gegeben ham … Es passt alles!«

Mit einem Mal erkannte Wimmer, was Anna da sagte. Das war der Zusammenhang, den sie nicht hatten finden können, der fehlende Puzzlestein!

Anna wählte erneut. »Immer noch besetzt! Mist! Wenn der Herr Konrad den Homberger jetzt anruft, Mensch, dann ist der doch gewarnt! Dann kann der seine Spuren verwischen!«

»Dann fahren wir gleich zu ihm hin und schau'n, dass er keinen Schmarrn macht.«

In diesem Moment hatten sie die Autobahnausfahrt Wolnzach erreicht. Nur mehr wenige Minuten und sie würden beim Chef-Mundartpfleger ankommen.

»Immer noch besetzt.«

Wimmer lenkte den Wagen für seine Verhältnisse ungewöhnlich rasant durch Wolnzach. Mit einem harten Doppelstoß ins Kreuz querte er die Bahngleise, dann verließ er die Hauptstraße und fegte mit sechzig Sachen durch Wohngebiete. Schließlich waren sie am Ziel.

»Da drüben, die Hausnummer fünf. Siehst du's?«

Anna erkannte ein schmuckloses Siedlungshaus hinter einem fantasielosen Plankenzaun. Am Eck des Grundstücks fehlte ein Stück Zaun. Hier führte eine Auffahrt zu einer Garage. Wimmer parkte seinen Wagen ein Stück davon entfernt, doch so nah, dass sie noch einen guten Blick auf Haus und Garage hatten. Anna versuchte erneut, Konrad zu erreichen. Diesmal legte sie nicht so schnell wieder auf.

»Ah! Mist!«, rief sie. »Jetzt geht keiner dran! Des darf doch nicht wahr sein!«

»Obacht!«, rief Wimmer. Die Tür war aufgegangen und Homberger war herausgetreten. Er trug einen Lodenmantel.«

»Der will abhauen, Opa!«

Homberger öffnete die Garagentür und stieg in seinen Wagen, einen Audi, der deutlich jünger war als Wimmers betagter Mercedes.

»Opa, wie schnell fährt denn dein Auto? Meinst du, dass er uns auf der Autobahn abhängt?«

»Still, Anna! Noch san mir ned soweit. Gib lieber mit Obacht!«

Homberger hatte den Wagen nur aus der Garage gefahren. Er war wieder ausgestiegen und hatte nun einen weißblauen Plastikbeutel aus Plastikfolie in der Hand. Anna tippte ein wenig auf ihrem Handy, dann riss sie es hoch. »Das film ich mit, als Beweis, Opa!«

Homberger war an ein Schränkchen in der Garage getreten und stopfte eilig einiges Zeug in seinen Müllsack.

»Der will Beweise vernichten! Der Sauhund!«, stieß Wimmer hervor.

Anna filmte unbeirrt weiter. »Aber wir kriegen ihn doch!«, flüsterte sie aufgeregt und konnte ein Kichern kaum unterdrücken.

Nun stieg der Mundartpfleger in seinen Wagen und diesmal fuhr er los. Wimmer startete, sowie Homberger um die nächste Ecke gefahren war.

Mit reichlich Abstand, aber so, dass er ihn im Blick hatte, folgte Wimmer dem Audi zurück über das Bahngleis und dann in die Hopfenstraße. Anna hörte auf zu filmen und rief noch einmal Konrad an. Erfolglos.

»Was ist los, warum geht da keiner dran?«, jammerte sie.

Langsam nahmen sie Fahrt auf und verließen den Ort in nördliche Richtung. Immer noch war Hombergers Auto ein Stück weit vor ihnen gut zu erkennen.

»Da! Er biegt ab!«, rief Anna.

Kurz hinter dem Ortsschild sahen sie, wie der Audi rechts auf einen kleinen Rastplatz einbog. Wimmer fuhr an den Fahrbahnrand und stoppte. Schüttere Sträucher und ein paar kahle Bäume behinderten ihren Blick auf den Parkplatz, doch näher heran wollte Wimmer nicht fahren.

»Anna, kannst du erkennen, was er macht?«

»Er ist, glaub ich, ausgestiegen. Ja! Und er trägt die Tüte.«

»Die wird er loswerden wollen.«

»Jetzt ist er wieder eing'stiegen. Aber ohne Tüte! Er fährt weiter! Weiter nach Norden!«

Auch Wimmer ließ den Wagen wieder an. »Die Tüte is wahrscheinlich wichtiger wie der Homberger. Den können wir hernach immer noch suchen oder besser, die Polizei macht's!«, entschied er und fuhr auf den Parkplatz. »Du versuchst es beim Konrad weiter, ich schau nach dera Tüten!«, ordnete er an.

Während Anna in Ingolstadt erneut das Telefon läuten ließ, blickte sich Wimmer um. Die weißblaue Tüte sah er nicht. Aber da stand ein Mülleimer. Wimmer ging hinüber, hob den Deckel an und strahlte: Da war sie ja! In Wimmers Manteltasche waren Handschuhe. Er zog sie an, um keine unnötigen Spuren zu hinterlassen, und hob den Beutel vorsichtig an einem Zipfel heraus. Mit seiner Beute kehrte er zu Anna zurück.

»Ich krieg den Konrad immer noch nicht. Ich hab's jetzt sogar auf dem Handy versucht. Auch da geht er nicht ran.«

»Probier es halt nachher noch amal«, meinte Wimmer und öffnete vorsichtig die Tüte auf seinem Schoß. Anna ließ das Handy sinken und spähte mit in den Beutel: Es waren etliche Glasflaschen und Blechdosen darin, doch eine war grellrot, viereckig und fiel sofort ins Auge: Sonderbare gelbe Schriftzeichen, die weder Wimmer noch Anna lesen konnten, waren fett daraufgedruckt. Um was es sich handelte, war deutlich erkennbar: Unter der Aufschrift war mit klaren, dicken Strichen eine stilisierte Ratte gezeichnet, auf dem Rücken liegend und mit einem dicken X als Auge. Der Totenkopf daneben kennzeichnete den Inhalt der Dose auch für Analphabeten als giftig.

Anna staunte. »Er war's wirklich. Mir russischem Gift! Wir haben ihn.«

»Nein! Ich habe euch!«, erklang es plötzlich an der Fahrertür. Homberger stand neben Wimmers Auto und grinste. In der Hand hielt er einen Revolver.

34
Am Wasserschloss

Homberger nahm Wimmer die Tüte weg, öffnete die hintere Wagentür und stieg zu ihnen ins Auto. »Machts fei keinen Schmarrn, ja?«, meinte er. »Die Waffe ist koa Spielzeug. Die ist echt und geladen.«

»Wie kommst denn du zu einer Waffe?«, platzte es aus Wimmer heraus, der in diesem Moment eher verblüfft war als entsetzt.

»Mei, Wimmer!«, erklärte Homberger und Hohn troff aus seiner Stimme. »Du bist neugierig wie a Eheweib, aber schlau bist ja ned grad'. Ich bin a Jager! Den Revolver brauch ich für Fangschüsse. Und wenn ihr jetzt ned brav seids, dann … Aber das wollts wahrscheinlich gar nicht wissen.«

Anna war starr vor Entsetzen und machte sich im Beifahrersitz so klein wie möglich. Ihre Hände waren im Schoß um das Mobiltelefon gekrallt. Hinter ihr knarzte Homberger auf der Rückbank.

»Ich dacht', ich seh nicht recht. Da bin ich vorn auf der Landstraß' grad am Wenden und fahr zurück, da seh ich deine hässliche Scheesen grad hier am Parkplatz steh'n. Und wie ich noch mal schau', da hast du Erzfalott grad meine Tüt'n g'holt. Ich glaub', mir haut's den Vogel raus. Gut, dass ich euch g'sehn hab.« Ein weiteres Mal knarzte es, dann saß Homberger endlich bequem. Er lehnte sich zurück.

Allmählich stieg auch in Wimmer Panik auf. Er wurde käsigblass und umklammerte das Lenkrad so fest, dass seine Fingerknöchel weiß hervortraten. Er hätte gleich weiterfahren sollen. Stattdessen war er Homberger in die Falle gegangen. Er und Anna waren einem Mörder wehrlos ausgeliefert.

»Ich erklär euch jetzt die Spielregeln!«, ließ Homberger hinter ihnen kalt verlauten. »Ihr bleibts ganz staad sitzen. Du, Wimmer, legst deine Hände brav aufs Lenkrad, wo ich sie sehen kann. Meine Waffe zeigt genau auf dein Dirndl. Bei Spassetten, wennst meinst, dass d' den Helden markieren musst, werd' ich schießen. Und jetzt seids still. Ich muss nachdenken.«

Dem alten Metzger brach kalter Angstschweiß aus. Um sich selbst hatte er keine Angst, nur um seine Anna. Doch er erkannte, dass Homberger sie völlig in der Hand hatte. Er konnte absolut nichts tun. Im Moment zumindest.

Auch Anna hatte Angst. Doch nun löste sich ihre Schockstarre langsam. Sie holte tief Atem. Dann überlegte sie. Weglaufen war Unsinn. Sie hatte einen Zweier in Sport, aber schneller als eine Pistolenkugel würde sie nicht sein. Und was wäre dann mit ihrem Opa? Sie mussten Hilfe holen. Das war die Lösung! Hilfe! Im Schoß hatte sie noch das Handy. Homberger saß genau hinter ihr. Hatte er mitbekommen, dass sie versucht hatte, die Polizei zu rufen? Das war unwahrscheinlich. Dann hätte er ihr ganz sicher das Telefon weggenommen. Vielleicht konnte sie das Mobiltelefon benutzen, ohne dass er es bemerkte. Nicht zum Telefonieren. Das war klar. Doch sie konnte Textnachrichten senden. Sie musste nur ganz unauffällig im Schoß schreiben. Und lautlos.

Lautlos war ein Problem. Dazu musste sie das Telefon auf »still« schalten. Und das bedeutete mindestens einen Piepton.

Sie nahm all ihren Mut zusammen und räusperte sich. Zugleich drückte sie den Lautstärkenknopf an der Seite und ein leiser Signalton mischte sich in ihre Stimme. Homberger schien den Ton nicht wahrgenommen zu haben. Er saß immer noch still hinter ihnen. Geschafft.

Ohne den Kopf zu bewegen blickte sie hinunter in ihren Schoß. Konrads Nummer war noch gespeichert. Es war sogar die Handynummer. An diese Nummer konnte sie eine SMS schicken! Das war ihre Chance. Das musste einfach klappen!

Das Handy quer in beiden Händen im Schoß haltend, flogen ihre Daumen über das Display, während der Rest des Mädchens steif wie ein Stock im Sitz saß. Sie fasste sich kurz.

»homberger mörder. hat pistole. sind gefangen in opas auto bei wolnz richtung fahlenbach auf parkplatz. hilfe!«

Als Wimmer bemerkte, dass Anna tippte, wäre er fast vor Schreck zusammengefahren. Doch hinter ihnen blieb es ruhig.

Homberger schien nichts zu bemerken. Nun begriff der alte Metzger. Anna würde Hilfe holen. Es war nur eine Frage der Zeit, dann würde die Polizei kommen. So lange mussten sie durchhalten. Alles, was sie jetzt brauchten, war Zeit. Und Wimmer konnte ihren Rettern vielleicht noch ein paar zusätzliche Minuten verschaffen.

»Wieso?«, fragte er, halb nach hinten gewandt, wobei er aber immer noch das Lenkrad festhielt. Seine Stimme klang sonderbar und schwerfällig. Die Angst hatte seinen Mund ausgetrocknet.

»Wieso was?«, bellte Homberger. Aber er hatte zurückgefragt. Wimmer verkniff sich ein Lächeln. Nun wusste er: Homberger würde sich in ein Gespräch verwickeln lassen.

»Dein Motiv ist mir noch ned klar. Ich weiß, was du g'macht hast, und auch, wie dass du's g'macht hast. Das hab ich rausg'funden. Nur ned, warum.«

»Ah … was hab ich denn g'macht?«, fragte Homberger mit der falschen Freundlichkeit einer Katze, die mit einer Maus spielt. »Erklär's mir doch!«

»Du hast g'wusst, dass der Singer so a Nasenspray nimmt. Da hast ihm dann a Flascherl präpariert, da war a Gift drin. Zyankali oder so was. Des oide russische Ratzengift. Des Teufelszeug hast mit'bracht aus der Ukraine. Wo dass du des herhast, weiß ich ned. Da hab ich koa Ahnung. Ich denk aber, das werd'n dir deine Trachtenspezl da drüben zug'steckt ham.«

»Genau. Ich habs von am ganz am netten Mann, Pavel hat er g'heißen. Er hat's mir gegeben, weil ich doch so Wühlmäus' hab. Der Pavel hat's noch aus Altbeständen seiner Kolchose gehabt«, erklärte Homberger und klang richtiggehend eitel. »Lass weiter hören, was ich noch g'macht hab.«

»Ich weiß ned, wie, aber du hast dem Singer das giftige Flascherl unterg'schoben.«

»Das war einfach. I hab den Singer scho so lang kennt, da kriegt ma' an Haufen mit von seine Eigenheiten. Ich hab g'wusst, dass er im Winter auf des Nasenzeugs steht und aa immer a zweit's Flascherl dabei hat. Des Reserveflascherl hab i ihm scho im November aus'tauscht. Seither hab i g'wart'.«

»Und dann hat er sich selber umbracht. Mit dei'm Gift.«

»Ja mei … is scho g'scheid raffiniert g'wen, gell?«

»Scho … Aber dass er vergift' wor'n is, des hast ned verbergen können. Da hast jetzt an Schuldigen braucht. Der Fink, der Exmann vom Singer seinem Gschpusi, war da grad recht. A Apotheker, der so a Gift b'sorgen kann. Des hat ja super ins Bild 'passt. Nur, wie dem den Mord anlasten? Wie sollst den hinhängen? Du hast des mit dem *Hinhängen* wörtlich g'nommen und ihn mit am Strick aufgeknüpft, sodass es ausschaut, als hätt er sich was an'tan – a Selbstmord is für deine Zwecke ja super g'wesen: Der Mörder bringt sich selbst um und alle san zufrieden. B'sonders die Polizei!«

Anna hatte schon eine ganze Weile aufgehört zu tippen. Heimlich hatte sie am Telefon die Diktierfunktion aktiviert und nahm alles auf.

Homberger lachte. »Wimmer, du bist a Malefitz-Gschaftlhuber!«, meinte er. »Wie i di' neulich beim Singen g'sehn hab, hab i ja scho so a blödes G'fühl g'habt. Dann hab i di' um mei' Haus umanandstrawanz'n seh'n. Und jetzt bist auf amal der große Detektiv. Du bist schlimmer wie a Schoaßdreck am Schuh!«

»Warum, Homberger? Der Fink hat sterben müssen, damit der erste Mord erklärt wird. Doch wozu hast du den Singer überhaupts umbracht? Nur weil er jetzt in a Band mitspuit?«

»Sag, Wimmer, hast du denn a Ahnung, was der da g'spuit hätt?«, rief Homberger mit sich überschlagender Stimme.

»Na ja … so an Mix aus Rock und Volksmusik halt.«

»Genau! Des allein war scho schlimm g'nug. Aber die Leut san ja inzwischen von dera Popmusik und dem Schmarrn so verdorben, dene' hätt des aa no' g'fallen! Der hätt an Supererfolg g'habt, todsicher! Des hast ja scho g'seng bei dem einen Konzert in Beilngries! Zigtausend Leut san 'kommen und ham zug'hört! Und des war erst der Anfang. Des wär so weitergangen und es wären immer mehr 'worden! Der Bene war nämlich gut und lustig und hat echt was draufg'habt. Hast du auch nur ansatzweise a Ahnung, was des dann bedeutet hätt? Kannst dir des vorstellen? Plötzlich hättens alle so an Bavarian-Rock-Schrott hören wollen. Und die echte Volksmusik? Die Hoagartn? Das hätt koa Sau nimmer interessiert! Mir hammas ja eh ned leicht! Auf der einen Seite steht der Fernseher mit de fröhlichen Musikanten hier und Volksmusikschlager da und dem ganzen Kommerzdreck und auf der anderen Seiten wär er dann mit dem Volksmusikrock daher'kommen. Da hätt ma' dann zumachen können mit den Hoagartn und die echte Volksmusik wär ein'gangen.«

»Deshalb hast den Singer um'bracht?«, fragte Wimmer und konnte es kaum glauben.

»Des hab i verhindern müssen! I hab den Bene ja gebeten, dass er den Schmarrn lässt. I hab ihn ang'fleht, 'bettelt hab i. Aber er hat ned hören wollen. Da hab ich doch was tun müssen. Es geht ja so viel kaputt. Boarisch werd kaum mehr g'red. Oide Bauernhäuser werden wegghobelt und ma' baut was Neiches ohne G'sicht, irgendwas, was überall steh'n könnt'. Am besten glei' im ›Toskana-Stil‹! Brauereien gibt's kaum mehr und Wirtshäuser sperr'n der Reihe nach zu oder es wer'n Pizzaschuppen oder sie ham sonst a greißlichs, fremdländisch's Zeug! Alles geht dahi'. Aber die Volksmusik, die hab i retten können. Des hab i g'schafft. Und des is zwoa Tote wert. Oder aa … viere!« Er setzte sich wieder etwas aufrechter hin. »Genug geratscht. Wimmer, jetzt derfst eine rechte Hand ganz vorsichtig vom Lenkrad nehmen und den Wagen anlassen. Wennst versuchst, was Originelles zu machen, hat dein Dirndl a Loch im Rücken.«

Wimmer ließ den Wagen an.

»Jetzt schnallst du das Kind ab. *Nicht* aussteigen. Nur abschnallen. Wenn du meinst, es wär a gute Idee, gegen an Baum zu fahren, dann schanzt es des Kind durch die Scheibe raus. Das wirst nicht wollen und drum fährst du ganz vorsichtig. Leg den Gang ein und fahr los!«

Wimmer blieb keine Wahl. Er tat, wie ihm geheißen. Aus den Augenwinkeln erkannte er, dass Annas Finger wieder tanzten. Langsam fuhr Wimmer die Landstraße entlang nach Norden. Schon nach wenigen hundert Metern – im nächsten Ort Starzenhausen – kam vom Rücksitz das Kommando: »Hier links abbiegen!«

Wimmer bog ab und fuhr das Auto an Bauernhöfen vorbei, folgte der Straße und bog erst rechts, dann wieder links ab.

»Halt!«

Wimmer parkte den Wagen. Homberger stieg aus, richtete die Waffe aber weiter auf Anna.

»Wimmer, aussteigen!«

Wimmer gehorchte. Nun richtete sich die Waffe auf den alten Metzger.

»Und jetzt du, Kleine.«

Anna verbarg das Handy im Ärmel des Mantels und stellte sich neben ihren Opa.

Homberger wies auf einen Weiher links neben der schmalen Straße.

»Des is der Schlossweiher vom Starzenhausener Wasserschloss! Aa wieder so a Stück Heimat, was kaputtgeht. Kennst du des, Wimmer?«

Wimmer schüttelte den Kopf. Auf einer Insel im Teich erkannte man hinter laublosen Bäumen ein großes, trauriges Haus.

»Des is amal a gräfliches Wasserschloss g'wen. So umma 1700 rum, im spanischen Erbfolgekrieg, is dann kaputt'gangen. Und ma' hat es so wieder aufbaut. Siehst du es?«

Wimmer und Anna nickten.

»A Zeit lang ist es a Gasthaus g'wen und später a Wohnhaus. Aber jetzt fällt's langsam z'samm, weil es denkmalg'schützt is. A Schand' is das! Der Denkmalschutz macht des Renovieren so teuer und man muss zigtausend Vorschriften beachten und a jeder Schmarrn muss dokumentiert wer'n, dass des Herrichten niemand mehr zahl'n kann. In a paar Jahr werd's des nimmer geben. Aber den See, den gibt's gottlob noch. Den halten die Fischer in Ordnung. Und da gehen mir hin.«

Ganz langsam und nun doch mit wackligen Knien machte Anna die ersten Schritte.

»Des is doch a Schmarrn! Du kommst doch ned aus, wennst uns erschießt!«, rief Wimmer.

»Drum werdet ihr ja aa an Unfall ham! Auf geht's, weiter, weiter! Da geht's runter!« Homberger wies auf einen Durchlass im Zaun. »Betreten auf eigene Gefahr«, las er höhnisch ein Schild vor. Hinter einem Streifen aus hohem Gras und Schilf lag unter einer Eisschicht der kleine See, fast kreisrund und knapp hundert Meter breit. In der

Mitte, hinter kahlen Bäumen, ragte das Schlösschen auf, das in Agonie dahindämmerte.

»Was hat die Kleine sich nur dabei gedacht, dass sie aufs Eis läuft.« Hombergers Stimme troff vor kaltem Hohn. »Nur zwei Tag' hat's an Frost, und schon denken die Kinder, das Eis wär stabil! Des is ja so leichtsinnig! Los! Aufs Eis! Und du aa glei'! Du wirst sie doch retten wollen – wenn auch vergeblich.«

»Die Polizei weiß fei scho Bescheid!«, sagte Anna und klang mutiger, als sie sich fühlte. »Die wissen genau, wo dass wir sind.«

»Schmarrn!«

»Und ich sprech Mundart!«, rief sie und die Panik färbte ihre Stimme hell. »Sie werden doch am Nachwuchs nix tun woll'n.«

»Schwund ist überall! Rauf aufs Eis jetzt! Oder es knallt.«

Anna und Wimmer hatten keine Wahl. Sie stiegen vorsichtig hinab und traten aufs Eis. Es knirschte – doch es trug sie.

»Homberger, gib doch auf!«, versuchte es Wimmer noch einmal. »Schau! Du hast die Volksmusik g'rettet. Sei zufrieden! Davonkommen wirst eh ned!«, rief er.

»Die wer'n mir gar nix nachweisen können. Gehts zu. Einfach bis zur Mitte.« Er drohte mit der Pistole und sie machten ein paar zaghafte Schritte. Das Eis hielt, auch wenn es knackte und knirschte.

»Gut!«, rief Homberger. »Und jetzt bitte a bisserl hüpfen!«

»Du spinnst doch!«

»Ich kann auch vor euch ins Eis schießen!«

In diesem Moment bog ein blauer BMW um die Ecke. Der Wagen war noch nicht ganz um die letzte Kurve gefahren, da riss sich Homberger seinen Schal vom Hals und schlang ihn hektisch um seine Faust, um die Waffe zu tarnen. Homberger wickelte noch, als der BMW unweit von ihm anhielt. Ein Pärchen stieg aus und kam Arm in Arm nähergeschlendert. Wimmer riss die Augen auf.

»Opa, ist das nicht …«, wollte Anna ansetzen, als auch sie in dem Mann Stimpfle erkannte. Wimmer zischte: »Still jetzt!«

Etwa sechs Meter von Homberger entfernt sprang das Pärchen auseinander und die beiden hatten plötzlich Pistolen in den Händen.

»Nemmetse die Hände hoch! Polizei!«, rief Stimpfle und richtete seine Pistole auf Homberger. In der freien Hand hielt er deutlich erkennbar seinen Dienstausweis. Julia Daschner hatte sich hingekniet und hielt ihre Waffe mit beiden Händen im Anschlag.

Einen Moment zögerte Homberger. Doch dann hob er langsam die Hände. Der Schal fiel zu Boden.

»Koine Bewägung! Nicht ein Mucks!«, kommandierte Stimpfle, trat auf Homberger zu und nahm ihm den Revolver ab. Einen Moment später klickten die Handschellen.

Anna tat vor Freude einen kleinen Hopser und in diesem Moment brach die Eisdecke. Anna und Wimmer rauschten in die Tiefe. Sekunden später standen sie bis zu den Oberschenkeln im eisigen Wasser. Der Teich war zum Glück nicht tief genug. Doch das Wasser war bitter kalt. Bis sie durch die immer weiter zerbrechende Eisschicht ans Ufer gewatet waren, waren sie bis zur Brust durchweicht und blaugefroren. Zitternd und mit klappernden Zähnen krochen sie an Land. Anna aber hatte das Handy gerettet und gab es Frau Daschner. »B-B-B-Beweismittel«, bibberte sie kaum verständlich.

Fünf Minuten später war ein Streifenwagen da, der Homberger nach Ingolstadt fuhr. Wimmer und Anna wurden von Stimpfle nach Hause gebracht. Nachdem sich Wimmer in seinem kleinen Bad und Anna im großen Badezimmer der Kirners aufgewärmt hatten, machten sie bei einer Kanne Tee vor Stimpfle, Daschner und Karola, die sich weigerte, die beiden auch nur für einen Moment aus den Augen zu lassen, ihre Aussage. Es war fast sechs Uhr, als die Kriminalbeamten sie mit der dringenden Bitte verließen, morgen Vormittag unbedingt ins Präsidium zu kommen. Dann gingen sie und überließen die Hobbydetektive Karolas Zorn.

Epilog

Frau Dr. Müller, Konrad, Spurenfachmann Linner sowie Stimpfle und Daschner als verhaftende Beamte waren am nächsten Tag anwesend, als die beiden Wolnzacher Detektive in Ingolstadt zum Rapport erschienen.

Auf dem Tisch im kleinen Konferenzsaal standen Lebkuchen und Kaffee. Es roch gemütlich. Dennoch empfing sie Frau Dr. Müller recht barsch.

»Was meinen Sie wohl, Herr Wimmer, warum die Ausbildung zum Polizeibeamten so lange dauert und so umfangreich ist? Weil sie gefährlich ist. Weil der Umgang mit Verbrechern kein Freizeitspaß ist. Deshalb sollte man wissen, was man tut. Was glauben Sie wohl, wäre passiert, wenn Herr Stimpfle und Frau Daschner nicht genau in dem Moment auf dem Weg zur Frau Fink in Eschelbach gewesen wären, als Sie dem Herrn Konrad Bescheid gegeben haben? Zum Glück waren die beiden schon fast in Wolnzach. Sie haben einen besonderen Schutzengel gehabt. Was der gestern geleistet hat, das wissen Sie wahrscheinlich gar nicht!«

»Des weiß ich schon!«, gab Wimmer kleinlaut zu. »Ich dank auch recht schön, Herr Stimpfle, dass Sie uns gerettet ham, und auch der Frau Daschner noch amal an ganz herzlichen Dank. Aber … mir san doch ganz vorsichtig g'wesen und ham an großen Abstand g'halten. Wenn der Herr Konrad …«

»Na, na, na! Der Herr Konrad darf auch amal weggeh'n vom Telefon. Auch er muss manchmal zu einem Kollegen – oder aufs Häusl«, erklärte der alte Kriminaler. Er war genauso wenig erfreut wie die Staatsanwältin. »Ihr und eure Detektivspassetten! Das geht so ned. Da kommts in Teufels Küche!«

Ausgerechnet Stimpfle sprang nun der gebeutelten Agentur »Scherlock Pinkerton & Co – Wolnzach« bei. »Auf den Aufnahmen vom Handy sieht mer, wie sie den Homberger aus der Distanz beobachten. I moin, so leichtsinnig is des gar ned g'wäh. Sie han oifach ganz viel Pech g'hett. Schließlich isch au der Homberger auf sie zu und ned umgekehrt.«

»Außerdem haben die beiden Beweismaterial gesichert, das den Fall wasserdicht macht«, meldete sich Linner zu Wort und klang heute gar nicht grantig. »Das Gift aus der roten Dose enthält Blausäuresalz – Kaliumcyanid.«

»Zyankali«, ergänzte Wimmer. Dann berichteten Anna und er noch einmal alles von Anfang an.

Die Beweise waren – nicht zuletzt dank Anna und Wimmer – tatsächlich überwältigend. Es dauerte trotzdem fast ein Jahr, bis der Fall in Ingolstadt verhandelt wurde. Homberger wurde in nur drei Verhandlungstagen wegen zweifachen Mordes zu lebenslanger Haft verurteilt. Der Prozess fand aber nur in der lokalen Presse ein nennenswertes Echo.

Kein Jahr warten musste hingegen Wimmer. Ihn traf der Zorn seiner Tochter sofort, den auch ein Dankschreiben des Polizeipräsidenten aus Ingolstadt nicht besänftigen konnte. Dass das Detektivspielen Anna in Lebensgefahr gebracht hatte, fand Karola unverzeihlich. Sie drohte ihrem Vater sogar an, wenn er weiter Detektiv spiele, müsse er entweder ausziehen und sich eine eigene Bleibe suchen, oder Anna müsse zu den Englischen Fräulein ins Internat.

Konrad, der in der Folgezeit gelegentlich im Hause Kirner-Wimmer zu tun hatte, bekam mit, wie sehr Karola dem alten Metzger grollte. Ein paar Tage darauf rief er am Abend an und sprach mit ihr. Was er ihr erklärte, blieb ihr Geheimnis, doch es musste Gewicht gehabt haben. Danach war sie nicht mehr ganz so grimmig und langsam – sehr langsam – verrauchte ihr Zorn.

Anna ging also weiter in Wolnzach in die Schule. Als sie ihr Abenteuer im Kreise ihrer Freundinnen und Schulkameraden erzählte, stellte sie fest, dass ihr niemand glaubte. Doch ihr Alltag hielt bald neue, harmlosere Sensationen bereit. Der Tote vom Kirchturm geriet da rasch in Vergessenheit.

Singer war gleich nach Weihnachten in aller Stille beerdigt worden, als Wimmer mit Anna im Kloster gewesen war. Fink hatte eine große Beerdigung kurz vor dem Heilig-Drei-Königs-Fest. Seine Erben aus Sachsen einigten sich rasch mit Frau Fink und zusammen verkauften sie die Apotheke an ein junges Ehepaar – beides Pharmazeuten aus der Oberpfalz.

Mit dem Geld aus dem Apothekenverkauf konnte Frau Fink Frau Singer das Haus abkaufen und musste nicht umziehen. Frau Singer zeigte sich großzügig und übertrug ihr sogar das Sparbuch mit den 40.000 Euro, das Benedikt Singer für sie eingerichtet hatte.

Als Haupterbin konnte sie sich diese Großzügigkeit leisten. Gerade noch rechtzeitig wandte sie sich ans Finanzamt und offenbarte in einer Selbstanzeige ihre Steuersünden. Selbst als sie diese Schuld beglichen hatte, war noch mehr als reichlich von Singers Vermögen übrig. Noch vor Pfingsten flog sie mit Herrn van der Rongel auf die Malediven und kaufte dort eine kleine exklusive Ferienanlage, die sie gemeinsam betrieben. Frau Singer war glücklich und am Ziel ihrer Träume: Sie war reich, verkehrte mit Berühmtheiten und war umgeben von Luxus. Drei Jahre später kehrte sie nach Deutschland zurück und eröffnete mit dem kläglichen Rest ihres Vermögens aus den immer spärlicher fließenden Patenttantiemen ein Übersetzungsbüro in Ingolstadt. Herr van der Rongel, der Frau Singers Unternehmen mit viel Geschick in einen betrügerischen Konkurs gesteuert hatte, kam ungeschoren davon und eröffnete ein Jahr später mit seiner neuen Lebensgefährtin eine Tauchschule in Mexiko. Dort starb er kurz nach der Eröffnung bei einem Autounfall. Die Bremsanlage seines Fahrzeugs wurde nie untersucht.

Und Herr Homberger? Er bezog für recht lange Zeit ein kleines Zimmer in der Haftanstalt im niederbayrischen Straubing. Dort fand er Beschäftigung in der Schreinerei. Es dauerte gar nicht lange und er veranstaltete regelmäßig Mundartlesungen von, mit und für Mitgefangene. Auch seiner geliebten Volksmusik konnte er sich weiterhin widmen. Mit drei weiteren Häftlingen rief er die »Zellenhofer Stubenmusik« ins Leben.

ENDE

Danksagung

Ohne Helfer hätte ich das Buch nicht schreiben können. Vor allem nicht ohne meine liebe Frau. Sie hat mich beim Entwerfen und Schreiben mit Herz und Hirn begleitet.

Herzlichen Dank auch den Betalesern und Lektoren, besonders Hanne Hornik, Barbara Scheer und natürlich Julia Ströbel.

Bei den unzähligen Details schulde ich ganz vielen Menschen Dank: Bernd Niebauer, der mir eine zentrale Idee eingab, dem Zoo Landau für die Informationen zu den Reihern, Hochzeitslader Toni Gruber, der mir sein Amt näherbrachte, Herrn Beckmann, meinem kompetenten Auskunftspartner für Zyanid, der Ilmapotheke in Pfaffenhofen, die mir ihr Giftbuch zeigte, der Polizeiinspektion Geisenfeld, die mich auch diesmal wieder beriet, und den Hundefreunden vom Schloss in Starzhausen. Dafür, dass ich auch am Telefon rasch ein paar Details zum Schauplatz Wolnzach klären durfte, danke ich Herrn Brunner vom Fischereiverein, Frau Gitte Mayer und Frau Kawasch. Auch zwei Juristen dürfen nicht fehlen: Michael von Benkel für die tausend Kleinigkeiten, die er mir graderückte, und wegen spezieller Nachhilfe eine Patentanwältin mit so schönem Namen, dass ich ihn nicht verkürzen möchte: Frau Barbara Uta Johanna Erika Maria Bauer.

Ihnen allen und vor allem all denen, die ich vergaß zu erwähnen, gilt mein herzlichster und innigster Dank.

Alexander Bálly

»Guat schaut des fei ned aus.« – Dass der ortsbekannte Bauunternehmer Bertram Brunnrieder aufgeknüpft am Maibaum von Wolnzach hängt, mitten im Herzen der Marktgemeinde, zwischen Kirche, Rathaus und Gasthof »Zur Post«, irritiert die Wolnzacher doch ziemlich.

Schnell brodelt die Gerüchteküche und wilde Geschichten werden herumgetratscht, sogar ein Mafiamord wird erwogen. Aber nix Genaues weiß man halt nicht, und die Kriminaler aus Ingolstadt kommen schon mal gar nicht weiter.

Nur gut, dass Metzgermeister Ludwig Wimmer, der sein Geschäft jüngst seinem Schwiegersohn übergeben hat, sich furchtbar langweilt und dringend eine Beschäftigung sucht: Wäre doch gelacht, wenn er dem Täter nicht draufkommt. Und im Notfall hilft ihm ja auch noch seine kluge Enkelin Anna – nicht nur mit diesem seltsamen Internet.

… gewürzt mit einer guten Portion Lokalkolorit und einer Prise Humor.

DONAUKURIER

Buchhinweise

Der Tote am Maibaum
Ein Holledau-Krimi

Alexander Bálly

12,99 €
978-3-95400-328-0

Buchhinweise

Tod beim Martinszug

Ein Ottobrunn-Krimi

Stefanie Gregg

12,99 € | 978-3-95400-387-7

Ein prominenter Ottobrunner Gemeinderat hat sich für den Kindergarten »Die Gartenzwerge« als Sankt Martin verkleidet. Doch plötzlich sackt der Reiter leblos vom Pferd. Hausfrau Lotte Nicklbauer fühlt sich brutal herausgerissen aus ihrem glücklichen Alltag. Sie beginnt herumzufragen und ganz langsam setzt sie ein Mosaik aus politischen Machenschaften, Bestechungen und männlichen Seilschaften zusammen, das sie nie für möglich gehalten hätte.

Buchhinweise

Die Rosenberg-Pergamente

Ein Kronach-Krimi

Wolfgang Polifka

12,99 € | 978-3-95400-318-1

Im Hof der Kronacher Festung tauchen wertvolle Dokumente über Kronach aus der Zeit des Dreißigjährigen Krieges auf. Doch am Behälter finden sich Blutspuren und die Pergamente stammen angeblich aus dem Topkapi-Palast des türkischen Sultans in Istanbul. So viel Aufregung im beschaulichen Alltag von Oberkommissar Götz Flößer und dann soll er auch noch im Sonderauftrag des bayerischen Innenministeriums eine Abgesandte des türkischen Staates betreuen.